발터 벤야민 선집 7

카프카와 현대

발터 벤야민 선집 7

카프카와 현대

발터 벤야민 지음 | 최성만 옮김

도서출판 길

발터 벤야민 선집 **7**

카프카와 현대

2020년 6월 25일 제1판 제1쇄 발행

2021년 11월 25일 제1판 제2쇄 인쇄
2021년 11월 30일 제1판 제2쇄 발행

지은이 | 발터 벤야민
옮긴이 | 최성만
펴낸이 | 박우정

기획 | 이승우
편집 | 김춘길
전산 | 최원석

펴낸곳 | 도서출판 길
주소 | 06032 서울 강남구 도산대로 25길 16 우리빌딩 201호
전화 | 02) 595-3153   팩스 | 02) 595-3165

등록 | 1997년 6월 17일 제113호

벤야민의 카프카 해석에서 신학적인 것[1]

I. 벤야민의 사유에서 신학적인 것

발터 벤야민의 사상과 이론에서 신학적 사유가 핵심 역할을 한다는 것은 아무도 부정할 수 없을 것이다. 벤야민 자신도 신학이라는 용어를 종종 사용한다. 그러나 그가 신학이라는 용어와 신학의 범주에 속한 개념들을 사용하지 않더라도 신학은 그의 사유의 밑바탕에 깔려 있다. 그에게서 신학적 사유가 다소 명시적으로 드러난 개념들은 신학(적인 것) 외에 신적인 것, 신성한 것, 계시, 진리, 메시아적인 것, 희망, 구원 등이다. 이 개념들은 그와 연관되는 다른 개념들, 이

---

[1] 이 해제는 『카프카 연구』 제42집, 한국카프카학회, 2019에 실린 같은 제목의 논문을 약간 보충하고 다듬은 것이다.

를테면 유토피아('계급 없는 사회'), 행복, 신화, 정의와 법, 죄와 속죄, 혁명 등과 내밀하게 변증법적으로 얽혀 작동한다. 그 밖에도 그가 사용하는 많은 개념들, 이를테면 운명, 정치, 소망, 기억과 망각, 심지어 그의 미완의 주저인 『파사주』 프로젝트의 중심 개념인 '판타스마고리아'(Phantasmagoria), 더 나아가 '꿈과 깨어나기'의 인식론도 그것들의 신학적 함의를 고려하지 않고서는 우리가 온전히 이해할 수 없다. 게다가 이 개념들은 서로 매개되어 있기 때문에 신학적 사유는 그의 언어철학, 역사철학, 정치철학, 예술론, 미학 등 모든 영역에서 명시적으로든 암시적으로든 폭넓게 작용하고 있고, 그의 사유 전체와 떼려야 뗄 수 없는 관계에 있다. 많은 벤야민 연구자들이 벤야민의 사유에서 초기부터 일관되게 작용하는 역사철학을 '기억'(Eingedenken, 상기)이 핵심 역할을 하는 '역사신학'(Geschichstheologie)으로 해석한다.

그에게서 신학적 사유는 초기에는 종교적인 것에서 드러나는데, 이때 종교적인 것은 물론 유대-기독교적인 것을 가리킨다. 그래서 그에게서 신학적인 것은 많은 경우 '유대(교)적인 것'으로 바꿔 써도 무방할 것이다. 벤야민은 스스로 유대인이었고 유대교에 일찍부터 눈을 떴지만, 그것은 유대교 자체나 유대인들의 국가 건설('정치적 시오니즘')에 대한 관심에서가 아니었다. 그는 스스로를 유대교적 가치들을 도처에서 보고 그 가치들을 위해 작업하는 '문화적 시오니스트'로 여겼으며, "유대교는 결코 자체 목적이 될 수 없고, 정신적인 것의 중요한 담지자이고 대변자"라고 믿었다.[2] 물론 여기서 벤야민이 말하

---

2) 루트비히 슈트라우스(Ludwig Strauß)에게 보낸 1912년 10월 10일자 편지와 11월의

는 정신적인 것은 철학(인식론)에만 한정된 것이 아니고 언어, 역사, 종교, 신학, 문학과 예술을 아우른다. 심지어 종교 또는 신학은 철학의 최고 대상으로 파악된다. 「미래철학의 프로그램에 대하여」(1918)에서 벤야민은 미래철학이 이마누엘 칸트(Immanuel Kant)의 체계에 정향할 것을 제안한다. 하지만 이때 인식 개념이 수학이나 과학이 아니라 '언어'에 바탕을 둘 것을 칸트 너머의 과제로 제시한다.

인식의 언어적 본질에 대한 성찰에서 획득되는 인식 개념은 그에 상응하는 경험 개념을 만들어낼 것이며, 이 경험 개념은 칸트가 진실하고 체계적인 정돈을 이루어내지 못한 영역들도 포괄하게 될 것이다. 그 영역들 중 최상의 영역은 종교라고 할 수 있다. 그리고 이로써 다가올 철학에 제기되는 요구를 다음의 말로 요약할 수 있다. 그것은 어떤 경험에 대해 인식이 그 **가르침(Lehre)**이라 할 때 이러한 경험 개념에 상응하는 인식 개념을 칸트의 체계를 토대로 만들어내는 일이다.[3]

편지. Walter Benjamin, *Gesammelte Schriften*, Bd. I~VII, Frankfurt a. M., 1972~89, Bd. II/3, p. 838f. 앞으로 벤야민의 글은 이 전집에서 약호 'GS'로 인용한다. 약호 뒤의 로마숫자와 첫 아라비아숫자는 전집의 권수, 그다음의 아라비아숫자는 쪽수를 나타낸다. 『파사주』 프로젝트(=*Das Passagen-Werk*, 전집 제5권)에서 인용할 경우 알파벳의 노트묶음 기호와 해당 단편의 번호를 단다. 또한 한국어판(『벤야민 선집』, 도서출판 길, 2007~)으로 번역이 나와 있을 경우 독일어 원문 출전을 생략하기도 했다.

3) 『벤야민 선집』 제6권, 115쪽. 강조는 필자. 여기서 '가르침'은 나중에 카프카 해석에서 중심 개념으로 등장한다. 흔히 '교의'(敎義) '교훈' '학설' '이론' 등으로 번역하지만, 이 인용문에서는 벤야민이 '인식'(에피스테메)의 의미로 쓰고 있음을 주목할 필요가 있다.

이어 벤야민은 이러한 미래철학을 두고 "그것의 일반적 부분에서 스스로 신학이라 칭할 수도 있다"라고 말한다. 이처럼 그는 미래철학에 '인식의 언어적 본질'을 성찰할 것을 요구하는데, 이 글 이전에 언어-논문(「언어 일반과 인간의 언어에 대하여」, 1916)에서 그는 언어의 본질에 대한 통찰을 전개했으며 이후 이 언어관은 그의 전 저작의 토대를 이루게 된다. 이 논문에 따르면 사물이 언어로 전달되는 한, 그 사물의 언어적 본질은 정신적 본질과 동일시된다. 아무튼 벤야민에게 언어-철학적 인식-종교와 신학이 긴밀하게 연결되어 있음을 알 수 있다.

그러나 후기로 갈수록 (혁명적) 메시아니즘에서 드러나듯이 그에게서 종교는 점점 더 분명하게 유대교 신학의 색조를 띠면서 철학보다는 역사적 유물론의 급진적 정치(실천)와 결합한다. 이때 기독교적인 것과 유대교적인 것을 엄밀하게 구분할 수 있는가는 토론 대상이다. 그러나 그보다 더 중요한 것은 그의 신학이 근본적으로 반(反)신학적 색조를 띠는 '이단적'(häretisch) 메시아니즘으로 특징지어진다는 점이다.[4] 여기서 '이단적'이라는 것은 다소 신비주의적이라는 의미, 즉 제

----

4) 벤야민 연구자 안드레아스 판그리츠는 벤야민의 신학을 주류 신학에 맞서는 '이단적'인 신학으로 특징짓는다. Andreas Pangritz, "Theologie", in: Michael Opitz/ Erdmut Wizisla, *Benjamins Begriffe*, 2 Bde., Frankfurt a. M., 2000, Bd. 2, pp. 774~825, 여기서는 p. 808. '이단적'이라는 표현은 벤야민이 신학적 사상가로 높이 평가한 프란츠 로젠츠바이크(Franz Rosenzweig)와 개신교도로서 절친한 친구였던 플로렌스 크리스티안 랑(Florens Christian Rang)을 "이단적 성향을 띤 사람들"이라고 칭하면서 스스로 썼던 수식어이다(GS, III, 320). 또한 판그리츠는 벤야민이 '마르크스주의로 전향'하기 전에도 그의 신학이 유물론적 특성까지는 아니더라도 반관념론적인 특성을 띠고 있었음을 지적한다(Andreas Pangritz, 앞의 책, 같은 곳).

도권 신학에서 비껴나 있거나 그에 맞선다는 의미에서이다. 스스로를 '좌파 아웃사이더'로 이해한 그의 유물론적 사유가 '실험적' 성격을 띠듯이 신학적 사유 역시 다분히 그런 성격을 띤다.[5)]

문학비평가로서 벤야민이 다룬 작가들 가운데 유대교 신학이 외부로 모습을 드러내지 않으면서 내밀하게 작용하는 작가가 있다면 단연 프란츠 카프카(Franz Kafka, 1883~1924)일 것이다. 우리는 벤야민역시 그러한 특성을 지니고 있었기 때문에 카프카에게 각별히 친화성을 느꼈을 것이고, 자신의 신학적 사유를 카프카 연구를 통해 확장하고 변형해왔을 것으로 추정할 수 있다. 물론 벤야민의 카프카 연구의 모티프 전체가 신학적인 범주로 환원되지는 않지만, 그 범주가 핵심 역할을 한다는 점만은 부정할 수 없다. 다음에서 나는 벤야민의카프카 연구와 해석을 몇 가지 주요 신학적 모티프를 중심으로 내재적으로 살펴보고자 한다.

II. 벤야민의 카프카 수용

벤야민의 카프카 수용은 작가의 단편들이 생전에 발표되던 1910년

---

5) 이처럼 '이단적'이고 '아웃사이더'적인 면이 벤야민의 유물론적 사유와 신학적 사유의
특징이라면 우리는 거꾸로 이렇게 말할 수도 있을 것 같다. 즉 벤야민은 유물론이나
신학 자체가 중요했던 것이 아니라 그가 독일 바이마르 공화국 시대 유대계 지식인으
로서 세계사적으로 격동하는 현실과 대결하면서 치열하게 사유하는 과정에서 그러
한 유물론과 신학에서 자신의 급진적 사유를 위해 필요한 부분을 자양분으로 취했
다고 볼 수 있다.

대에 이미 시작된 것으로 추정된다. 그는 1927년 친구 게르숍 숄렘 (Gershom Scholem)에게 보낸 편지에 「어느 비의(秘儀)의 이념」[6]이라는 제목의 쪽지를 첨부한다. 그리고 추신에 "내 진영에는 아픈 자의 천사로서 카프카가 있네. 나는 『소송』을 읽고 있네"라고 쓴다.[7] 숄렘 역시 카프카의 작품이 출간될 때마다 비상한 관심을 갖고 읽고 있었다. 숄렘은 이 짤막한 단편이 "카프카의 『소송』이 벤야민에게 끼친 영향을 보여주는 최초의 증거"라고 본다.[8] 벤야민은 이 성찰을 자신이 준비한 『소송』에 대한 에세이의 예비 단계로 쓸 예정이었지만 결국 에세이는 쓰이지 못한다. 하지만 1931년 『중국의 만리장성이 축조되었을 때』라는 제목으로 막스 브로트(Max Brod)에 의해 카프카의 유고 모음집이 출간된 것을 계기로 처음으로 카프카에 관해 라디오 강연을 하게 된다.[9] 이후 본격적인 카프카 연구의 결과물인 에세이 「프란츠 카프카」[10]의 일부가 1934년 12월 『유대 룬트샤우』(*Jüdische Rundschau*)에 발표된다. 그 뒤에도 그는 이 에세이를 발전시켜 카프카에 대한 책을 쓸 생각에서 에세이를 수정·보완하는 작업을 이어 나

6) Walter Benjamin, "Idee eines Mysteriums", GS, II/3, 1153(이 책 230쪽). 이 단편에 대해 졸고, 「발터 벤야민의 몇 가지 신학적 모티프에 관하여」, 조선대학교 인문학연구원 편, 『인문학연구』 제44집, 2012 참조.

7) 게르숍 숄렘, 최성만 옮김, 『한 우정의 역사: 발터 벤야민을 추억하며』, 한길사, 2002, 258쪽.

8) 같은 곳.

9) Walter Benjamin, "Franz Kafka: Beim Bau der chinesischen Mauer", GS, II/2, 676~83.

10) Walter Benjamin, "Franz Kafka: Zur zehnten Wiederkehr seines Todestages", GS, II/2, 409~38.

간다. 『파사주』 프로젝트가 1927년경에 시작하여 그가 사망한 1940년까지 지속된 연구였다면 똑같은 시기에 그는 카프카 연구를 진행한 것이다. 벤야민이 생전에 발표한 완결된 글로는 위의 라디오 강연과 에세이 외에 1929년 『문학세계』(*Die Literarische Welt*)에 발표한 짤막한 논평 「기사도(騎士道)」(Kavaliersmoral)가 있다.[11] 그 밖에 브로트의 카프카 전기에 대한 비판으로 1938년 숄렘의 부탁으로 쓴 글은 편지로 숄렘에게 보냈으나 출간되지 못하고 나중에 1966년 벤야민의 『편지 선집』에 출간된 뒤 다시 『전집』에 실린다.[12]

그리고 벤야민의 카프카 연구에서 가장 특징적인 점은 주변의 친구나 지인들과 카프카와 자신의 에세이를 두고 집중적으로 토론하면서 그들의 의견을 자신의 구상에 참조하고 반영했다는 점이다. 숄렘, 베르너 크라프트(Werner Kraft), 테오도르 아도르노(Theodor Adorno), 베르톨트 브레히트(Bertolt Brecht)가 이들인데, 그 가운데 숄렘과 가장 많은 대화를 나눴다. 물론 이들도 이 과정에서 벤야민으로부터 영향을 받았다. 카프카 연구를 하면서 써놓은 방대한 양의 메모와 노트[13]

---

11) GS, IV/1, 466~68. 벤야민은 로베르트 벨치(Robert Weltsch)에게 보낸 1934년 5월 9일자 편지에서 "막스 브로트가 수년 전에 카프카가 남긴 어떤 유언을 지키지 않았다는 이유로 엠 벨크(Ehm Welk)로부터 공격을 받았을 때 저는 『문학세계』에 실린 기고문을 통해 브로트를 방어했습니다. 그렇다고 해서 카프카를 해석하는 문제에서 제가 브로트와 같은 시각을 갖고 있지는 않습니다"라고 쓰면서 이 논평을 언급한다. 벨크의 기사도 정신을 비꼬는 의미에서 그런 제목을 달았다.

12) 숄렘에게 보낸 1938년 6월 12일자 편지. Walter Benjamin, *Briefe*, 2 Bde., Hrsg. u. mit Anmerkungen versehen v. Gershom Scholem/Theodor W. Adorno, Frankfurt a. M., 1978(Zuerst 1966), pp. 756~60; GS, III, 526~29. 이 편지에서 벤야민은 숄렘이 부탁한 브로트의 카프카 전기에 대한 비판 외에 카프카에 대한 총체적인 해석을 또 한 번 제시한다.

에 이들과의 토론을 인용하고 논평한 부분도 상당한 양을 차지한다.

또 하나 특이한 점은 그가 당대에 유대교와 철학을 연결하여 깊이 연구한 헤르만 코엔(Hermann Cohen)이나 프란츠 로젠츠바이크의 주요 저작에서 한두 구절을 자신의 에세이에 인용하면서도 이들과 신학 논쟁을 벌이지 않은 점이다.[14] 그에게 중요한 것은 카프카의 작품 세계였고, 이것을 해석하는 과정에서 그는 자신의 사유를 날카롭게 벼리고 다듬었다.

---

13) 이 메모와 노트는 카프카 에세이에 대한 주석 부분으로 GS, II/3, 1188~1276에 실려 있다. (그전에 1153~88에 벤야민 전집의 편집자들이 벤야민의 카프카 수용사를 기록했다.) 나중에 헤르만 슈베펜호이저가 다소 난삽한 이 주석 부분에서 3분의 2 정도를 추려내어 각 노트묶음을 연대순으로 분류하고 제목을 달아 다음의 단행본에 실었다. Walter Benjamin, *Benjamin über Kafka: Texte, Briefzeugnisse, Aufzeichnungen*, hrsg. von Hermann Schweppenhäuser, Frankfurt a. M., 1981.

14) 숄렘, 코엔, 로젠츠바이크, 벤야민, 네 명의 유대계 독일 철학자들의 공통점과 차이점을 분석한 다음 논문은 주목할 만하다. 김영옥, 「유대교적-독일 철학의 한 문맥: 헤르만 코엔, 프란츠 로젠츠바이크, 게르숌 숄렘 그리고 발터 벤야민을 중심으로」, 『브레히트와 현대연극』 제2집, 1996. 김영옥에 따르면 "유대교의 전통을 크게 '합리적이고 사회주의적'인 노선과 '그노시스적이고 계시록적'인 노선으로 나눈다면 유대교에 대한 벤야민의 신학적 태도는 이 두 노선 사이를 지나는, 변증법적 자장을 지니는 제3의 노선으로 읽을 수 있다. …… 벤야민은 이 세 사상가들(코엔, 로젠츠바이크, 숄렘)을 통해 대변된 유대교의 두 전통 노선을 한편으로는 변증법적 긴장관계 속에 둠으로써, 다른 한편으로는 철저하게 세속화시킴으로써 그들과는 다른 고유한 길을 간다. 그의 메시아주의는 따라서 **니힐리즘적이며 무정부주의적인 그러면서 동시에 유물론적**인 것으로서 표현될 수 있을 것이다"(강조는 김영옥).

III. 벤야민의 카프카 해석에 나타난 신학적인 사유

1. '도주 중에 있는 신학', 흉측하고 왜소해진 신학

밴야민은 앞서 언급한, 1938년 숄렘에게 보낸 편지에서 카프카의 작품세계를 다음과 같이 간명하게 특징짓는다. "카프카의 작품은 서로 멀리 떨어진 두 개의 초점이 있는 타원과 같다. 그 초점 가운데 하나는 (무엇보다도 전통에 관한 경험이라고 할 수 있는) 신비적인 경험이고, 다른 하나는 현대 대도시인의 경험이다."[15] 여기서 벤야민은 조망하기가 불가능한 어떤 관료장치에 내맡겨져 있는 현대인, 그리고 과학과 기술의 발전으로 세계에 대해 더 많이 알게 되는 그만큼 일상에서 일어나는 사소한 물리적 현상도 그것을 설명, 예측, 통제하는데 더욱더 어려움을 느끼는 현대인의 경험을 후자의 예로 든다. 그렇다면 전자, 즉 전통의 경험, '신비적 경험'으로 벤야민은 무엇을 말하고자 하는 것일까? 이 경험이 바로 그의 신학적 사유 대상이다. 중요한 것은 그 두 경험이 매개 없이 대립하며 긴장관계에 있는 것이 아니라 후자의 경험이 전자의 경험을 통해 전해졌다는 점, 그리고 전자가 후자의 "보완물"이라는 점이다.[16] 관료조직이든 대량살상무기이든 현대인의 일상은 일개인이 더는 경험할 수 없는 것이 되었고, 그

---

15) Walter Benjamin, *Briefe*, 2 Bde., Hrsg. u. mit Anmerkungen versehen v. Gershom Scholem u. Theodor W. Adorno, Frankfurt a. M., 1978(Zuerst 1966), p. 760(이 책 182쪽).

16) 앞의 편지, p. 762(이 책 185쪽).

것을 마주한 개인은 전통의 힘들에 호소할 수밖에 없다는 것이다. 그러나 카프카의 작품은 그 전통이 병들어 있음을 나타낸다고 벤야민은 해석한다.[17] 이것이 무엇을 뜻하는지는 뒤에 카프카적 서사의 특징을 논할 때(III. 제4절) 상술할 것이다.

우선 카프카의 세계를 바라보는 벤야민의 신학적 시각이 어떤 특징을 띠는지 살펴볼 필요가 있다. 벤야민은 당대의 비평가 빌리 하스(Willy Haas)가 쓴 책 『시대의 형상들』(Gestalten der Zeit, 1930)을 서평하면서 하스가 신학자들보다는 "극도로 위험에 처해 있고 가장 남루한 옷으로 변장해서 등장하는 신학적 내용들에 피난처를 제공하는 자들의 작품"을 천착하는 데에 주목한다.[18] 그리고 하스가 그런 작가들 중 하나인 카프카에게서 일종의 "도주 중에 있는 신학"(Theologie auf der Flucht)을 발견하고 있다고 쓴다. 왜 도주하고 또 무엇으로부터 도주하는 것일까? 우선 이 표현은 벤야민이 「역사의 개념에 대하여」 1번 테제에서 오늘날 "왜소하고 흉측해졌으며 어차피 모습을 드러내서는 안 되는 신학"을 이야기한 부분을 상기시킨다. 왜 그렇게 되었을까? 우선 현대는 사회 전반에 '합리성'을 기반으로 '탈주술화' 과정이 확산되고 과학과 기술의 눈부신 발전에 힘입어 자본주의적 산업화와 도시화가 급속히 진행된 시대로서, 그 과정에서 전통의 질서와 의미가 급격하게 쇠퇴해갔다. 그에 따라 전통에서 중심적 역할을 한 종교와 신학이 교리, 권위, 제도로서 힘을 잃어가면서 왜소해질 수밖

---

17) 같은 곳.

18) Walter Benjamin, "Theologische Kritik: Zu Willy Haas, *Gestalten der Zeit*"(Berlin, 1930)(1931), in: GS, III, 275~78, 여기서는 277.

에 없었다. 다른 한편 종교와 신학이 과거에 제도로서 행사해온 권위의 부정적인 면모, 즉 억압적이고 비인간적인 지배질서에 봉사해온 측면도 드러나면서 모습이 흉측해질 수밖에 없을 것이다. 그래서 제도로 석화된 신학이 아니라 진지한 신학이라면 모습을 드러내지 않고 도주 중에 있을 것이다.

카프카도 마찬가지이지만 그의 작품을 해석하는 벤야민도 이러한 현대의 공간에서 신학적 사유를 버리고 사실을 신봉하는 실증주의나 과학주의로 기울거나 그와는 반대로 예술지상주의·유미주의 또는 그 밖의 어떤 이념이나 이데올로기로 달아나지 않는다. 과거의 신비적 경험을 중시하되 결코 특정한 신비주의 이론에 경도되지 않는다.

역사철학 1번 테제로 다시 돌아가 역사적 유물론이라는 인형을 조종하면서 그 인형이 그 어떤 상대와 겨뤄도 이기게끔 만드는 '꼽추 난쟁이'는 장기판 아래 숨어 있는 신학이다. 『1900년경 베를린의 유년시절』의 마지막 단편에서 망각의 모티프로 묘사된 이 난쟁이는 카프카 에세이에서 '기형(畸形, 왜곡)의 원형'으로 다시 등장한다. 메시아가 오면 사라질 것이라고 하는 이 난쟁이는 우리가 무언가 중요한 것을 망각했기 때문에 왜곡된 모습으로 불시에 나타난다. 이 신학이라는 난쟁이는 제도로서의 신학에 의해 망각·억압되었기에 기형이 되었기도 하고, 현대가 신학을 망각·억압했기에 기형이 되었다고도 할 수 있다.

2. 순수예술의 신화에 맞서는 신학

벤야민은 하스가 카프카에게서 "도주 중에 있는 신학"을 발견했다고 긍정적으로 평가하는데도 불구하고, 우리가 나중에 살펴보겠지만 하스의 신학적 해석을 전폭적으로 지지하지는 않으며, 에세이 「프란츠 카프카」에서 그 자신의 신학적 입장을 날카로운 윤곽으로 드러낸다. 그것을 본격적으로 살펴보기 전에 하스의 책에 대한 벤야민의 서평에서 주목할 또 하나 중요한 점이 있다. 이 서평에서 언급하고 있듯이 벤야민에게서 신학적 관찰방식이 지니는 가장 중요한 의미 가운데 하나는 문학작품과 예술작품을 근본적으로 문학과 예술의 영역을 넘어서는 것으로 본다는 점이다. 그는 하스와 같은 해석 시도를 "예술작품에 이르는 길을 예술의 영역적 성격에 대한 이론을 분쇄함으로써 트고자" 한 시도로 본다.[19] "신학적 관찰방식은 비록 숨겨진 방식일지라도 그만큼 더 파괴적인 방식으로 예술을 대하는 데서 그 온전한 의미를 획득한다."[20] 벤야민은 이러한 파괴적 방식을 스스로 "전범적 비평"이라고 칭한 「괴테의 친화력」이나 초·중기의 주저인 『독일 비애극의 원천』에서 수행한 바 있다. 두 글에서 모두 신학적 사유가 인식비판적 사유를 전개하는 데 주도적 역할을 한다. 벤야민이 초기부터 견지해온 신념, 즉 "예술작품은 어떤 측면에서도 영역적으로 국한할 수 없는, 한 시대의 종교, 형이상학, 정치, 경제적 경향들

---

19) Walter Benjamin, "Theologische Kritik", a. a. O., 277.
20) 같은 곳.

의 총체적 표현"으로 파악된다는 신념도 이에 상응한다.[21]

이러한 입장은 1920년대 중반 유물론적 사유를 전유하기 시작한 이후 벤야민에게서 점점 더 뚜렷하게 드러나는 요구, 즉 "예술의 영역적 성격을 폭파"해야 한다는 (정치적) 요구와 수렴하면서 폭넓게 전개된다. 예술의 '영역적 성격'이란 예술을 사회의 맥락이나 역사적 흐름을 초월한 순수한 영역으로 여기는 태도 일반을 가리킨다. 이른바 '예술의 자율성'이라는 것도 이에 속한다고 볼 수 있다. 자율적 예술은 그것이 탄생했을 때에는 종교나 그 밖의 전승된 권위에 예속된 관계에서 벗어나 개인을 주체로 세우는 긍정적 기능을 수행했을지라도 변화된 역사적·사회적 조건 아래서는 '반(反)사회적' 기능을 수행할 수 있으며, 바로 이 점을 벤야민은 특히 '기술복제' 에세이에서 경고한다.[22] 예술과 예술작품을 고찰할 때 역사와 사회를 초월하는 그 어떤 사유도 신화적 사유라고 할 수 있고, 벤야민의 비평은 초기부터 신화비판을 지향했다. 이 신화비판을 이끈 사유가 유대·기독교적 신학이고, 후기에는 그 신학과 결합한 유물론적 정치이다.

아무튼 현대에 들어 탈신화화해가는 예술의 영역에서 신화적 잔재는 바로 예술의 '영역적 성격'을 고수하는 미학의 태도에서 확인된다. 벤야민에 따르면 사진과 영화와 같은 혁명적 복제수단이 등장하면서 위기를 느낀 예술은 예술지상주의라는 '예술의 신학'으로 그 위기에 대처한다. "이 이론으로부터 생겨난 것이 '순수'예술의 이념이라는 형

---

21) GS, VI, 219("이력서」, 『벤야민 선집』 제9권, 520쪽 이하).
22) GS, I/2, 502(『벤야민 선집』 제2권, 88쪽).

태를 띤 일종의 부정신학(Negative Theologie)이다."[23] 여기서 엿볼 수 있듯이 '신학'은 벤야민에게 무조건 긍정적 의미를 띠지 않는다. 그가 추구한 것은 예술이라는 특권적이고 초월적인 영역에 대한 파괴적이고 신학적인 사유이지 예술을 숭배하는 신학이 아닌 것이다. 그리고 벤야민처럼 문학과 예술에서 미적 경험뿐만 아니라 '진리내용'을 추구한다면 그것은 그가 강조하는 신학적 사유와 긴밀하게 연결될 수밖에 없다.

3. 카프카에게서 비유와 제스처

다시 카프카의 주제로 돌아가, 숄렘과 함께 카프카의 작품에 심취했던 벤야민은 카프카 작품의 중심에 '가르침'(Lehre) — 카프카가 말하는 '법'(Gesetz) — 이 있다는 숄렘의 지적에 동의한다. 그러나 그가 보기에 그 '가르침'은 카프카의 작품 어디서도 명시적으로 드러나지 않는다. 벤야민은 숄렘의 해석과는 달리 카프카에게서 가르침이 '할라하'(Halacha, 율법)의 형태로 주어져 있거나 추구되는 것이 아니라 오히려 '하가다'(Hagadah, 설화)의 의미에서 추구되고 있다고 본다. "유대인들은 랍비의 글에서 가르침 — 할라하 — 을 설명하고 확인하는 데 기여하는 이야기와 일화들을 그렇게 부른다. 『탈무드』에서 하가다적 부분처럼 카프카의 책들 역시 이야기들, 즉 하가다이다."[24]

---

23) GS, I/2, 481(『벤야민 선집』 제2권, 52쪽).

24) GS, II/2, 679(이 책 120쪽 이하). 이 구절에서 벤야민은 가르침을 할라하(율법)와 동일시하지만, 다른 곳에서는 "카프카에게서 '법' 개념은 — '가르침'의 개념과는 반

그는 카프카의 이야기들을 "할라하의 질서나 공식, 가르침을 도중에 만날 수 있을지 모른다는 희망과 동시에 불안을 품으면서 언제든 중단했다가 아주 장황한 서술들에 머무르곤 하는 이야기들"로 본다.[25]

벤야민의 이러한 해석에서 우리는 그의 신학적 사유의 중요한 측면을 엿볼 수 있다. 그는 카프카의 저작을 근본적으로 잘못 해석하는 두 유형으로 정신분석적 해석(자연적 해석)과 신학적 해석(초자연적 해석)을 든다. 이 신학적 해석의 한 예로 벤야민은 하스를 든다. 하스에 따르면 "카프카는 그의 위대한 소설 『성』에서는 상위의 권력, 은총의 영역을 서술했고, 마찬가지로 위대한 소설 『소송』에서는 하위의 권력, 즉 심판과 저주의 영역을 서술했다. 두 영역 사이에 있는 지상, …… 즉 지상적 운명과 그것의 어려운 요구들을 그는 세 번째 소설 『아메리카』에서 엄격한 양식으로 그리려고 했다."[26] 하스는 카프카가 쇠렌 키르케고르(Søren Kierkegaard) 및 블레즈 파스칼(Blaise Pascal)과 함께 인간은 신 앞에서 항상 부당하다는 확신을 갖고 있었다고 설명한다. 편협하고 복잡하고 탐욕적인 관료조직 앞에서조차 인간은 부당한 존재라는 것이다. 이러한 유의 편리한 신학적 해석은 『성』의 주인공 K.가 그리스도를 모르기 때문에 벌을 받는다는 개신교적 해석에서 정점에 이른다.[27]

대로 — 대부분 가상적인 성격을 띠고 원래 일종의 모조품"이라고 하면서 가르침과 법을 구별한다(베르너 크라프트에게 보낸 1934년 11월 12일자 편지. Walter Benjamin, *Briefe*, pp. 627~30, 여기서는 p. 629; 이 책 203쪽).

25) GS, II/1, 679(이 책 121쪽).

26) Willy Haas, *Gestalten der Zeit*, Berlin, 1930, p. 175; GS, II/2, 426에서 재인용(이 책 88쪽).

벤야민은 이처럼 종교철학적 도식으로 거창한 사변적 해석을 시도하는 것보다 더 중요하고 어려운 과제는 이 작가의 작품을 "그의 이미지 세계의 중심부로부터 해석해내는 일"이라는 점을 강조한다(GS, II/2, 678). 이 이미지 세계의 예로 벤야민은 카프카에서 자주 등장하는 "머리를 가슴 깊숙이 파묻고 있는 남자"(법관들은 피로해서, 호텔 수위는 소음 때문에, 미술관 관람객들은 낮은 천장 때문에 그러하며, 유형지에서 기계가 죄인들의 죄명을 새겨넣는 곳은 〔사람의〕 등이다), "감정의 원초적 순수성에 상응하는 이 수치심(Scham)"과 같은 제스처, 그의 작품 곳곳에 등장하는 '망각'과 '기형'의 형상들을 든다.[28] 벤야민에 따르면 "망각은 항상 최상의 것에 해당하는데, 왜냐하면 그것은 구원의 가능성에 해당하기 때문"이다.[29] 그렇기 때문에 카프카의 작품에서 망각은 사소한 개인적 사안이 아니다. 망각된 모든 것은 '전세'(前世, Vorwelt)에서 망각된 것과 혼합되어 수많은 결합물을 형성한다. 망각은 하나의 저장고이다. 유령들이 끊임없이 생겨나는 중간세계이다. 동물들이 망각된 것의 저장고이기에 카프카는 망각된 것을 동물들에게서 엿들으려 한다.[30]

그러나 벤야민에 따르면 카프카는 그의 작품에 등장하는 인물들이

---

27) "그 모든 것은 신 없는 인간의 비참한 상태가 아니라 그리스도를 모르기 때문에 자신도 알지 못하는 어떤 신에 얽매어 있는 인간의 비참한 상태이다." Willy Haas, "Denis de Rougemont: Le Procès, par Franz Kafka", in: *NRF*, Mai 1934, p. 869; GS, II/2, 426에서 재인용.

28) GS, II/2, 431f.(이 책 92, 99쪽).

29) GS, II/2, 434(이 책 104쪽 이하).

30) GS, II/2, 430(이 책 96쪽).

나 동물들의 제스처를 해명해줄 "가르침"을 갖고 있지 않다(420). 카프카의 우화(Parable, 비유담)들에서 두드러지게 등장하는 제스처들의 묘사를 벤야민은 "구름 같은 구절", 명시적 해석을 가로막는 구절로 본다(420, 427). 그래서 그는 카프카에게서 "제스처들은 모방을 통해 이 세상사 흐름의 불가해함을 불필요한 것으로 만들거나 그 흐름의 불필요함을 이해 가능하게 만들고자 하는 시도이다"라고 해석한다.[31]

그럼에도 벤야민에 따르면 카프카의 비유들은 어떤 가르침을 전해주는 유물이면서 그러한 가르침을 준비하는 선구(先驅)들이다.[32] 가르침을 준비하기 때문에 현대의 우화작가 카프카의 작품을 벤야민은 "예언적" 작품이라고 말한다.[33] 그런데 그 가르침은 명시적으로 드러나 있지 않고 부정적으로 암시될 뿐이다.

그의 작품이 다루는 삶은 지고로 정밀한 희한함들로 가득 차 있는데, 독자들이 보기에 그것들은 작가가, 정작 그 자신은 새로운 질서에 적응할 줄 모른 채 모든 관계들에서 일어나고 있음을 느끼는 전치(轉置, Verschiebung) 현상들의 작은 표지, 암시, 징후들에 지나지 않는 것으로 이해할 수 있다. 그리하여 작가로서는 이러한 법칙들이 등장한다는 것을 드러내주는, 거의 이해할 수 없는 이 삶의 왜곡들에 가공할 두려움이

---

31) 이것은 벤야민의 완결된 텍스트가 아니라 관련 노트에 들어 있는 구절이다. GS, II/3, 1261(이 책 319쪽).

32) GS, II/2, 420(이 책 78쪽).

33) GS, II/2, 678(이 책 120쪽).

뒤섞인 놀라움을 가지고 대답하는 길밖에 없다.[34]

그렇지만 작가의 놀라움과 경악은 문학적으로 비유와 제스처로 표현된다. 그렇게 현실의 끔찍함을 보완하고 보상하는 것이 문학일 것이다. 그래서 벤야민은 카프카의 문학을 두고 "그의 경악의 제스처에는 파국이 알지 못할 훌륭한 **유희공간**이 도움이 된다"고 말한다.[35] 문학은 진지함과 유희가 뒤섞인 글쓰기가 아닐까. 그리하여 벤야민은 카프카의 『소송』이 신비적인 책과 풍자적인 책의 엄청난 혼합을 보여준다고 본다.[36]

아무튼 카프카 문학의 진지한 측면에 다시 주목하자면 벤야민은 카프카가 이처럼 전치와 왜곡의 현상에 매달리는 것이 독자에게 갑갑한 인상을 불러일으킬 수 있다는 점을 인정하면서도 그러한 태도에서 카프카가 "작가로서 순수하게 문학적인 산문과 단절했다"는 징표를 읽어낸다.[37] 문학이면서 문학을 넘어서는 것을 진지하게 찾는 글쓰기 방식이라는 뜻이다. 벤야민은 카프카의 단편들뿐만 아니라

---

34) GS, II/2, 678(이 책 120쪽). 이 구절은 벤야민이 카프카를 두고 브레히트와 나눈 대화에서 얻은 힌트가 반영된 것으로 보인다. 이 대화에서 브레히트는 카프카를 "유일하게 진정한 볼셰비키적 작가"라고 칭했다. 브레히트에 따르면 카프카의 중심 주제는 "모든 관계에서 엄청난 전치가 일어나고 있음을 느끼면서 새로운 질서에 스스로 적응할 수 없는 한 사람이 느끼는 놀라움(경악)"이라는 것이다. 브레히트는 그 점에서 카프카를 "예언적 작가"라고 부른다(GS, VI, 432; 이 책 254쪽 이하).

35) 숄렘에게 보낸 1938년 6월 12일자 편지. Walter Benjamin, *Briefe*, p. 762(이 책 185쪽). 강조는 벤야민.

36) GS, II/3, 1256~59(이 책 309쪽).

37) GS, II/2, 679(이 책 120쪽).

장편소설들도 '비유'로 파악한다. 그러나 그는 카프카의 작품들이 비유이면서 "비유 이상의 것이 되어야만 했던 점이 그의 문학의 불행이고 그의 문학의 아름다움"이라고 말한다.[38] 카프카의 비유들은 마치 하가다가 할라하에 바쳐지듯이 가르침에 바쳐지는 듯이 보여도 어떠한 명시적인 가르침에도 순종적으로 바쳐지지 않는다는 것이다.

벤야민은 『성』이나 『소송』 『아메리카』에서 주인공들이 휘둘리는 힘들이 "전세"의 힘들이라고 규정한다. 그러나 그 힘들은 그에 따르면 카프카가 살던 당대(모더니티')의 힘들이기도 하다.[39] 카프카는 전통의 질서가 붕괴해가는데 새로운 질서는 아직 나타나지 않는 불안한 상태의 '현대'라는 공간에서 나타나는 전치와 기형, 소외의 현상들을 예민하게 관찰하고 기술하면서 '놀라움'으로 반응할 뿐이다. 벤야민에 따르면 문명의 진보를 비웃기라도 하듯이 현재에도 작용하는 이 전세적 힘들은 카프카에게서 죄로, 미래는 그에 대한 속죄와 형벌로 나타난다.

분명한 것은 카프카가 그 힘들 앞에서 갈피를 잡지 못했고 그것들의 정체를 몰랐다는 점이다. 그는 단지 전세가 죄라는 형태로 그에게 내미는 거울 속에서 재판의 형태로 나타나는 미래를 보았을 뿐이다. 그러나 이 재판을 우리는 어떻게 생각해야 할까. 그것은 최후의 심판일까? 재판관을 피고로 만드는 재판일까? 소송 자체가 형벌이 아닐까? 이에 대해 카프카

---

38) 숄렘에게 보낸 1938년 6월 12일자 편지. Walter Benjamin, *Briefe*, p. 762(이 책 186쪽).

39) GS, II/2, 427(이 책 90쪽).

는 아무런 대답도 주지 않았다.[40]

카프카에게서 피조물은 요한 야코프 바흐오펜(Johann J. Bachofen)
이 "창녀적"(hetärisch)이라고 칭한 단계, "늪의 세계"(Sumpfwelt)에 있
는 것으로 나타난다고 벤야민은 해석한다.[41] 이 단계가 망각되어 있
다가 현재에 불쑥 죄의 형태로 나타난다는 것이다. 카프카의 작품에
는 『소송』의 주인공 요제프 K., 『성』의 주인공 K., 해충으로 변신한
그레고르 잠자, 가장의 근심인 오드라데크, 유형지에서 등에 죄의 내
용이 새겨지면서 처형되는 죄수, 「선고」에서 아버지로부터 익사라는
사형선고를 받는 아들 등 알 수 없는 죄에 대해 형벌을 받거나 그 형
벌을 예고하는 형상들로 가득하다. 죄와 속죄의 연쇄는 서양에서 '운

---

40) 같은 곳. 여기서 벤야민은 '계시' '법' '가르침'('할라하')이 카프카의 『소송』이 던지는
   핵심 질문이라고 보는 숄렘의 해석에 대한 자신의 이견을 명확하게 드러내고 있다.
   숄렘은 카프카의 『소송』을 읽고 자신의 감상과 생각을 담은 시를 써 보내면서 그 시
   에서 바로 벤야민이 이 인용문에서 표명한 물음을 던진다. 그러나 벤야민은 카프카
   가 그 물음들에 대해 아무런 답도 주지 않았으며, 그에게서 두드러지게 등장하는
   장면적인 것(연극적인 것)과 제스처적인 것을 통해 그 "물음들에 대해 가부를 알려
   주기보다 아예 물음들 자체를 제거"했다고 해석한다. Walter Benjamin, *Briefe*,
   p. 614(이 책 169쪽).

41) 벤야민은 인류의 역사가 여성지배에서 남성지배로, 모권에서 부권으로, '난혼'(亂婚,
   Promiskuität)에서 일부일처제로 넘어가는 맥락을 고대의 신화를 통해 탐구한 바흐
   오펜에게서 많은 힌트를 받았고, 카프카 에세이에서 이를 활용한다. 그는 바흐오펜
   에 대한 꽤 긴 논문을 쓰기도 했다. Johann Jakob Bachofen, GS, II/1, 219~33. 바
   흐오펜의 주저는 다음과 같다. Johann Jakob Bachofen, *Das Mutterrecht: Eine
   Untersuchung über die Gynaikokratie der alten Welt nach ihrer religiösen und rechtlichen
   Natur*, Stuttgart, 1861(요한 야콥 바흐오펜·한스 유르겐 하인리히스 엮음, 한미희
   옮김, 『모권』, 전2권, 나남, 2013).

명’의 공식으로 익히 알려져 온 현상이다. 그리스 비극의 주인공들은 비극적 죽음을 통해 그 고리를 끊어낼 수 있는 발판을 마련한다. 그렇다면 역사시대 유대교의 전통, 토라는 어떤 역할을 했을까? 할라하는 실패한 것이 아닐까?

4. ‘서사적인 것의 복원’: 유예하기, ‘역(逆)신학’

앞의 인용문에 이어 벤야민은 “그는 그 대답에서 무엇인가를 기대했을까? 아니면 오히려 그런 대답을 미루는 것이 그의 의도가 아니었을까?”라고 물으면서 카프카적 서사에서 ‘세헤라자데의 입’이 지니는 의미를 환기한다. “그 의미란 다가오는 것을 늦추기이다. 유예(猶豫, Aufschub, 지연遲延)는 『소송』에서 피고의 희망이다. 즉 심리(審理)가 점차 판결로 넘어가지만 않기를 바라는 희망이다”(427).[42] 그렇기 때문에 벤야민은 카프카가 독자에게 명쾌한 답을 주지 않는다고 본다. 그는 카프카가 “영혼의 자연스러운 기도(祈禱)”(말브랑슈)라는 ‘주의력’(Aufmerksamkeit)을 갖고 ‘공부’(Studium, 연구)할 뿐이라고 말한다.[43]

---

42) 숄렘은 벤야민의 ‘유예’ 개념이 자기에게서 힌트를 받은 것으로 본다. “이 유예의 범주는 내가 1919년에 쓴 원고 「요나서와 정의 개념에 대하여」에서 유대교의 중요한 개념으로 칭한 적이 있었고, 그에게 매우 시사적으로 느껴졌다”(게르숌 숄렘, 최성만 옮김, 『한 우정의 역사: 발터 벤야민을 추억하며』, 한길사, 2002, 258쪽).

43) GS, II/2, 432(이 책 101쪽). 한편 카프카에게서 ‘주의력’이나 ‘공부’는 미메시스적 구조를 보여주며, 궁극적으로 그것이 얻고자 하는 것을 얻지 못할지라도 ‘경험’이라는 소중한 결실을 가져다준다고 할 수 있다. 이에 대해서 졸고, 「발터 벤야민의 프루스트와 카프카 해석에 나타난 경험이론」, 한국독어독문학회 편, 『독일문학』 제74호, 2000, 339~73쪽 참조.

「신임 변호사」에서 법학자 부세팔루스가 하듯이 "더는 실행되지 않고 단지 연구만 될 뿐인 법, 바로 그 법이 정의로 가는 문이다."[44]

한편 아도르노는 당시 카프카에 대한 벤야민의 이러한 신학적 해석을 읽고 그것을 '역(逆)신학'(inverse Theologie, 전도된 신학)으로 규정하며 감탄한다.[45] 여기서 '역신학'은 학문적으로 정립된 개념이 아니다. 그것이 '부정신학'의 일종인지, 아니면 그와는 또 다른 유의 신학인지 여기서 논의할 수 없다. 다만 전통적인 '긍정신학'과는 반대된다는 점은 분명해 보인다. 즉 우리는 전통신학이 신, 절대자, 최고의 존재를 추구하고 또 그것을 명시적으로 표명하려고 한다면 역신학은 그것의 반대상인 암울한 현실의 '지옥' 같은 상황에 주목한다는 점을 유추할 수 있다. '구원받은 삶의 관점', 구원의 관점에서 이승의 삶을 바라보는 것이다. 구원과 희망의 관점은 바로 이 현실을 직시하는 데서 열린다. 나중에 아도르노는 『미니마 모랄리아』의 마지막 단편에서 이 '구원의 관점'을 표명하는데, 여기서 그가 말한 '역신학'의 의미를

---

44) GS, II/2, 437(이 책 110쪽).

45) 아도르노는 나중에 「카프카 소묘」라는 제목의 긴 에세이로 카프카에 대한 자신의 해석을 제시한다. 이 에세이에서 아도르노는 '밀폐적인'(hermetisch) 성격이 두드러진 카프카의 문학을 "세련되게 현란한 빛을 내는 후기 자본주의의 암호문"으로 특징지으면서 카프카의 작품세계를 그 나름대로 벤야민 못지않은 신학적 사유로 천착한다. Theodor W. Adorno, "Aufzeichnungen zu Kafka", in: *Die Neue Rundschau*, 1953(집필: 1942~53). 나중에 이 에세이는 *Prismen: Kulturkritik und Gesellschaft*(지금은 전집 10권)에 실린다(테오도어 W. 아도르노, 홍승용 옮김, 『프리즘: 문화비평과 사회』, 문학동네, 2004, 291~331쪽). 아도르노는 벤야민과 마찬가지로 카프카에 대한 상투적인 신학적 해석이나 실존주의적 해석에 반대한다. "그를 염세주의자 내지 절망의 실존주의자에 편입시키는 것은 그를 구원의 예언자에 포함시키는 것과 마찬가지로 잘못이다"(테오도어 W. 아도르노, 같은 책, 328쪽).

추적해볼 수 있다.

절망에 직면하여 아직도 책임질 수 있는 철학이 있다면 그것은 모든 사물을 관찰할 때 이것들이 **구원의 관점**에서 나타나게 될 모습으로 관찰하려는 태도일 것이다. 인식은 구원으로부터 이 세계에 비추이는 빛밖에 가진 것이 없다. 다른 모든 것은 재구성이고 단순한 기술(技術)일 뿐이다. 세계가 언젠가 메시아적 빛 속에서 빈궁하고 왜곡된 모습으로 드러나게 되듯이 그 세계를 유사성의 세계로 전치하고 낯설게 나타나게 함으로써 그것의 갈라진 틈과 균열들을 드러내 보일 수 있는 시각들이 만들어져야 할 것이다. 아무런 자의나 폭력이 없이 전적으로 대상과의 접촉으로부터 그와 같은 시각들을 얻어내는 일이야말로 사유가 해야 할 일이다. 그것은 아주 간단한 일이다. 왜냐하면 현 상태가 불가피하게 그와 같은 인식을 불러일으키기 때문이고, 〔사회의〕 완성된 부정성은 일단 전체적으로 파악되고 나면 그 부정성의 반대를 지시하는, 거울에 비친 글자로 응축되기 때문이다. 그러나 다른 한편 그것은 전적으로 불가능한 일이기도 하다. 왜냐하면 그것은 현존을 옭아매는 체제로부터 벗어나 있는 어떤 입지점을 전제하기 때문이다.[46] (강조는 필자)

---

46) Theodor W. Adorno, *Minima Moralia: Reflexionen aus dem beschädigten Leben*, Frankfurt a. M., 1971(초판: 1951), p. 333(테오도르 아도르노, 김유동 옮김, 『미니마 모랄리아』, 도서출판 길, 2005). 이 구절을 나는 『벤야민 선집』 제5권의 해제 「발터 벤야민의 역사철학적 구제비평」에서도 인용했다. 아도르노가 말한 '역신학'의 상세한 의미는 앞서 인용한 에세이 「카프카 소묘」에서 추적할 수 있을 것이다.

이것은 카프카의 작품과 벤야민의 카프카 해석에서 영향을 받아 형성되었을 법한 성찰이다. 하여튼 아도르노에게서와 마찬가지로 벤야민에게서도 역사와 현실을 바라보는 시각은 바로 이 '구원의 관점'으로 특징지어진다. 벤야민은 "역사적 시간에 대한 진정한 구상은 전적으로 구원의 이미지에 바탕을 둔다"고 언명한다(N 13a, 1=GS, V/1, 600). 이 시각은 인간의 역사를 근본적으로 진보와 발전의 역사가 아니라 실패와 불행의 역사로 바라보는 관점, 그렇지만 그것을 되돌리고 바로 세우려는 관점이다. 우리는 벤야민의 마지막 글인 「역사의 개념에 대하여」에서 표명한 이 시각이 카프카 연구에서 자라나왔을 거라고 충분히 추정할 수 있다. 특히 이 글 2번 테제에서 벤야민은 "행복의 관념 속에는 구원의 관념이 포기할 수 없게 함께 공명하고 있다"는 점을 강조한다.[47] 그는 카프카가 '신의 이름'을 부르지 않은 채 이 '구원'을 모색한다고 본다. 그에 따르면 "어떤 작가도 '우상을 섬기지 말라'는 계명을 그보다 더 철저하게 지키지 못했다"(GS, II/2, 427). 무엇보다 카프카에게서 가장 강력한 제스처인 '수치심'이 신이 자신을 보거나 심지어 스스로 신의 이름을 부르는 것을 금하게 했다. 그래서 벤야민은 "그(카프카)의 저작을 해설할 때 '신'을 도입하는 것보다 더 쓸데없는 일도 없다. 무엇이 카프카가 신이라는 이름을 사용하는 것을 금하게 하는지를 이해하지 못하는 사람은 그가 쓴 텍스트를 한 줄도 이해하지 못한다"라고 단언한다(GS, II/3, 1219). 그리고 카프카에게서 희망은 무엇보다 '구원에 대한 희망'을 뜻한다. 물론 여

---

47) GS, I/2, 693(『벤야민 선집』 제5권, 331쪽).

기서 구원은 위에서 언급한 '행복' 외에도 '탈출' '해방' 등과 조응한다.[48] 여기서도 유대 기독교 신학이 현대에 들어 급진적으로 세속화하는 현상을 엿볼 수 있고, 다른 한편 세속의 현실을 '구원'에 대한 희망의 관점에서 직시하기 위해 왜 신학이, 그것도 더는 모습을 드러내서는 안 되는 신학이 요청되는지가 암시된다. 나는 이것이 바로 아도르노가 벤야민에게서 깊이 공감한 '역신학'의 중요한 함의라고 본다.

소설 『성』에서 주인공 K.는 결국 성에 다다르지 못한 채 좌절한다. 그 성은 앞서 언급했듯이 벤야민이 비판적으로 인용한 신학적 해석에서 '은총'의 자리라고 했지만, 벤야민은 그와는 정반대로 카프카의 작품이 미완의 단편으로 남은 점을 은총의 발현으로 본다. "법 자체가 카프카의 경우 어디서도 언명되지 않는다는 점, 다름 아닌 바로 이 점이 단편(斷片)으로 남은 그의 작품이 갖는 은혜로운 운명이다."[49] 우화작가 카프카는 벤야민에게 전통적 서사가 사멸해가는 현대에 "서사적인 것의 복원"(Restitution des Epischen)(GS, III, 231)을 시도한 작가로서 중요한 의미를 지닌다.[50] 카프카는 진리와 계시의 세

---

48) 예를 들어 「학술원에 드리는 보고」에서 원숭이 빨간 페터가 스스로 절박하게 찾았다고 보고하는 '탈출(구)'은 '구원'과 다르지 않다. 벤야민에 따르면 "구원은 현존에 덧붙여지는 프리미엄이 아니라" 인간의 "마지막 탈출구이다"(GS, II/3, 1230; 이 책 82쪽). 이에 관한 상세한 논의는 졸고, 「발터 벤야민의 프루스트와 카프카 해석에 나타난 경험이론」 참조.

49) GS, II/2, 679(이 책 122쪽).

50) 19세기에 가속적으로 진행된 이야기하기의 위기는 20세기에 들어 결국 같은 서사문학에 속하는 소설의 위기로 이어진다. 그런데 벤야민은 1931년 이 위기에 대처하는 새로운 소설형식을 창출한 예로 알프레트 되블린(Alfred Döblin)의 소설 『베를린 알렉산더 광장』에 대한 서평을 쓰면서 제목을 「소설의 위기」라고 단다. 이 서평에

계를 명시적으로 표명할 수 없는 시대, 진리의 하가다적 일관성인 '지혜'가 사라진 현대의 공간에서 "진리의 전승 가능성, 즉 진리의 하가다적인 요소를 붙들기 위해 진리 자체를 단념한" 작가로 나타난다.[51] 또한 지혜의 붕괴된 잔해만 남아 있는 곳에서 카프카는 "진실한 것들에 관한 소문"이나 "일종의 신학적 유언비어"에 귀를 기울이는 수밖에 없다.[52] 그러나 작가는 그로부터 '가르침'을 찾아낼 수 있을까?

5. 실패한 작가 카프카

벤야민은 카프카가 궁극적으로 '실패한' 작가라는 점을 거듭 강조한다.[53] 카프카 작품의 중심에 있는 '법'은 비어 있다. 그가 자신의 유고를 소각해달라고 한 유언을 벤야민은 이렇게 해석한다. 즉 "매일의

서 그는 되블린 자신이 발표한 소설론인 「서사작품의 구성」(Der Bau des epischen Werks, 1929)을 두고, 이 글이 "서사적인 것의 복원"과 함께 시작한 "소설의 위기를 논한 탁월한 다큐멘터리적인 기고"라고 높이 평가한다(GS, III, 231; 『벤야민 선집』 제9권, 493쪽). 우리는 카프카의 문학도 서사적인 것을 복원하려는 또 다른 시도로 볼 수 있다. 그가 복원한 서사적인 것이란 벤야민에 따르면 진리의 '전승 가능성'으로서 '하가다'적인 것, 즉 이야기적인 것을 가리키는데(여기서 '하가다'는 '할라하'에 마냥 봉사하지 않는다), 구체적으로 카프카적 우화 또는 비유, '유예'의 서사전략, 제스처적인 것, 장면적인 것 등을 그것의 요소로 들 수 있다. 그러나 이 형식적 요소들은 벤야민이 세부적으로 분석하고 있고 또 필자가 여기서 벤야민의 신학적 해석의 측면에서 조명하는 카프카 작품의 진리내용 전체와 분리해서 고찰할 수 없다.

51) Walter Benjamin, *Briefe*, p. 763(이 책 186쪽).

52) Walter Benjamin, *Briefe*, p. 763(이 책 187쪽).

53) GS, II/2, 427(이 책 92쪽).

삶에서 풀기 어려운 행동방식이나 해명하기 어려운 발언과 맞닥뜨린 카프카는 어쩌면 죽음을 통하여 적어도 자신의 동시대인들도 그와 동일한 어려움을 맛보도록 하고 싶었는지도 모른다"라고.[54] 또 다른 곳에서 벤야민은 이 유언을 다음과 같이 해석한다.

그의 문학이 그를 만족시키지 못했고 그가 자신의 노력이 허사로 돌아간 것으로 간주했음을, 자신을 실패할 수밖에 없던 사람들 가운데 하나로 여겼음을 말해준다. 실패한 것은 문학을 가르침으로 전환하고 우화로서 그 문학에, 그가 이성에 직면하여 유일하게 어울리는 속성이라 여긴 지속성과 소박함을 되돌려주려고 한 그의 웅대한 시도이다.[55]

결국 카프카에게서 법, 진리, 계시, 지혜, 가르침 자체가 아니라 그것을 기대하면서 비유와 우화를 통해 새로운 '서사'의 가능성을 탐색한 측면이 중요했던 것이다. 벤야민이 카프카의 유언을 작가 자신의 대단한 신비주의나 비밀주의로 해석하는 것을 경고하는 것도 이와 연관된다. 즉 그가 보기에 "카프카가 자신의 작품이 출판되는 것을 꺼린 것은 그 작품이 완성되지 못했다고 확신했기 때문이지, 작품을 비밀로 간직하려고 의도했기 때문이 아니다."[56] 벤야민에 따르면 카프카는 브로트에게 남긴 자신의 유고가 결국 소각되지 않고 출간되

---

54) GS, II/2, 422(이 책 81쪽).

55) GS, II/2, 427(이 책 92쪽).

56) GS, IV/1, 467(이 책 133쪽).

리라는 것을 알고 있었다. 소각하라는 유언과 소각되지 않고 출간될 거라는 예상은 모순된다. 하지만 이것이 바로 카프카의 유언이 남긴 역설이다. 이 역설을 벤야민은 "카프카는 자신이 그 위대함을 알고 있었던 어떤 작품을 후세 앞에서 책임지고 싶지 않았음이 분명하다" 라고 해석한다.[57]

6. '부조리한 희망'과 구원

다시 카프카 작품의 중요한 신학적 모티프인 '희망'과 '구원'에 관해 천착해보자. 카프카는 브로트가 전하는 대화에서 '희망'을 이야기 한다.

"그렇다면 우리가 알고 있는 현상계인 이 세상의 외부에는 희망이 존재한단 말인가?" ― 그(카프카)는 미소를 지었다. "물론이지. 희망은 충분히 있고 무한히 많이 있다네. ― 다만 우리를 위한 희망이 아닐 뿐 이지."[58]

---

57) GS, III, 527(이 책 139쪽).

58) Max Brod, "Franz Kafka", in: *Die Neue Rundschau*, 1921(Jg. 11), p. 1213; GS, II/2, 414에서 재인용(이 책 64쪽). 1937년 단행본으로 처음 출간되고 벤야민도 서 평을 쓴 브로트의 카프카 전기는 나중에 다른 자료들이 보완되어 다시 출간된다. Max Brod, *Über Franz Kafka*, Frankfurt a. M.: Fischer Verlag, 1974(막스 브로트, 편영수 옮김, 『나의 카프카: 카프카와 브로트의 위대한 우정』, 솔출판사, 2018. 위 의 인용문은 109쪽).

희망에 관한 이 언설은 「괴테의 친화력」의 마지막 문장을 연상시킨다. "오로지 희망 없는 자들을 위해 우리에게 희망이 주어져 있다."[59] 즉 희망은 희망을 품은 우리를 위한 것이 아니라 희망 없는 자들을 위해 우리가 품는 무엇이다. 물론 희망에 대한 이야기의 맥락이 「괴테의 친화력」과 카프카 에세이가 분명 다르지만, 둘 다 희망 없는 상황을 적시한다는 점에서 상통한다. 카프카 에세이 관련 노트에서 앞의 카프카의 말에 벤야민은 다음과 같은 주해를 단다. "그렇다면 누구를 위한 희망일까? 문지기와 조수들, 개와 두더지들, 티토렐리와 오드라데크, 양동이를 탄 사나이와 법원서기들의 족속을 위한 희망이다."[60] 여기에 성서를 잃어버린 '학생들', 카를 로스만의 이웃에 사는 대학생도 포함된다. 물론 이 희망은 현대의 "소시민이 처한 희망 없는 상황"[61]의 대척점에 있는 "부조리한 희망"이다.[62] 이 부조리한 희망은 앞서 언급한 "구원받은 삶의 관점"과 연결된다. 카프카는 자신이 살던 시대의 희망 없는 상황을 목도하고 기록하고 성찰했다. 벤야민이 카프카에게 친화성을 느낀 것도 바로 이 지점일 것이라는 것을 우리는 충분히 추정할 수 있다. 두 사람의 공통점은 어쩌면 불안하고 절망적인 상황을 묵시록적으로 묘사하고 서사하기만 한 것이

---

59) 「괴테의 친화력」, 『벤야민 선집』 제10권, 192쪽.

60) GS, II/3, 1216(이 책 271쪽 이하).

61) GS, II/3, 1255(이 책 293쪽).

62) 벤야민이 숄렘에게 보낸 1934년 8월 11일자 편지. Walter Benjamin/Gershom Scholem, *Briefwechsel 1933~40*, Frankfurt a. M., 1980, pp. 166ff. 또한 수기 Ms 249도 참조(이 책 171, 293쪽).

아니라 바로 그 상황에서 명랑함을 잃지 않고 유토피아적으로 사유했다는 점일 것이다. 그렇기 때문에 역신학이나 반신학은 바로 세속의 세계인 현실의 상태를 직시하고 그것에 맞서 구원, 해방, 행복을 사유하는 신학이며, 그 점에서 세속 정치와 밀접하게 연결된다고 할 수 있다. 이것이 벤야민이 추구한 메시아니즘이다.

벤야민은 카프카의 작품세계에 대한 항간의 신학적 해석에 반대하면서 자신도 나름대로 신학적으로 해석하고 있음을 인정한다.[63] 그렇지만 자신의 신학은 "그림자가 드리워진 신학"이라고 말한다. 그리고 그 자신의 신학적 관점을 주변의 친구 및 지인들과 토론하면서 정돈해간다. 이 과정에서 그가 가장 많이 토론한 대화 상대는 숄렘이고 숄렘의 견해를 경청하지만, 궁극적으로 그와의 입장 차이도 숨김없이 드러낸다. 즉 그는 숄렘이 '법' '계시'를 중시하면서 "정해진 소송절차의 구원사적 시각"에서 출발하는 데 반해, 자신은 '희망의 부조리함'에서 출발한다면서 시각 차이를 분명하게 밝힌다.[64] 또한 한 노트에서 그는 "토라는 우리가 카프카의 서술을 따른다면 실패한 셈이다.

---

63) 벤야민이 숄렘에게 보낸 1934년 7월 20일자 편지. Walter Benjamin, *Briefe*, p. 613.

64) 벤야민이 숄렘에게 보낸 1934년 8월 11일자 편지. Walter Benjamin, *Briefe*, p. 618. 아울러 벤야민과 숄렘의 카프카 토론에서 드러나는 차이를 탁월하게 천착한 고지현, 「발터 벤야민의 역사 철학에 나타나는 역사의 유대적 측면: 벤야민의 게르숌 숄렘과의 카프카 토론」, 『사회와 철학』 제10호, 2005 참조. 고지현에 따르면 숄렘은 역사적 위기의식을 표현하는 종말론적 메시아주의를 필연적으로 성취될 수 없는 운명으로 규정하면서 유대사의 특수성을 '유예'로 결론짓는 데 반해, 벤야민에게 '유예'는 모더니티가 관철되면서 세속화된 유대의 측면이고, 이를 유물론적 관점에서 극복하려고 한다. 고지현은 카발라 연구에 바탕을 둔 숄렘의 해석이 불충분하다고 비판한다.

그리고 한때 모세에 의해 성취되었던 모든 것은 우리의 우주적 시대에 만회해야 할 것이다"라고 언명한다.[65] 이것은 신학을 포기하고 다시 영점에서 시작한다는 뜻일까? 어디서 어떻게 시작한다는 말인가. 아무튼 벤야민은 구원과 희망을 자주 이야기하지만, '계시'는 한 번도 언급하지 않는다. 그리고 카프카가 집착한 '법'을 그의 저작의 '사점'(死點)이라면서 그의 저작에 대한 해석을 법으로부터 출발해 움직일 수 없다고 말한다.[66] '법'도 '계시'도 아니고 '가르침'을 추구했지만, 그 가르침을 찾아가는 과정에서 '부조리한 희망'을 품고서 동물들의 성찰과 제스처에 대한 탐구, 우화의 형식으로 서사하는 작업으로 머문 것이다. 이 '부조리한 희망'을 좀더 들여다보기로 하자.

앞서 인용했듯이 벤야민은 조수들과 같은 무리, 바보와 같은 단순하고 어리석은 무리, 산초 판사와 같은 자에게 무한한 희망이 존재한다고 말하면서 왜 그러한가는 상세하게 설명하지 않는다. 나는 그러한 무리야말로 역사가 무한히 진보한다는 믿음과 '계산하는 이성'의 신화가 지배하는 현대에 그러한 믿음과 이성에서 비껴나 있기 때문이 아닐까 조심스레 추측해본다. 다른 한편 니체의 '초인'과 '상승된 인간성'의 반대 형상을 바로 산초 판사와 같은 인물에게서 엿볼 수 있을 것이다.[67] 벤야민이 보기에 카프카는 전통과 지혜가 붕괴된 자리

---

65) GS, II/3, 1246(이 책 293쪽).

66) GS, II/3, 1245(이 책 292쪽). 또한 벤야민이 숄렘에게 보낸 1934년 8월 11일자 편지 (이 책 173쪽).

67) 벤야민은 「종교로서의 자본주의」에서 니체의 '초인'에게서 자본주의의 형상을 본다. "자본주의적 종교 사유의 유형은 니체 철학에서 웅대하게 표현되고 있다. …… 초인은 회귀 없이 도달된 인간, 하늘을 뚫고 자라나온 역사적 인간이다. 상승된 인간성

에서 진실한 것들에 대한 소문을 엿듣기만 하는 것이 아니라 "호의와 태연함을 보존하고 있는 …… 어리석음"[68]에 희망을 걸고 있는 것이다.

이러한 '호의와 태연함'을 보존하고 있는 또 다른 인물로 오디세우스를 들 수 있다. 그는 어리석은 인물이 아니라 신화적 폭력에 맞선 노회한 인물, 신화시대 산초 판사와 같은 인물이다. 벤야민은 카프카가 「사이렌의 침묵」에서 "오디세우스라는 인물을 통해 신화에 직면하여 순진하고 죄 없는 피조물이 현실에 대한 그들의 권리를 다시 내세운다"[69]고 해석한다. 이처럼 신화적 법질서에 맞서 피조물의 권리를 내세우며 구원과 해방을 모색한 문학적 전거는 일찍이 동화에서 찾을 수 있지만,[70] 카프카의 '우화'들도 그 길을 모색한 또 다른 시도라고 볼 수 있고 이 단편도 그런 우화 중 하나이다. 벤야민은 카프카가 오디세우스를 "고난을 견디기보다는 비극적인 것을 좌절시키는 데서 모범을 보인" 인물로 묘사했으며 카프카의 스승이었다고 해석

을 통해 하늘을 폭파하는 일, (니체에게도) 종교적으로 죄로 남아 있는 이 모습은 니체를 이미 심판했다"(GS, VI, 101; 『벤야민 선집』 제5권, 124쪽). 벤야민은 이 '상승된 인간성'(gesteigerte Menschhaftigkeit)에 맞서 '회귀'(Umkehr, 회심)를 요청하는데, 카프카의 작품에서도 그것이 핵심 메시지라고 해석한다. 그렇다면 니체의 초인사상과 카프카의 작품은 양극단에 놓여 있다고 볼 수 있다.

68) Walter Benjamin, *Briefe*, p. 763(이 책 187쪽).

69) GS, II/3, 1263(이 책 322쪽).

70) 벤야민은 "최초의 진정한 이야기꾼은 동화의 이야기꾼"이며 이것은 현재에도 그렇고 앞으로도 그럴 것이라고 말한다. 그에 따르면 동화는 신화가 가져다준 악몽을 떨치기 위해 인류가 어떻게 생각하고 행동했는가를 알려주며 '조언'을 해준다(「이야기꾼」 제16절, 『벤야민 선집』 제9권 참조).

한다.[71)]

우리는 카프카가 가르침을 찾아가는 여정에서 스스로 실패했다고 여겼을지라도 그의 문학은 사후에 수용됨으로써 — 벤야민에 의한 수용과 해석도 이것을 입증한다 — 완전히 실패한 것은 아니라고 말할 수 있다. 오히려 작가 스스로 실패함으로써 이루었다고 할 수 있다. 벤야민이 카프카를 "실패한 자의 순수성과 아름다움"[72)]을 지닌 작가로 칭한 것도 그 점을 뒷받침하지 않을까.

IV. 나오는 말

카프카의 작품에 유대 기독교 신학의 요소들이 핵심적으로 작용하고 있다면 다른 한편 그 요소는 명시적으로 모습을 드러내지 않는다. 그러면서 그 요소들은 희망과 구원, '전치'와 왜곡, 죄와 형벌, 기억과 망각, 비유와 제스처, 가르침과 풍자 등 다양한 이미지로 등장한다. 카프카의 이미지 세계는 독자로부터 해석될 것을 요구하는 동시에 역설적이게도 그 해석을 거부하기도 한다.[73)] 벤야민은 숄렘에게 보

---

71) GS, II/3, 1263(이 책 323쪽).

72) Walter Benjamin, *Briefe*, p. 764(이 책 188쪽).

73) "카프카는 해석 가능한 것에서 소진되지 않는다. 오히려 그는 자신의 텍스트들을 해석하지 못하게끔 하기 위해 생각할 수 있는 모든 조치를 취했다"(GS, II/2, 422). 아도르노 역시 이 역설적 상황을 천착한다. 그에 따르면 카프카의 작품에서 "각각의 문장은 '나를 해석하라고 말하는 듯하지만 어느 문장도 해석을 허락하지 않으려 한다." 테오도어 W. 아도르노, 「카프카 소묘」, 앞의 책, 293쪽.

낸 1934년 9월 15일자 편지에서 "카프카야말로 내 사유가 밟아온 여러 길들이 교차하는 분기점으로 드러나기에 가장 적합한 대상"이라고 고백한다. 그렇게 교차하는 길들에 그가 매개하려고 부심했던 유물론적 사유의 길과 신학적-형이상학적 사유의 길도 포함되어 있음은 분명하다.

나는 이제까지 살펴본 벤야민의 카프카 해석에서 신학적인 것을 다음과 같이 요약하고자 한다.

첫째, 벤야민은 카프카의 작품에 대한 초기 해석들을 접하면서 상투적인 신학적 해석을 비판하고 그에 맞서 자신의 신학적 시각을 다듬어간다. 그것은 '도주 중에 있는 신학'이고 아도르노의 표현을 따르면 '역신학'이다. '역신학'은 신, 계시, 법, 구원 등을 향하는 것이 아니라 거꾸로 구원의 관점에서 소외가 극단화된 지옥 같은 현실의 절망적 상황을 구원의 관점에서 직시하는 신학이다. 이때 작가는 특히 '수치심'과 '놀라움'의 제스처로 그 상황을 대면하고 기록한다.

둘째, 벤야민에 따르면 카프카는 전통이 붕괴해가며 들어선 현대에 개인으로서는 이해할 수 없는 경험들을 맞닥뜨리면서 전통에 귀기울여보지만 그로부터 더는 진리나 지혜를 찾지 못한다. 이런 상황에서 카프카는 진리나 지혜를 단념하는 대신 진리의 '전승 가능성'을 붙들며 우화와 비유를 통해 '가르침'을 추구한다. 그러나 그의 우화와 비유는 한편으로는 결국 '가르침'을 찾아내지 못하고, 다른 한편으로는 그 어떤 '가르침'도 넘어선다. 전자의 측면에서 보면 카프카가 스스로 '실패'한 작가로 여긴 점이 이해되고, 후자의 측면에서 보면 그는 실패하지 않았다고 볼 수 있다.

셋째, 벤야민은 카프카의 서사전략을, 이 현대의 일상에서 터져 나오는 '전치'와 왜곡, 소외의 현상들을 '놀라움'으로 반응하며 기록하면서 파국(심판, 판결)이 일어나는 것을 '유예'하는 전략으로 해석한다. 이 '유예'의 서사전략은 '희망'의 코드이기도 하고, 다른 한편 서사가 위기에 빠져든 현대에 '서사적인 것을 복원'하려는 시도로 볼 수 있다.

넷째, 벤야민에 따르면 이 전치와 왜곡, 소외는 인간이 가장 중요한 것, 즉 구원의 가능성을 망각했기 때문에 생겨났다. 그래서 카프카의 많은 작품이 망각에 대한 형벌을 받으며 깨어나는 장면에서 시작한다. 구원 가능성은 바로 이 망각과 기억의 견인 속에서 찾을 수 있다. 카프카는 '주의력' '공부' '회귀'의 태도로 그 가능성을 탐색한다. 그의 작품에 자주 등장하는 동물들이 불안 속에서 부단히 성찰하는 것도 이 맥락에 속한다.

다섯째, 희망은 아무런 희망도 없는 상태에서 자라나온다. 그러나 벤야민은 카프카가 희망 없음을 단정한 것이 아니라 오히려 많은 희망이 존재한다는 점, 그렇지만 그 희망이 조수들, 바보들, 미숙하고 서툰 인간들을 위해 있다는 점을 암시했다고 해석한다. 이것은 문학에 '지속성과 소박함'을 되돌려주려고 한 카프카의 서사전략에 상응한다. 일찍이 동화가 '바보인 척'하면서 신화가 가져다준 악몽에서 벗어나려고 했듯이 카프카도 우화와 같은 옛 문학 형식을 활용하는 서사를 통해 현대의 '광기'와 그 신화적 '원시림'에서 탈출할 출구를 모색했다고 해석할 수 있겠다.

이상으로 벤야민의 카프카 해석에서 신학적인 것(또는 유대교적인 것)의 주요 모티프를 나름대로 추출해봤다. 벤야민은 자신의 카프카 해석을 두고 친구나 지인들과 집중적으로 토론하고 또 이 토론에서 얻은 힌트들을 자신의 것으로 전유하기도 한다. 그렇지만 완결된 글에서는 이들을 직접 인용하며 신학 논쟁을 벌이지는 않는다. 다만 브로트의 해석을 비롯해 일부 상투적인 신학적 사변들은 날카롭게 반박한다. 다른 한편 브레히트와 대화하면서 얻은 유물론적인 힌트들은 적극 반영한다. 작가가 현대의 '전치' 현상들에 '놀라움'으로 반응한다든지, "인간의 공동체에서 삶과 노동을 어떻게 조직하느냐는 물음"이라든지 '예언적 작가'로서의 카프카를 언급한 부분들이 그것들이다.

종합하자면 "전통이 병들어 있다"는 벤야민의 언술에서 이미 그의 반신학적 태도, 또는 철저히 세속화된 신학과 메시아주의를 읽어낼 수 있다. 이렇게 카프카 연구를 통해 숙성된 신학, 외부로 모습을 드러내지 않는 이 신학은 나중에 역사적 유물론과 '동맹' 관계로 나아가면서 정치화되며, 그 싹을 이미 카프카 에세이에서 엿볼 수 있다. 반대로 당시 통용되던 마르크스주의의 시각에서 보자면 신학을 포기하기는커녕 오히려 필수적인 것으로 요청하고 있는 벤야민의 사유는 의심스러운 수정주의로 비칠 수밖에 없다. 그렇다면 벤야민의 독특한 신학적 사유는 이른바 '정통'(orthodox)이라고 자부하는 유물론과 신학 양 진영에 보내는 경고라고 볼 수 있다. 또한 우리는 벤야민이 이러한 신학이나 유물론적 정치의 사안을 결코 사변적인 차원에서 추상적으로 논변하고 있지 않다는 점, 그 사안을 카프카의 문학을 두고, 그리고 서사가 위기에 처한 현대에 서사적인 것을 복원하려는 카프카의 시도와 관련하여 탐구하고 있는 점도 잊어서는 안 될 것이다. 신학은 카프카에게서와 마찬가지로 벤야민의 해석에서도 미리 틀을 갖춘 상태에서 문학적으로 형상화되거나 해석의 도식으로 동원되고 있지 않다. 벤야민 스스로 강조했듯이 "그(카프카)의 이미지 세계의 중심부로부터 해석해내는" 작업이 중요하며, 이 과정에서 신학적 사유가 자라나온다는 점을 유념할 필요가 있다.

■ 옮긴이의 말

　이 선집에는 벤야민의 프란츠 카프카(Franz Kafka) 관련 텍스트들을 모았다. 크게 세 묶음으로 나뉜다. 첫 번째 묶음은 카프카에 관해 생전에 완결된 형식으로 써 놓거나 발표한 글들로 강연문 한 편, 에세이(논문) 한 편, 논평 한 편, 서평 한 편 등 네 개의 글로 이루어졌다. 두 번째 묶음은 벤야민이 자신의 카프카 에세이와 관련해 편지로 게르숌 숄렘(Gershom Scholem), 베르너 크라프트(Werner Kraft), 테오도르 W. 아도르노(Theodor W. Adorno)와 나눈 대화와 토론이다. 세 번째 묶음은 카프카 연구를 하면서 써놓은 방대한 규모의 메모와 노트들이다. 이 세 번째 묶음에는 처음 카프카의 소설『소송』에 관해 쓰려고 계획했지만 결국 그 계획을 실현하지 못한 글을 위한 구상,『중국의 만리장성이 축조되었을 때』라는 제목의 카프카 유고집〔단편모음집〕이 1931년 출간될 당시 카프카에 관한 라디오 강연을 준비하면서 쓴 것들, 1934년 카프카 에세이를 구상하며 쓴 것들, 그 에세이가 일부 출간된 뒤 이 에세이를 발전시켜 책으로 출판할 계획을 하면서 성찰하고 구상한 것들을 모두 포괄한다.

원래 나는 벤야민 『전집』에서 카프카와 관련한 주요 텍스트를 번역하려 했는데, 실제로 번역하다 보니 Walter Benjamin, *Benjamin über Kafka: Texte, Briefzeugnisse, Aufzeichnungen*, hrsg. von Hermann Schweppenhäuser, Frankfurt a. M., 1981의 주요 체제를 따르게 된 셈이다. 이 책의 편집자인 헤르만 슈베펜호이저(Hermann Schweppen-häuser)는 벤야민 연구자 빈프리트 메닝하우스(Winfried Menninghaus)가 벤야민의 카프카 해석과 관련된 자료들을 모아 출간하자는 제안을 처음으로 했고, 또한 책을 이렇게 구성하는 데 관여했음을 편집 후기에서 밝히고 있다.

하지만 이 자료들은 원래 위의 책이 아니라 벤야민 『전집』에 대부분 실려 있다. 『전집』의 편집자들(헬라 티데만-바르텔스Hella Tiedemann-Bartels, 틸만 렉스로트Tillman Rexroth, 그리고 슈베펜호이저)은 완결된 텍스트들뿐만 아니라 편지와 관련 노트들도 모두 꼼꼼히 점검하고 해독하여 『전집』의 주석(Anmerkungen) 편에 실었고 개별 전거들도 찾아 명기했다. 따라서 위의 책 *Benjamin über Kafka*의 편집자 슈베펜호이저는 이 자료들을 넘겨받아 세 묶음으로 새로이 편집했을 따름이다.

각 부별 텍스트와 자료의 성격과 특징은 다음과 같다.

프란츠 카프카: 그의 10주기(周忌)에 즈음하여(1934)

벤야민의 카프카 해석의 중심 텍스트로서 규모가 가장 큰 이 에세이는 1934년 5~6월에 쓰였고, 이후 수개월 동안 수정작업을 거친 뒤, 네 장 가운데 두 장이 「프란츠 카프카. 그를 기리며」(Franz Kafka. Eine Würdigung)라는 제목으로 『유대 룬트샤우』(*Jüdische Rundschau*) 1934년 12월 21일자(Jg. 39, Nr. 102/103), p. 8(Potemkin)과 12월 28일자(Jg. 39, Nr. 104), p. 6(Das bucklicht Männlein)에 발표되었다. 이후에도 수정작업이 계속되었으며, 완성본은 다음의 선집에 최초로 발표된다. Walter Benjamin, *Schriften*, hg. von Theodor W. Adorno und Gretel Adorno, Band II, Frankfurt a. M., 1955, pp. 196~228.

프란츠 카프카: 중국의 만리장성이 축조되었을 때(1931)

이 글은 막스 브로트(Max Brod)와 한스-요아힘 쉽스(Hans-Joachim Schoeps)가 카프카 생전에 발표되지 않은 단편 20여 편을 모아 『중국의 만리장성이 축조되었을 때』라는 제목으로 1931년 출간한 유고집을 홍보하기 위해 1931년 7월 3일에 행한 라디오 강연문이다. 이 강연문은 1969년 다음의 단행본에 최초로 인쇄되어 발표되었다. Walter Benjamin, *Über Literatur*, Frankfurt a. M., 1969, pp. 186~93.

〔논평〕 기사도(1929)

벤야민은 로베르트 벨치(Robert Weltsch)에게 보낸 1934년 5월 9일자 편지에서 "막스 브로트가 수년 전에 카프카가 남긴 어떤 유언을 지키지 않았다는 이유로 엠 벨크(Ehm Welk)로부터 공격을 받았을 때 저는 『문학세계』(*Die Literarische Welt*)에 실린 기고문을 통해 브로트를 방어했습니다. 그렇다고 해서 카프카를 해석하는 문제에서 제가 브로트와 같은 시각을 갖고 있지는 않습니다"라고 쓰면서 1929년 10월 25일『문학세계』에 발표한 이 논평을 언급한다.

〔서평〕막스 브로트: 프란츠 카프카. 전기. 프라하 1937(1938)

브로트의 카프카 전기에 대한 비판으로 1938년 6월 12일 숄렘의 부탁으로 쓴 글이다. 숄렘은 이 글을 카프카의 저작들을 출판하던 잘만 쇼켄(Salman Schocken)에게 보내 쇼켄이 벤야민에게 카프카 책 저술을 청탁하게끔 하려고 했다. 그러나 쇼켄은 청탁하지 않았다. 이 글은 벤야민 편지 선집(*Briefe*, 전2권, 1966)에 실려 처음으로 출간된다. Walter Benjmain, *Briefe*, hg. und mit Anmerkungen versehen von Gershom Scholem und Theodor W. Adorno, 1966, Bd. 2, pp. 756~70.

편지를 통한 카프카 관련 토론

1. 게르숌 숄렘과의 서신교환에서

벤야민이 서신교환을 통해 카프카에 관해 가장 많이 토론한 사람은 숄렘이다. 1925년 편지에서 벤야민은 10년 전과 마찬가지로 카프카의 산문이 독일어로 쓰인 최고의 산문이라고 격찬하면서 카프카의『소송』에 대한 서평을 쓰겠다는 의도를 밝힌다. 여기서 벤야민의 카프카 수용은 이미 오래전에 시작되었음을 알 수 있다. 이후 벤야민의 카프카 연구는 그가 세상을 떠날 때까지 지속된다. 숄렘과 벤야민 두 사람 모두 처음부터 카프카에 지대한 관심을 보였고, 이러한 토론을 통해 서로 영향을 주고받는 가운데 자신들의 입장을 강하게 표출하면서 카프카 해석에서 차이를 드러낸다. 이 편지들 가운데 특히 벤야민이 숄렘에게 보낸 1938년 6월 12일자 편지는 브로트의 카프카 전기에 대한 벤야민의 비평과 카프카 전반에 대한 완결된 형태의 또 하나의 해석을 담고 있다는 점에서 매우 중요하다.

2. 베르너 크라프트와의 서신교환에서

크라프트는 벤야민이 오래전부터 문학에 관해 깊이 토론했던 지인이다. 벤야민은 자신의 카프카 에세이를 크라프트에게 보내 논평을 부탁하는가 하면 크라프트의 카프카 해석에서 여러 힌트와 자극을 얻기도 하고 에세이에서 긍정적으로 인용하기도 한다. 그렇지만 해석에서의 차이도 분명하게 드러낸다.

3. 테오도르 아도르노와의 서신교환에서

벤야민이 부쳐준 카프카 에세이를 읽고서 어느 누구보다도 큰 감명을 받은 아도르노는 특히 벤야민이 작업하고 있던 『파사주』 프로젝트와 관련하여 카프카 해석에서 드러난 벤야민의 신학적 입장에 무척 기대를 건다. 그러면서 벤야민의 다른 글들에 대해서와 마찬가지로 이 에세이에 대해서도 예의 상세한 논평을 해준다. 물론 아도르노 역시 벤야민에게서 많은 영향을 받았을 것으로 추정된다. 아도르노는 1953년 카프카에 대한 장문의 논문 「카프카 소묘」(Aufzeichnungen zu Kafka)를 발표한다.

카프카 관련 수기들

세 번째 묶음은 카프카를 연구하며 벤야민이 써놓은 수기, 즉 메모와 노트들이다.

맨 처음 수기는 카프카의 소설 『소송』에 관해 쓴 최초의 노트이다. 숄렘은 벤야민이 자신에게 보낸 1927년 11월 18일자 편지에 별도의 쪽지로 전한 「어느 비의의 이념」을 "카프카의 『소송』이 벤야민에게 끼친 영향의 최초의 증거"라고 해석한다.

두 번째 수기는 결국 쓰이지 않게 된 『소송』에 대한 에세이를 위해, 그리고 1931년 실제로 이루어진 라디오 강연을 준비하며 써놓은 것들이다. 특히 1931년 6월 카프카에 관해 브레히트와 대화하면서 성찰한 것을 기록한 일기가 주목할 만하다.

세 번째 수기는 1934년 말에 발표될 에세이를 준비하며 여러 모티프, 에세이의 배치와 얼개를 적어놓은 것이다.

네 번째와 다섯 번째 수기는 이 에세이 초고를 전체적으로 수정하기 위한 목적에서 성찰한 것, 새로이 표명한 것, 또는 이미 쓴 것을 다르게 표명한 것들이다. 1934년 스벤보르에서 브레히트와 나눈 대화와 그 무렵 성찰한 것을 기록한 일기, 그리고 숄렘, 크라프트, 아도르노와 편지를 통해 대화하며 벌인 토론에서 발췌하여 코멘트한 것들을 모은 '다른 사람들의 견해와 나 자신의 성찰을 기록한 노트묶음' '에세이 개정판을 위한 구상, 첨가할 부분, 메모' 등이다.

이 기록들은 에세이의 수정작업이 어느 방향으로 이루어질지를 알려주는 단서들이 된다. 벤야민은 이 수정작업을 그가 계획한 카프카 책에 반영하려고 했다. 그러나 여러 개인적·정치적 상황으로 인해 책을 집필하는 데까지 나아가지 못한다. 이것만으로도 유고로 남은 이 수기들이 얼마나 중요한지 알 수 있다.

방대한 분량의 이 수기들은 벤야민이 작가 카프카를 10년 넘게 지속적으로 연구하면서 동시에 자신의 사유를 심화하고 확장해온 증거물이다. 해제에서 인용했듯이, 그는 숄렘에게 보낸 1934년 9월 15일자 편지에서 "카프카야말로 내 사유가 밟아온 여러 길들이 교차하는 분기점으로 드러나기에 가장 적합한 대상"이라고 고백한다.

이 수기들 전체는 벤야민 『전집』 편집자들의 힘든 해독작업을 거쳐 제II권의 주석 부분(GS, II/3, 1188ff.)에 완전하게 수록된다. 그리고 전집 편집자이기도 한 슈베펜호이저는 이 수기들 가운데 3분의 2 가량을 *Benjamin über Kafka*에 넘겨받았다고 밝히고 있으며, 우리말 선집 역시 이를 완역한 것이다(그 주석 부분에 빠진 것은 브레히트와 나눈 대화와 「어느 비의의 이념」인데, 전자는 그 사이에 출간된 『전집』 제VI권에 수록되었고 후자는 앞서 설명한 바와 같다). 연대순으로 정리한 이 카프카 관련 수기의 상세한 내용은 차례에 써 놓았다. 여기서 이탤릭체로 된 제목은 편집자(슈베펜호이저)가, 나머지는 벤야민 자신이 단 것이지만 번역본에서는 구별하지 않았다.

참고로 벤야민이 자주 인용한 다음 세 편의 단편모음집에 실린 단편들과 해당 쪽수는 아래의 각주에 명기했다.

Franz Kafka, *Betrachtung*, Leipzig: Ernst Rowohlt Verlag, 1912 (237쪽 각주 5번).

Franz Kafka, *Ein Landarzt*, Kleine Erzählungen, München und Leipzig: Kurt Wolff, 1919(117쪽 각주 2번).

Franz Kafka, *Beim Bau der Chinesischen Mauer*. Ungedruckte Erzählungen und Prosa aus dem Nachlaß, hg. von Max Brod und Hans-Joachim Schoeps, Berlin, 1931(115쪽 각주 1번).

이 선집이 벤야민이나 카프카를 전공하는 사람들뿐만 아니라 일반 독자에게도 흥미롭게 읽히고 사유를 자극하면서 뭔가 성찰할 거리를 줄 수 있기를 기대한다. 선집 출간을 위해 열성을 다해 도와준 도서 출판 길의 이승우 편집장에게 심심한 감사의 말을 전한다.

2020년 봄

최성만

●차례●

카프카 관련 수기들

프란츠 카프카:
그의 10주기(周忌)에 즈음하여
(1934)

Walter Benjamin, *Gesammelte Schriften*, Bd. I~VII, Frankfurt a. M., 1972~89, Bd. II/2, pp. 409~38(Franz Kafka: Zur zehnten Wiederkehr seines Todestages). 이 에 세이는 제1장과 제3장만 『유대 룬트샤우』(*Jüdische Rundschau*) 1934년 12월호에 처음 발표되었다.

파촘킨

    다음과 같은 이야기가 전해진다. 파촘킨(Potemkin)은 다소 정기적으로 재발하는 심한 우울증을 앓았다. 그럴 때에는 어느 누구도 그에게 접근해서는 안 되었고 그의 방에 출입하는 것도 엄격히 금지되었다. 궁정에서는 아무도 파촘킨의 우울증에 대해 언급하지 않았으며, 특히 사람들은 그 사실을 넌지시 암시만 해도 카타리나 여왕의 노여움을 사게 된다는 것을 알고 있었다. 그런데 한 번은 파촘킨 재상의 우울증이 이례적으로 오래 지속된 적이 있었다. 그 결과 심각한 폐해가 생겨났다. 서류함에는 서류들이 쌓였다. 그런데 여왕이 처리할 것을 요구한 그 서류들은 파촘킨의 서명이 없으면 처리될 수 없는 것들이었다. 고관들은 대체 어찌해야 좋을지 몰랐다. 그때 우연히 슈발킨

이라 불리는 하급 서기가 재상의 관방으로 통하는 대기실에 들어왔
는데, 거기서는 추밀원 고문관들이 모여 여느 때처럼 탄식과 불평을
늘어놓고 있었다. "나리들, 무슨 일이옵니까? 제가 도와드릴 일이 있
습니까?"라고 이 열성적인 슈발킨이 물었다. 그들은 그에게 사정을
설명하고 유감스럽게도 그가 도와줄 수 없는 성질의 일이라고 말했
다. 그러자 슈발킨은 이렇게 대답했다. "그 정도의 일이라면 제게 그
서류들을 맡겨주십시오. 부탁입니다." 잃을 게 아무것도 없다고 생각
한 고문관들은 그의 간청을 들어주게 되었고, 슈발킨은 서류뭉치를
팔에 끼고서 회랑과 복도를 지나 파촘킨의 침실로 걸어갔다. 그는 노
크도 하지 않은 채, 또 조금도 머뭇거리지 않고 곧장 방문의 손잡이
를 돌렸다. 문은 잠겨 있지 않았다. 파촘킨이 닳아 해진 잠옷을 입고
서 어두컴컴한 침대 위에서 손톱을 씹으며 앉아 있었다. 슈발킨은 성
큼 책상 쪽으로 가서 펜을 잉크에 담갔다가 한마디 말도 없이 그 펜
을 파촘킨의 손에 쥐어주었다. 그리고 첫 번째 서류를 그의 무릎 위
에 들이밀었다. 이 뜻밖의 침입자를 넋 나간 시선으로 바라보던 파촘
킨은 마치 잠결에서처럼 그 서류에 서명을 했다. 그리고 두 번째 서
류에도 서명을 했고 계속해서 나머지 서류에도 서명을 했다. 마지막
서류까지 서명이 끝나자 슈발킨은 그가 들어왔을 때처럼 서류뭉치를
팔에 끼고서 그 방을 나왔다. 그는 의기양양하게 서류들을 흔들어 보
이면서 관방의 대기실로 들어왔다. 그를 본 고문관들은 그에게 달려
들어 손에서 서류를 빼앗아 갔다. 그들은 숨죽이며 서류들을 들여다
봤다. 아무도 말이 없었다. 그들은 마비된 것처럼 보였다. 그러자 슈
발킨이 다시 다가와 고관들이 당황해하는 이유를 물었다. 이때 그의

시선도 서명란에 멈추었다. 모든 서류들이 한결같이 슈발킨, 슈발킨, 슈발킨 …… 이라고 서명되어 있었다.[1]

이 이야기는 카프카의 작품을 200년이나 앞지르고 있는 전주곡과 같다. 이 이야기 속에서 구름처럼 피어오르는 수수께끼가 카프카의 수수께끼다. 관방과 서류함의 세계, 곰팡내 나고 낡고 어두운 방들의 세계는 카프카의 세계이다. 모든 것을 대수롭지 않게 생각하고 마지막에는 빈손으로 남게 되는 열성적인 슈발킨은 카프카의 작품에 나오는 K.이다. 그리고 출입이 금지된 멀리 떨어진 방에서 반수상태로, 또 아무도 돌보지 않은 채 점차 사위어가는 파춈킨은 카프카의 경우 다락방에 거주하는 판사나 성 안에 거주하는 서기관처럼 권력을 쥔 자들의 선조다. 이 권력자들은 제아무리 높은 지위에 있다고 할지라도 이미 전락해버렸거나 아니면 오히려 전락하고 있는 자들이다. 그렇지만 그들은 가장 지위가 낮거나 가장 영락한 자들 — 예컨대 문지기들이나 노쇠한 관리들 — 에게 느닷없이 나타나 자신들의 권력을 휘두르기도 한다. 그들은 무엇 때문에 점점 사위어가는 것일까? 혹시 그들은 목덜미로 지구를 떠받치고 있는 거인족의 후예가 아닐까? 그렇기 때문에 그들은 초상화 속의 성주나 홀로 있을 때의 클람처럼 "사람들이 좀처럼 그들의 눈을 들여다보지 못하도록 그들의

---

[1] 이 이야기는 알렉산드르 푸시킨(Alexander Puschkin)이 서술한 한 일화를 벤야민이 재구성한 것이다. Alexander Puschkin, *Anekdoten und Tischgespräche*, hg., übertragen und mit dem Vorwort versehen von Johannes Guenther, München, 1924, p. 42. 푸시킨의 일화집에는 슈발킨 대신 '페투쉬코프'(Petuschkow)라고 되어 있다. — 전집 편집자

머리를 가슴속 깊숙이 파묻고"²⁾ 있는 것은 아닐까? 그러나 그들이 떠받치고 있는 것은 지구가 아니다. 다만 가장 일상적인 것이 지구와 같은 무게를 갖고 있을 따름이다. "그의 피로는 결투 뒤의 검투사의 피로이다. 그가 하는 일은 관청 사무실 한구석에 흰 칠을 하는 것이 었다."³⁾ ― 게오르크 루카치(Georg Lukács)는 언젠가 오늘날 그런대로 쓸 만한 탁자 하나를 만들려면 미켈란젤로의 건축술적인 천재를 갖고 있어야 한다고 말한 적이 있다.⁴⁾ 루카치가 시대(Zeitalter)의 관점에서 그렇게 생각한다면 카프카는 우주적 시대(Weltalter, 영원)의 관점에서 그렇게 생각한다. 흰 칠을 하는 그 남자는 우주적 시대를 움직여야 한다. 그것도 아무리 하찮은 제스처로라도 그런 시간을 움직여야한다. 카프카의 인물들은 종종 희한한 동기에서 손뼉을 친다. 하지만한번은 〔화자가〕 지나가는 말로 언급하듯이 이 손들은 "원래는 증기망치〔피스톤〕"⁵⁾인 것이다.

우리는 끊임없이 그리고 천천히 움직이고 있는 ― 그것이 하강하는 움직임이든 상승하는 움직임이든 ― 이 권력자들을 알게 된다. 그러나 그들이 가장 영락한 상태로부터, 즉 아버지들의 세계로부터 일

---

2) Franz Kafka, *Das Schloß*, Roman, München, 1926, p. 11.

3) Franz Kafka, *Beim Bau der Chinesischen Mauer. Ungedruckte Erzählungen und Prosa aus dem Nachlaß*, hg. von Max Brod und Hans-Joachim Schoeps, Berlin, 1931, p. 231: 「죄, 고통, 희망과 진실한 길에 대한 성찰」, 34번째 아포리즘(Betrachtungen über Sünde, Leid, Hoffnung und den wahren Weg, Aph. 34). 이 단편모음집에 실린 단편들의 목록은 이 책 115쪽 각주 1번 참조. 앞으로 이 모음집에서 인용할 때에는 해당 단편의 제목만 명기한다.

4) Ernst Bloch, *Geist der Utopie*, München/Leipzig, 1918, p. 22에서 재인용.

5) 「싸구려 관람석에서」(Auf der Galerie).

어날 때보다 더 끔찍할 때는 없다. 둔감하고 노쇠한 부친에게 방금 부드러운 잠자리를 펴드리고 난 아들이 부친을 안심시킨다. "'안심하세요. 이불은 잘 덮었으니까요.' — '아니야!'라고 아버지는 질문에 답하듯이 외치고는 이불이 한순간 공중에서 날아가듯 펼쳐질 정도로 강하게 걷어찼다. 그러고 나서 아버지는 침대 위에 곧바로 섰다. 단지 한쪽 손만을 천장에 살짝 기댄 채 몸을 가누고 있었다. '너는 내게 이불을 덮어주려고 했지. 그건 나도 알아, 이 녀석아. 그렇지만 아직 이불이 덮여지지 않았어. 너야 있는 힘을 다했겠지. 그만하면 됐어. 네겐 무리일 정도지! …… 다행히 아버지는 아들의 마음을 꿰뚫어보는 법을 배울 필요가 없지.……' — 그러고서 그는 아무것에도 의지하지 않은 채 두 다리로 펄쩍 뛰었다. 그의 얼굴은 통찰의 희열로 빛났다. — …… '이제야 겨우 너는 너 이외에도 이 세상에 무엇이 있었는지를 알았을 게다. 지금까지 넌 너 자신만 알고 있었지! 너는 원래 순진한 아이였지만 더 깊이 따지고 보면 흉악한 놈이었어!'"[6] 이불이라는 짐을 걷어차는 부친은 이불과 함께 세상의 짐을 걷어찬다. 그는 해묵은 부자관계를 생생하고 중대한 것으로 만들기 위해 우주적 시대를 움직이지 않으면 안 된다. 그렇지만 그 결과는 얼마나 엄청난 것인가! 그는 아들에게 익사라는 사형선고를 내리는 것이다. 부친은 형벌을 내리는 자다. 법원관리들처럼 죄가 그의 마음을 끈다. 많은 점이 관리의 세계와 부친의 세계가 카프카에게서 동일한 세계라는 점을 암시해준다. 그들의 유사성은 명예스러운 유사성이 아니다. 둔

---

6) 「선고」(Das Urteil).

감함, 영락함, 더러움이 이 유사성의 내용이다. 부친의 제복은 온통 얼룩투성이다. 그의 내의는 깨끗하지 않다. 더러움은 관리들의 삶을 이루는 요소다. "소송당사자들의 면회시간이 도대체 무엇 때문에 있는 건지 그녀는 이해할 수 없었다. '집 앞의 계단을 더럽히기 위해서죠'라고 언젠가 한 관리가 그녀의 물음에 답했다. 아마 화가 나서 한 말이었겠지만 그의 말은 그녀에게 매우 그럴싸하게 들렸다."[7] 더러움은 너무나도 관리들의 속성이 되었기 때문에 사람들은 관리들을 거대한 기생충들이라고 여길 정도다. 물론 그것은 경제적 연관을 두고 하는 말이 아니라 이 족속들이 자신의 생명을 연명하는 데 쓰는 이성과 인간성의 힘들을 두고 하는 말이다. 그러나 카프카의 작품에 등장하는 이상스러운 가족들에서 아버지 또한 그처럼 아들의 부양으로 연명하고 있으며, 마치 거대한 기생충처럼 아들에게 의존하고 있다. 아버지는 아들의 힘만 빨아먹고 있는 것이 아니라 아들의 생존권마저도 갉아먹고 있다. 형벌을 내리는 자인 아버지는 동시에 고소인이기도 하다. 아버지가 아들에게 문책하는 죄는 일종의 원죄처럼 보인다. 그것은 카프카가 내리는 원죄에 대한 정의(定義)가 다른 누구보다 아들에게 적용되기 때문이다. "원죄, 즉 인간이 범한 그 옛날의 불의(不義)라는 것은 그에게 어떤 불의(부당한 일)가 발생했고 그에게 원죄가 저질러졌다는 비난, 그가 제기하면서 또 그만두지 못하는 그 비난을 가리킨다."[8] 그러나 아버지가 아들에 의해 문책당하지(비난

---

7) Franz Kafka, *Das Schloß*, 앞의 책, p. 462.

8) 「그」(Er).

받지〕 않는다면 과연 누가 이 원죄, 즉 죄의 상속자를 만들었다는 이 원죄에 대해 문책을 당할 것인가? 따라서 죄인은 아들이 될 것이다. 그러나 카프카의 그 문장으로부터 그 문책은 잘못이기 때문에 죄가 된다는 결론을 이끌어내서는 안 된다. 그 문책이 부당하게 이루어지고 있다는 구절은 카프카의 작품 어디에서도 찾아볼 수 없다. 여기에 걸려 있는 소송은 끊임없이 지속되는 소송이다. 그리고 아버지가 소송을 위해 이들 관리들과 법원서기들의 연대를 요구하는 경우보다 더 나쁘게 비치는 경우도 없다. 이들 관리들에게는 무한한 부패의 가능성이 가장 나쁜 점은 아니다. 왜냐하면 부패 가능성의 핵심은, 바로 관리들의 매수 가능성이 인간 존재가 그들과 대면할 때 품을 수 있는 유일한 희망이라는 속성을 지니기 때문이다. 물론 법정은 자신들이 이용할 수 있는 법전들을 갖고 있다. 그러나 사람들에게는 이 법전을 보는 것이 허용되어 있지 않다. "…… 죄가 없는 데도 심판을 받을 뿐만 아니라 왜 심판을 받는지 모르는 채 심판을 받는 것이 이 재판제도의 특징이죠"[9]라고 K.는 추측한다. 법률과 그것을 달리 표현한 규범들은 전세(前世, Vorwelt, 선사시대)에는 불문법의 형태를 띠었다. 인간은 영문도 모른 채 이 불문법들을 위반하고 그로써 벌을 받을〔속죄하게 될〕 수 있다. 그러나 그 속죄가 아무 영문도 모르는 자에게 제아무리 불행하게 닥칠지라도 속죄를 하게 되는 것은 법의 의미에서는 우연이 아니라 운명, 여기서 그 성격이 이의적(二義的)으로 나타나는 운명이다. 일찍이 헤르만 코엔(Hermann Cohen)은 고대의

---

9) Franz Kafka, *Der Prozeß*, Roman, Berlin, 1925, p. 85(제3장).

운명관을 잠깐 고찰하면서 운명을 어떤 "불가피한 통찰", 즉 "이러한 위반과 추락을 유발하고 야기하는 것처럼 보이는 것이 그 운명의 법칙들 자체라는 통찰"[10]이라고 불렀다. K.를 향해 소송이 진행되고 있는 재판권 행사도 이와 같은 상태이다. 이 재판은 선사 시대에 대해 거둔 최초의 승리 가운데 하나인 성문법이 제정되던 12동판법 시대 훨씬 이전의 선사 시대로 거슬러 올라간다. 카프카의 경우 물론 성문법이 법전에 명시되어 있기는 하다. 하지만 선사 시대는 그러한 법전에 근거를 두고 비밀스럽게 자신의 지배권을 더욱더 무제한적으로 행사한다.

카프카에게서 관청과 가족의 상황들은 다양하게 맞닿아 있다. 성이 있는 산기슭의 마을에서 사람들은 그 점을 밝혀주는 표현을 알고 있다. "'이곳에서는 당신도 알고 계실 테지만 독특한 말투가 있어요. 관청에서 이루어진 결정들은 어린 소녀들처럼 수줍다고 합니다.' '그것 참 잘도 보셨군요.'라고 K.가 말했다. …… '관청에서 이루어진 결정들이 소녀들과 닮은 점은 그것 말고도 더 있을지 모른다는 것은 잘 보신 겁니다.'"[11] 관청과 소녀가 공통으로 지닌 가장 두드러진 속성이 있다면 아마도 그것은 K.가 『성』과 『소송』에서 만나는 수줍은 소녀들처럼 모든 것에 자신을 내맡긴다는 점일 것이다. 이들 소녀들은 마치 침대에서 그렇게 하듯이 그들 가족의 품안에서 불륜에 몸을 맡긴다. 그는 가는 곳마다 그런 소녀들을 만난다. 그다음에 하는 일은

---

10) Hermann Cohen, *Ethik des reinen Willens*, 2. rev. Aufl., Berlin, 1907, p. 362.

11) Franz Kafka, *Das Schloß*, 앞의 책, p. 332.

술집여자를 정복하는 일만큼이나 손쉬운 일이다. "그들은 서로를 껴안았다. 여자의 작은 몸은 K.의 품안에서 불타고 있었다. 그들은 무의식의 상태로 얼마쯤 굴러갔다. K.는 그런 상태에서 벗어나려고 끊임없이 노력했지만 허사였다. 드디어 그들은 몇 발자국 떨어진 곳에 있는 클람의 문까지 굴러가서 그 문에 둔중하게 부딪치고 난 후 다시 맥주가 고인 웅덩이들과 그 밖에 바닥 위에 널려 있던 쓰레기더미 위에 드러누웠다. 거기서 몇 시간이 흘렀다. …… 그동안 K.는 줄곧 자신이 길을 잃고 헤매거나 멀리 떨어진 낯선 곳에 와 있다는 느낌이 들었다. 그는 마치 자기 이전에는 어떤 사람도 와보지 않은 타향, 공기조차도 고향에서와는 전혀 다른 성분을 지니고 있으며 낯선 나머지 질식할 것만 같은 타향, 그렇지만 어처구니없는 유혹에 휘말려 계속 걸음을 옮길 수밖에 없고 계속 길을 잃고 헤맬 도리밖에 없는 그런 타향에 와 있다는 느낌이었다."[12] 이 낯선 곳에 관해서는 나중에 다시 언급할 것이다. 그런데 특이한 점은 이 창녀 같은 여자들이 한번도 아름다운 모습으로 등장하지 않는다는 점이다. 오히려 카프카의 세계에서 아름다움은 사람들 눈에 띄지 않는 숨겨진 곳들에서만 나타난다. 예를 들어 피고들이 그 경우이다. "'물론 그것은 어떤 이상한, 어느 정도는 자연과학적인 현상이에요. …… 그 피고들을 아름답게 보이게 만드는 것은 죄일 리가 없어요. …… 또 이미 그들을 아름답게 보이게 만드는 것은 정당한 형벌일 리도 없어요. …… 따라서 그것은 어떻게든 그들을 따라다니는, 그들에게 제기된 소송 때문일

---

12) Franz Kafka, *Das Schloß*, 앞의 책, p. 79f.

거예요.'"[13)

　이런 소송이 피고들에게 대개 희망이 없다는 것을 우리는『소송』에서 알 수 있다. 그 소송은 그들에게 무죄판결을 받을 희망이 남아 있을 때조차도 희망이 없다. 이 희망 없음이 독특한 카프카적 인물들인 그들에게서 아름다움이 나타나도록 해주는 것인지도 모른다. 적어도 그것은 막스 브로트가 전해주는 다음의 단편적인 대화 내용과도 매우 잘 부합하는 것 같다. "나는 오늘날의 유럽과 인류의 몰락에 대한 것부터 이야기를 하기 시작한 카프카와의 대화가 생각난다. 그는 말했다. '우리는 신의 머리에 떠오른 허무주의적 생각들, 자살적 생각들이라네.' 이 말은 처음에 내게 그노시스(Gnosis)의 세계상, 즉 신을 사악한 조물주로 보고 세계를 그 신의 타락으로 보는 세계상을 연상시켰다. '아니, 그게 아니네'라고 그가 말했다. '우리가 사는 세상은 단지 신의 언짢은 기분, 언짢은 날일 따름이라네.' — '그렇다면 우리가 알고 있는 현상계인 이 세상의 외부에는 희망이 존재한단 말인가?' — 그는 미소를 지었다. '물론이지. 희망은 충분히 있고 무한히 많이 있다네. — 다만 우리를 위한 희망이 아닐 뿐이지.'"[14) 이 말들은 카프카의 작품에 등장하는 가장 기이한 형상들, 즉 가족의 품에서 벗어났고 어쩌면 희망이 있을지도 모를 그런 형상들에 이르는 다리를 놓아준다. 이 기이한 형상들은 동물들이 아니다. 반은 고양이이고 반은 양인 잡종도 아니고 오드라데크[15)와 같은 실패처럼 생긴 것도

13) Franz Kafka, *Der Prozeß*, 앞의 책, p. 322f.(제8장).
14) Max Brod, "Der Dichter Franz Kafka", in: *Die Neue Rundschau*, 1921(Jg. 11), p. 1213.

더더욱 아니다. 오히려 이런 존재들은 모두 아직 가족의 영향권에 갇혀 있다. 그레고르 잠자가 부모의 집에서 해충이 되어 깨어나고,[16] 아버지에게서 물려받은 상속물이 반은 고양이이고 반은 양인 괴상한 동물이며,[17] 또 오드라데크가 가장의 걱정거리가 된 데는 이유가 있다. 그러나 "조수"(助手)들은 이런 서클에서 떨어져 나온다.

이 조수들은 카프카의 전 작품에 두루 나타나는 인물군에 속한다. 『관찰』에서 정체가 드러나는 아둔한 사기꾼,[18] 카를 로스만의 이웃에 살면서 밤이 되면 발코니에 모습을 드러내는 대학생,[19] 남쪽 지방 도시에 살고 있고 피곤할 줄 모르는 바보들[20]도 그런 족속에 속한다. 그들의 존재 위로 어슴푸레 비치는 〔의심스러운〕 빛은 — 소설 『조수』(Der Gehülfe)의 저자이자 카프카가 좋아한 — 로베르트 발저(Robert Walser)의 토막극들에 등장하는 인물들을 비추는 흔들리는 조명을 연상시킨다.[21] 인도의 전설에는 간다르바(Gandharva)라는 미완성 상태의 존재들인 미숙한 피조물들이 나온다. 카프카의 조수들도 이런 부류의 존재들이다. 다른 어떤 인물군에도 속하지 않으면서 누구에게도 낯설지 않은 이들은 그 인물군들 사이를 바삐 오가는 사자(使者)들

---

15) 「가장의 근심」(Die Sorge des Hausvaters).

16) Franz Kafka, *Die Verwandlung*, Leipzig, 1915, p. 3.

17) 「튀기」(Eine Kreuzung).

18) Franz Kafka, *Betrachtung*, 2. Ausg., Leipzig o. J. 〔1915〕, 17~26(「사기꾼의 탈을 벗기다」Entlarvung eines Bauernfängers).

19) Franz Kafka, *Amerika, Roman*, München, 1927, p. 343(제7장).

20) 「국도 위의 아이들」(Kinder auf der Landstraße).

21) Robert Walser, *Der Gehülfe*, Berlin, 1908.

이다. 그들은 카프카가 말하듯이 바르나바스(Barnabas)[22]와 닮았는데, 바르나바스는 사자이다.[23] 그들은 아직 자연의 모태에서 완전히 벗어나지 못했으며 그렇기 때문에 "그들은 마룻바닥 한쪽 구석에 헌 여자 스커트 두 벌을 깔고 잠자리를 마련했다. 가능한 한 공간을 적게 차지하는 것이 …… 그들의 야심이었다. 이를 위해 그들은 팔다리를 끼기도 하고 서로 쪼그리고 앉는 등 (물론 언제나 속삭이고 킬킬거리면서) 여러 가지 시도를 했다. 어스름 저녁이면 그들이 있는 구석에는 단지 커다란 실뭉치 하나만 보였다."[24] 바로 이와 같은 사람, 미숙하고 서툰 인간들을 위해 희망이 존재한다.

이 사자들의 활동에서 섬세하면서 모호하게 드러나는 것은 이 피조물들의 세계 전체를 답답하고 음울하게 지배하고 있는 법칙이다. 그 어느 인물도 자신의 확고한 자리, 대체될 수 없는 확고한 윤곽을 갖고 있지 않다. 어느 인물도 상승하거나 추락하는 순간에 있지 않은 것이 없다. 그들의 적이나 이웃과 교체될 수 없는 인물도 없다. 나이가 찼으면서도 미성숙하지 않은 인물이 없으며, 완전히 기진맥진한 상태이면서도 이제 비로소 오랫동안 존속하기 시작하는 상태에 있지

---

22) 『성』에서 행정관청의 전령으로 키가 큰 금발의 젊은이며, K.와 클람 사이의 연락을 중계하는 임무를 맡고 있다. 원래 바르나바스(Barnabas, 또는 바나바)는 신약성서의 「사도행전」에 나오는 키프로스 태생의 유대인으로, 본명은 요셉이다. 바르나바스는 사도들이 위로의 아들이라는 뜻으로 지어준 애칭이다. 사도 바울(사울)이 부활한 예수의 목소리를 듣는 경험으로 회심했다는 사실을 사도들에게 알려줘 교류할 수 있도록 했다. 또한 안티오키아 교회에서 같이 목회하는 등 바울이 사도로 성장하는 데 큰 도움을 줬다.

23) Franz Kafka, *Das Schloß*, 앞의 책, pp. 41, 50f. 참조.

24) Franz Kafka, *Das Schloß*, 앞의 책, p. 84 참조.

않은 것이 없다. 어떤 질서나 서열에 대해 이야기하는 것이 여기서는 가능하지 않다. 이러한 것들이 암시하는 신화의 세계는 카프카의 세계, 신화가 이미 구원(Erlösung)을 약속해주고 있는 카프카의 세계에 비하면 비교도 할 수 없이 젊다. 그러나 우리가 한 가지 사실을 알고 있다면 그것은 이것이다. 즉 카프카는 신화의 유혹에 굴복하지 않았다는 점이다. 또 다른 오디세우스로서 카프카는 "먼 곳을 응시하는 그의 시선"으로 그 신화의 유혹을 뿌리친 것이다. "사이렌들은 형식적으로는 그의 결심 앞에서 사라졌다. 그리고 그가 그들에게 가장 가까이 다가간 순간 그는 그들을 더는 알아보지 못했다."[25] 카프카가 고대 세계에 갖고 있는 선조들, 우리가 나중에 또 언급하게 될 유대인과 중국인의 선조들 가운데 이 그리스인 선조는 결코 잊어서는 안 될 선조다. 오디세우스는 신화와 동화를 가르는 문턱에 있는 존재가 아닌가. 이성과 간계가 신화 속에 술책을 집어넣었다. 신화는 그 무적의 힘들을 상실하게 된다. 동화는 바로 이러한 신화의 위력들을 이겨낸 이야기들로 전해진다.[26] 그리고 카프카가 설화에 관해 쓰려고

---

25) 「사이렌의 침묵」(Das Schweigen der Sirenen). 이하 인용문들도 이 단편에서 인용함.

26) 벤야민에 따르면 이야기꾼(Erzähler)의 원형으로서의 동화의 이야기꾼이 들려주는 이야기는 신화적 폭력으로 부터의 해방의 이야기이고, 인간과 자연의 연대관계에 대한 이야기이다. "최초의 진정한 얘기꾼은 현재도 그렇듯이 앞으로도 **동화(Märchen)의 얘기꾼**일 것이다. 좋은 조언이 떠오르지 않을 때 동화는 언제나 조언을 해줄 줄 알았다. 어려운 처지에서 정작 조언이 필요했을 때 가장 가까이에서 얻을 수 있었던 것도 동화의 도움이었다. 이때 어려움은 **신화**(Mythos)가 **만들어낸 어려움**이다. 동화는, 신화가 우리의 가슴에 가져다준 악몽을 떨쳐버리기 위해 인류가 마련한 가장 오래된 조치들을 우리에게 알려준다. 동화는 바보의 인물을 통해 어떻게 인류가 신화에 대해 바보처럼 행동하였는가를 보여주고, 막내 동생의 모습을 통해 인류가 신화의 원초적 시간으로부터 점점 더 멀어짐에 따라 어떻게 그들의 가능

했을 때 변증가들을 위한 동화를 썼다. 그는 그 설화들 속에 작은 계략을 집어넣었다. 그런 뒤 그는 그 계략들에서 "불충분하고 심지어 유치한 수단들도 구제에 도움이 될 수 있다"라는 사실의 증거를 그 설화들에서 읽어낸다. 이렇게 말하면서 그는 「사이렌의 침묵」에 대한 이야기를 시작한다. 즉 카프카에게서 사이렌들은 침묵한다. 사이렌들은 "노래보다도 더 무서운 무기, …… 즉 침묵"을 갖고 있다. 이 침묵을 그들은 오디세우스에게 이용해본다. 그러나 카프카가 전하는 이야기에 따르면 오디세우스는 "꾀가 많고 여우처럼 교활하여 운명의 여신조차 그의 내면 깊숙한 곳을 파고들 수 없었다. 어쩌면 오디세우스는, 인간의 오성으로 파악할 수 없는 일이긴 하지만, 사이렌들이 침묵하고 있었다는 것을 알고 있었고, 그 사이렌들과 신들에게" 우리에게 전해진 "가상적인 과정을 단지 어느 정도 방패로 내세웠을 것이다."

성이 중대하고 있는가를 보여주며, 두려움을 배우기 위해 떠났던 사람의 모습을 통해 우리가 두려움을 갖는 사물들이 투시, 파악될 수 있다는 것을 보여주고, 현명한 체하는 영리한 사람의 모습을 통해 신화가 제기하는 의문이 마치 스핑크스의 물음처럼 단순한 것임을 보여주며, 동화 속의 어린이를 돕는 동물들의 모습을 통해 자연은 신화에만 도움이 되는 것이 아니라 오히려 인간들하고 함께 어울리기를 더 좋아한다는 사실을 보여준다. 가장 현명한 조언이 있다면 그것은 신화적 세계의 폭력을 간계(奸計, List)와 무모한 용기(Übermut)로 대처하는 것이다. 동화가 지니는, 사물을 해방시키는 마법은 자연을 신화적 방법으로 활용하고 있는 것이 아니라 자연이 **해방된 인간과 공모관계〔연대관계〕에 있음**을 시사한다. 성숙한 인간은 이러한 공모관계를 가끔씩만, 즉 그가 행복할 때에만 느낀다. 그러나 아이들은 이러한 공모관계를 동화 속에서 처음 만나게 되고, 이를 통해 또 행복감을 느낀다"(발터 벤야민, 「이야기꾼: 니콜라이 레스코프의 작품에 대한 성찰」, 제16절. 강조는 옮긴이, 『벤야민 선집』 제9권 참조).

카프카에게서 사이렌들은 침묵한다. 그 이유는 아마도 카프카의 경우 음악과 노래는 탈출의 표현이거나 아니면 적어도 탈출의 보증이기 때문일 것이다. 즉 그것은 조수들에게 익숙한 미숙하면서 일상적이고, 위안을 주면서도 어리석은 저 작은 중간세계로부터 우리에게 주어지는 희망의 보증이다. 카프카는 두려움을 배우기 위해 길을 떠난 사내[27]와 같다. 그는 파촘킨의 궁전으로 들어갔고, 마지막에는 그 궁전 지하실 구멍들에서 노래하는 생쥐 요제피네를 맞닥뜨리게 되었는데, 그 쥐가 부르는 노래를 이렇게 묘사한다. "그녀가 부르는 노래 곡조에는 뭔가 가난하고 짧았던 어린 시절, 다시 찾을 수 없는 잃어버린 행복이 깃들어 있다. 그러나 또한 활동적인 오늘날의 삶과 같은 요소, 사소하고 이해할 수 없으면서도 엄연히 존재하여 결코 지울 수 없는 쾌활함이 깃들어 있다."[28]

---

27) 『그림 동화집』에 나오는 이야기.

28) Franz Kafka, *Ein Hungerkünstler*, Vier Geschichten, Berlin, 1924, p. 73(「가수 요제피네 또는 쥐들의 종족」Josefine, die Sängerin oder Das Volk der Mäuse).

어린 시절의 사진

　카프카의 어린 시절의 사진이 하나 있는데, "가난하고 짧았던 어린 시절"이 이처럼 감동적으로 묘사된 사진도 드물 것이다. 이 사진은 아마 19세기의 사진 아틀리에에서 찍은 것처럼 보이는데, 이 아틀리

에는 휘장과 종려나무, 수를 넣은 장식용 직물과 화가(畵架) 등으로 이루어졌기 때문에 그곳이 고문실인지 옥좌가 있는 방인지 좀처럼 분간하기 힘들다. 거기에 여섯 살쯤 되어 보이는 소년이 마치 굴욕을 주는 것 같은, 지나치게 레이스 장식을 많이 단 꽉 끼는 아동복을 입고 겨울정원과 같은 풍경 속에 서 있다. 배경에는 종려나무 잎들이 무성하다. 그리고 마치 이 박제된 열대풍경을 더욱더 답답하고 후덥지근하게 만들 필요가 있다는 듯이 모델이 된 소년의 왼손에는 스페인 사람들이 쓰고 다니는 것 같은 터무니없이 커다란 차양 넓은 모자가 들려 있다. 한없는 슬픔을 머금은 눈이 미리 짜놓은 이 풍경을 제어하고 있고, 큰 귓바퀴가 그 풍경에서 들려오는 소리에 귀를 기울이고 있다.[29]

「인디언이 되고픈 소망」, 그 열렬한 소망이 한때 이 커다란 슬픔을 집어삼켰는지도 모른다. "인디언이 된다면 언제나 달리는 말에 올라타고, 비스듬히 바람을 가르며 진동하는 대지 위에서 짧은 전율을 느끼면서, 마침내는 박차도 내던지고, 왜냐하면 박차 따위는 있지도 않았으니까, 또 말고삐도 내던지고, 왜냐하면 말고삐 같은 것은 있지도 않았으니까, 드디어는 대지가 매끈하게 깎아놓은 황야처럼 보이자마자 이미 말의 목덜미도 말의 머리도 보이지 않으리라."[30] 많은 것이 이 소망 속에 들어 있다. 소망이 실현되면 그 소망의 비밀이 드러나게 된다. 이 소망은 아메리카에서 실현된다. 『아메리카』에 특수한 사

---

29) 이 단락과 유사한 단락이 「사진의 작은 역사」에도 나온다(『벤야민 선집』 제2권).

30) 「인디언이 되고픈 소망」(Wunsch, Indianer zu werden).

정이 있다는 것은 주인공의 이름이 시사해준다. 이전의 소설들에서 작가가 한결같이 웅얼거리는 첫 글자를 갖고 이야기를 시작하고 있다면 여기서는 주인공이 완전한 이름을 갖고 새로운 땅에서 새로운 탄생을 체험한다. 주인공은 그 탄생을 오클라호마의 자연극장에서 체험하게 된다. "카를은 어느 거리 모퉁이에서 다음과 같은 내용이 실린 포스터를 보았다. '오늘 아침 여섯시부터 자정까지 클레이튼 경마장에서 오클라호마 극장단원을 모집합니다! 오클라호마 대극장은 여러분을 부릅니다! 오늘 하루뿐이고 모집은 단 한 번뿐입니다! 이 기회를 놓치면 영원히 기회를 놓치게 될 것입니다! 자신의 앞날을 생각하는 사람이라면 우리한테 오십시오! 누구든 환영합니다! 예술가가 되고자 하는 사람은 신청하십시오! 우리 극장은 모든 사람을 필요로 하고 각자를 적재적소에서 쓰고자 합니다! 우리와 뜻을 같이하고 참여하기를 결심한 사람에게 지금 당장 축하를 보냅니다! 그러나 자정까지 여기 올 수 있도록 서둘러야 합니다! 밤 열두시가 되면 문들은 모두 닫히고 열리지 않을 것입니다. 우리를 믿지 않는 사람에게 저주가 있을 겁니다! 자, 어서 클레이튼으로!'"[31] 카를 로스만이 이 공고를 읽는다. 그는 카프카의 소설 주인공인 K.의 제3의 화신으로서 K.보다 더 운이 좋은 자다. 행운이 오클라호마 자연극장에서 그를 기다리고 있다. 그 극장은 실제의 경마장이다. 그가 "마치 경주로(競走路)에서처럼" 뛰어다녔던 그의 방 좁다란 양탄자에서 한때 "불행"이 그를 엄습했던 것[32]과 같은 경마장이다. 카프카가 그의 「경마 기

---

31) Franz Kafka, *Amerika*, 앞의 책, p. 357(제8장).

수들을 위한 깊은 생각」을 쓴 이래로, 「신임 변호사」로 하여금 다리를
높이 쳐들고 대리석이 소리가 나게 종종걸음으로 법정 계단을 오르
게 한 이래로, 그리고 「국도 위의 아이들」로 하여금 서로 팔짱을 끼고
큰 걸음으로 시골길을 달리게 한 이래로 경주로라는 상징은 그에게
친숙한 것이었다. 그래서 실제로 카를 로스만의 경우에도 "졸음 때문
에 산란한 마음으로 너무 높은, 시간만 허비하는 쓸모없는 도약"[33]을
하는 일이 종종 일어날 수 있다. 그렇기 때문에 로스만이 자신이 소
망한 목표에 도달하는 길은 경주로밖에 없다.

　이 경주로는 동시에 극장이기도 하다. 바로 그 점이 수수께끼를 던
져준다. 하지만 이 수수께끼 같은 장소와 전혀 수수께끼처럼 보이지
않는 투명하고 순수한 인물인 카를 로스만은 하나에 속한다. 카를 로
스만이 투명하고 순수하며 그야말로 아무 성격도 없는 인물이라는
말은, 프란츠 로젠츠바이크가 『구원의 별』(Der Stern der Erlösung)에서
중국에서는 내적인 인간이 "그야말로 아무 성격도 갖고 있지 않다"라
고 말할 때의 의미에서다. "고전적으로 공자가 …… 체현해주는 현자
의 개념은 성격이 가질 수 있는 일체의 특성을 지워버린다. 현자란
진정으로 아무런 성격도 없는 사람, 즉 평범한 사람이다. …… 중국
인들을 특징짓는 것은 성격과는 전혀 다른 어떤 것, 즉 감정의 지극
히 원초적인 순수함이다."[34] 사람들이 그것을 어떻게 개념적으로 생

---

32) 「불행하다는 것」(Unglücklichsein).

33) Franz Kafka, *Amerika*, 앞의 책, p. 287(제7장).

34) Franz Rosenzweig, *Der Stern der Erlösung*, Frankfurt a. M., 1921, p. 96(Teil 1, Buch 3).

각하든 — 이러한 감정의 순수함은 어쩌면 제스처적인 행동을 가늠하는 아주 각별하게 정교한 저울일 수 있는데 — 어쨌든 오클라호마의 자연극장은 제스처적인 연극인 중국의 연극으로 거슬러 올라간다. 이러한 자연극장의 가장 중요한 기능들 가운데 하나는 사건을 제스처적인 것으로 해체하는 데 있다. 한걸음 더 나아가 우리는 이렇게 말해도 좋을 것이다. 즉 카프카의 작은 연구와 이야기들 상당수는, 우리가 그것들을 말하자면 오클라호마의 자연극장 위에서 펼쳐지는 연기동작들로 옮겨놓고 볼 때 비로소 그 전모가 분명하게 드러난다는 점이다. 그때서야 비로소 우리는 카프카의 작품 전체가 제스처들의 암호를 나타낸다는 점을 분명하게 인식할 수 있을 것이다. 이 제스처들은 결코 처음부터 작가에게 어떤 확실한 상징적 의미를 지녔던 것이 아니다. 오히려 작가는 그러한 상징적 의미를 중심으로 이들 제스처들을 거듭해서 다른 맥락에 위치시키고 실험적인 배치(Versuchsandordnung)를 해보려고 했다. 극장은 그러한 실험적 배치들이 이루어질 수 있는 적합한 장소이다. 「형제 살해」라는 카프카의 단편에 대한 미발표 해설에서 베르너 크라프트는 그 작은 이야기에서 일어난 사건이 연극에서 펼쳐지는 어떤 장면과 같다는 점을 예리하게 간파했다. "연극은 바야흐로 시작하려 하고, 실제로 그 시작은 벨 소리로 예고되고 있다. 이 연극은 베제가 그의 사무실이 있는 건물을 나섬으로써 자연스럽게 시작된다. 그러나 분명하게 서술하고 있듯이 그 도어벨 소리는 '도어벨치고는 너무 크다.' 그 소리는 '도시를 넘어 하늘에까지 울려 퍼지고 있다.'"[35] 도어벨치고는 소리가 너무 큰 이 종소리가 하늘에까지 울려 퍼지듯이 카프카의 인물들이 보여주는 제스처들은 일상적인 환경에 비추어볼 때 너무 강력하며 보다 넓은 세계로 뚫고 나가고 있다. 카프카의 대가다운 노련함이 드러나면 드러날수록 그는 그런 동작들을 일상적 상황에 맞추거나 그 동작들을 설명하는 일을 그만큼 더 자주 포기한다. 『변신』에는 이런 구절이 나온다. "책상 위에 올라앉아 아래를 내려다보면서 사원과 말을 한다는 것, 게다가 사장이 귀가 잘 들리지 않는다는 이유로 그 사원이 바짝 다가가야만 하는 것도 기이하기 짝이 없다."[36] 이처럼 이유를 대는 일도 『소송』에 와서는 벌써 사라지게 된다. 『소송』의 끝에서 둘째 장에서 K.는 성당의 맨 앞줄 벤치에서 걸음을 멈추는데, "신부는 그래도 거리가 너무 멀다고 느꼈고, 그래서 그는 손을 뻗쳐 집게손가락을 날카롭게 아래로 구부려 설교단 바로 앞에 있는 장소를 가리켰다. K.도 그가 하라는 대로 했는데, 그는 신부를 보기 위해 고개를 상당히 뒤로 젖히지 않으면 안 되었다."[37]

브로트가 "카프카에게 중요한 사실들의 세계는 끝을 내다볼 수 없었다"라고 말한다면 카프카에게 그 끝을 가장 내다볼 수 없는 것은 분명 제스처였다. 각각의 제스처는 하나의 사건, 아니 일종의 드라마 자체라고 할 수 있다. 이 드라마가 펼쳐지는 무대는 하늘을 향하여 열려 있는 세계라는 극장(Welttheater)이다. 다른 한편 이 하늘은 단지

---

35) Werner Kraft, *Franz Kafka. Durchdringung und Geheimnis*, Frankfurt a. M., 1968, p. 24("Der Mensch ohne Schuld. Ein Brudermord"). 인용 속 인용은 「형제 살해」(Ein Brudermord).

36) Franz Kafka, *Die Verwandlung*, 앞의 책, p. 5.

37) Franz Kafka, *Der Prozeß*, 앞의 책, p. 369(제9장).

배경에 지나지 않는다. 하늘을 그 자체의 법칙에 따라 탐구한다는 것은 마치 그려진 무대의 배경을 액자에 끼워 어떤 화랑에 걸어놓는 일과 같다고 할 수 있다. 카프카는 — 엘 그레코(El Greco)처럼 — 모든 제스처의 배후에 하늘을 활짝 열어젖힌다. 그러나 표현주의자들의 수호신이라 할 수 있는 엘 그레코에게서처럼 결정적인 것, 즉 사건의 중심은 어디까지나 제스처다. 영주 저택의 문을 두드리는 소리를 들은 사람들은 공포에 질려 등을 구부리며 걷는다.[38] 중국 배우라면 공포를 그렇게 묘사할 것이다. 그러나 어느 누구도 공포에 질려 주춤하지는 않을 것이다. 다른 구절에는 K. 자신이 연기를 하기도 한다. 반쯤 의식하지 못한 채 그는 "조심스레 눈을 위쪽으로 치켜뜨면서 책상에서 서류 가운데 한 장을 들여다보지도 않고 집어 들었다. 그리고 그것을 손바닥 위에 놓고서 자리에서 일어나면서 어르신들 앞에 서서히 쳐들어 보였다. 이때 그는 별다른 목적이 있어 그런 생각을 한 것이 아니라 단지 그 자신의 무죄를 완전하게 입증해줄 중대한 청원서를 다 작성했을 때에는 그렇게 행동하지 않으면 안 될 것이라는 느낌에서 그렇게 해보였을 뿐이다."[39] 이러한 동물적 제스처는 최고의 수수께끼를 최고의 단순성과 결합하고 있다. 사람들은 카프카의 동물이야기들을 그것들이 사람들의 이야기가 아니라는 점을 전혀 눈치채지 못한 채 한참 동안 읽어갈 수 있다. 그리고 나서 그 동물들의 이름, 이를테면 원숭이, 개 또는 생쥐 등의 이름을 맞닥뜨리게 되면 사

---

38) 「저택의 문을 두드림」(Der Schlag ans Hoftor).

39) Franz Kafka, *Der Prozeß*, 앞의 책, p. 226f.(제7장).

람들은 놀란 나머지 눈이 휘둥그레지면서 자신들이 인간의 대륙에서 이미 멀리 떨어져 있다는 것을 알게 된다. 하지만 카프카에게서는 늘 그렇다. 그는 인간의 몸짓에서 전통적 토대를 제거하고서 그 몸짓에서 끝 모를 성찰들을 전개한다.

그러나 특이하게도 그러한 성찰들은 철학적 의미를 지닌 카프카의 이야기들(Sinngeschichten)에서 나올 경우에도 끝이 없다. 「법 앞에서」라는 우화(Parabel, 비유담)를 떠올려보자.[40] 〔단편모음집〕『시골 의사』에서 그 우화를 접했던 독자는 어쩌면 그 우화 내부의 구름 같은(wolkig, 모호한) 구절과 맞닥뜨렸을 것이다. 그러나 그러한 비유(Gleichnis)의 경우 카프카가 그 해석을 시도하고 있는 곳에서 생겨나는 일련의 끝없는 숙고들을 독자는 과연 했을까? 그러한 숙고가 『소송』에서 바로 성직자를 통해 이루어지며,[41] 그것도 사람들이 그 소설은 다름 아닌 일종의 전개된〔펼쳐진〕우화(entfaltete Parabel)라고 추측할 수 있을 정도로 빼어난 어느 대목에서 이루어진다. 그러나 "전개된"이라는 말에는 이중적 의미가 있다. 봉오리가 꽃으로 개화할 때의 전개가 있는가 하면 사람들이 아이들에게 가르쳐주는, 종이로 접은 배가 편편하게 펼쳐질 때의 전개가 있다. 그리고 본래 우화에 어울리는 것은 이 두 번째 종류의 '전개'이다. 이 두 번째 종류의 전개방식이 우화를 편편하게 펼쳐 보임으로써 그 우화의 의미가 확연하게 드러날 때 독자가 느끼는 즐거움을 이룬다. 하지만 카프카의 우화들은 첫

---

40) 이 우화는 『소송』 제9장에도 나온다(Franz Kafka, *Der Prozeß*, 앞의 책, pp. 375~78).

41) Franz Kafka, *Der Prozeß*, 앞의 책, pp. 378~88(제9장).

번째 의미에서 전개된다. 다시 말해 봉오리가 꽃으로 피어날 때처럼 전개된다. 그렇기 때문에 그 전개의 산물은 시문학과 유사하다. 그렇기는 하지만 카프카의 단편들은 전적으로 서구의 전통적 산문형식에 속하는 것이 아니고 가르침(Lehre)에 대해 마치 **하가다**(Hagadah, 설화)와 **할라하**(Halacha, 율법)의 관계와 유사한 관계에 있다. 그의 단편들은 비유들이 아니며 또한 액면 그대로 받아들여지고자 하는 것도 아니다. 그의 단편들은 사람들이 인용할 수 있고 또 설명을 위해 이야기할 수 있는 성격의 것들이다. 그러나 카프카의 비유들에 내포된 가르침, 또 K.의 제스처나 그의 작품에 등장하는 동물들의 몸짓들로 설명해주는 가르침을 우리는 소유하고 있을까? 그런 가르침은 없다. 기껏해야 우리는 이러저러한 것이 그러한 가르침을 암시하고 있다고 말할 수 있을 뿐이다. 어쩌면 카프카는 그런 가르침의 유물로 그 〔비유의〕 이야기들을 전해줬다고 말했을 것이다. 그러나 우리 또한 그 이야기들은 그 가르침을 준비하는 선구들이라고 말할 수 있을 것이다. 어쨌거나 여기서 문제가 되고 있는 것은 인간의 공동체에서 삶과 노동을 어떻게 조직하느냐는 물음이다. 카프카는 그 조직이 그가 꿰뚫어볼 수 없게 될수록 한층 더 끈질기게 그 조직의 문제에 몰두했다. 에르푸르트에서 있었던 괴테와의 유명한 대화에서 나폴레옹이 운명의 자리에 정치를 설정했다면[42] 카프카는 이 말을 변주하면서 조직을 운명으로 정의할 수 있었을 것이다. 그리고 그는 그러한 운명

---

42) 1808년 10월 2일자 프리드리히 뮐러와의 대화. *Goethes Gespräche*, Gesamtausgabe, neu hg. von Flodoard Frhr. von Biedermann, Bd. 1, Leipzig, 1909, p. 539(Nr. 1098).

으로서의 조직을 『소송』과 『성』에서 묘사된 방대한 관료들의 위계질서에서뿐만 아니라 더 구체적으로는 복잡하고 개관할 수 없는 건축계획들에서 맞닥뜨리는데, 그러한 건축계획의 훌륭한 표본을 그는 「중국의 만리장성이 축조되었을 때」에서 다뤘다.

"성벽은 수세기에 걸쳐 방호하기 위한 것이었다. 주도면밀한 공사, 지금까지의 모든 시대와 민족을 망라한 건축기술을 이용하기, 공사에 종사하는 사람 개개인의 지속적인 책임감 등은 이 작업을 위한 필수불가결한 전제조건이었다. 물론 밑바닥 작업을 위해서는 서민 출신의 무지한 날품팔이꾼과 돈벌이라면 기꺼이 나서는 남녀노소를 모두 동원할 수 있었다. 그러나 네 명의 날품팔이꾼을 통솔하는 데는 적어도 한 명꼴로 시공기술에 숙달된 사람이 필요했다. …… 우리는 ─ 나는 여기서 여러 사람을 지칭하여 우리라고 말하는 것이지만 ─ 최고위 지도층에서 내려오는 지시들을 면밀하게 검토하기 전까지는 서로를 알지 못했으며 또 지도층이 없었다면 학교에서 배운 지식이나 우리의 지성만 가지고서는 우리가 거대한 작업 전체에서 분담 받은 사소한 직무를 충분히 해낼 수 없다는 것을 알게 되었다."[43] 이러한 조직은 운명과 닮았다. 이러한 조직의 도식을 자신의 유명한 저서 『문명, 그리고 역사의 거대한 흐름들』에서 개관한 레옹 메치니코프[44]의 표현들은 카프카에서 유래했음직한 표현들이다. "양자강의 운하와 황하의 제방들은 십중팔구 여러 세대에 걸쳐 이루어진 정교하게

---

43) 「중국의 만리장성이 축조되었을 때」(Beim Bau der Chinesischen Mauer).

44) Léon Metchnikoff, 1838~88: 러시아 출신의 지리학자.

조직된 공동작업의 소산이다. 운하를 파거나 어떤 댐에 버팀목을 대면서 발생하는 제아무리 경미한 부주의라도, 그리고 공동의 수자원을 보존하는 일에서 어떤 개인이나 집단에서 행해지는 제아무리 사소한 태만이나 이기주의적 태도라도 그와 같은 비상한 상황 아래에서는 사회악의 근원이 되고, 더 나아가 사회 전체에 깊은 영향을 끼치는 불행의 근원이 된다. 따라서 치수하는 자는 때로는 서로 낯설고 심지어 적대적이기까지 한 백성들 사이의 긴밀하고 지속적인 유대관계를 유지하기 위해 사형이라는 위협수단까지 동원한다. 그는 모든 사람에게 그러한 노동을 하도록 선고하며, 이 노동들이 함께 모여 어떤 유용한 결실을 맺는지는 시간이 지나야만 비로소 드러나게 된다. 그러한 노동의 계획은 평범한 사람에게는 전혀 이해되지 않은 채 그대로 수행되는 경우가 허다했다."[45]

카프카는 평범한 사람들 축에 끼고 싶어 했다. 가는 곳마다 이해의 한계가 그에게 밀려들어왔다. 그리고 그는 다른 사람들에게 그 한계를 밀어붙이고 싶었다. 때때로 그는 마치 도스토옙스키의 종교재판장처럼 말하는 듯한 느낌을 주기도 한다. "따라서 우리는 우리가 이해할 수 없는 어떤 신비를 맞닥뜨리고 있다. 그리고 그것은 수수께끼이기 때문에 우리는 그것을 설교할 권리가 있었다. 중요한 것은 자유도 사랑도 아니고 사람들이 그 앞에서 굴복할 수밖에 없는 ─ 그것도 아무 성찰 없이, 그리고 자신의 양심을 거스르면서까지 ─ 수수께

---

45) Léon Metchnikoff, *La civilisation et les grands fleuves historiques*, Avec une préface de M. Elisée Reclus, Paris, 1889, p. 189.

끼, 비밀, 신비라는 것을 그들에게 가르칠 권리가 있었다."[46] 카프카는 신비주의의 유혹을 늘 회피하지만 않았다. 루돌프 슈타이너 (Rudolf Steiner)와의 만남을 전하고 있는 카프카의 일기[47]가 있지만 지금까지 출판된 일기에서는 그에 대한 카프카의 입장이 들어 있지 않다. 그가 그런 입장 표명을 피했을까? 자신의 텍스트들을 대하는 그의 방식에서 미루어보면 그럴 가능성을 전혀 배제할 수 없다. 카프카는 비유를 창작해내는 보기 드문 능력을 갖고 있었다. 그럼에도 카프카는 해석 가능한 것에서 소진되지 않는다. 오히려 그는 자신의 텍스트들을 해석하지 못하게끔 하기 위해 생각할 수 있는 모든 조치를 취했다. 사람들은 그 텍스트들의 내부에서 신중하고 조심스레 의심하는 태도로 더듬어 나가야 한다. 우리는 카프카가 앞서 언급한 우화들을 스스로 해석하는 데서 구사하는 그의 특유의 읽기 방식을 유념해야 한다. 우리는 또한 그의 유언을 상기할 수 있을 것이다. 자신의 유고를 소각해 달라고 한 카프카의 말[48]은 전후사정을 두고 볼 때 헤아리기 힘들뿐더러 법 앞에 있는 문지기가 한 대답들처럼 조심스레 따져보아야 한다. 매일의 삶에서 풀기 어려운 행동방식이나 해명하기 어려운 발언과 맞닥뜨린 카프카는 어쩌면 죽음을 통하여 적어도 자신의 동시대인들도 그와 똑같은 어려움을 맛보도록 하고 싶었는지도 모른다.

---

46) 도스토옙스키, 『카라마조프가의 형제들』, 제5권 제5장.

47) Franz Kafka, *Tagebücher 1910~1923*, New York/Frankfurt a. M., 1951, pp. 54~58(1911년 3월 26일자).

48) Max Brod, "Nachwort", in: Franz Kafka, *Der Prozeß*, 앞의 책, p. 403f.

카프카의 세계는 일종의 세계극장이다. 그에게 인간은 본래 무대 위의 존재다. 이를 단적으로 증명해주는 것은 누구나 오클라호마의 자연극장에 입단이 허용된다는 점이다. 어떤 기준으로 채용이 이루어지는지는 알 수 없다. 사람들이 가장 먼저 생각할 배우로서의 적성은 아무런 역할도 하지 않는 것처럼 보인다. 이를 달리 표현하면 응모자에게 기대되는 것은 자기 자신을 연기하는 능력 외에 아무것도 없다는 뜻이 된다. 위급한 경우 응모자들이 그들 스스로가 주장하는 배역이 **될** 수도 있을 가능성은 아예 배제되어 있다. 그들은 마치 피란델로의 드라마에서 여섯 명의 단원이 작가를 찾아 나서는 것처럼 자신의 역할을 갖고 자연극장에서 일자리를 찾는다. 두 작가 모두에게서 이러한 장소는 사람들의 마지막 도피처다. 그리고 그것은 그 장소가 구원이라는 점을 배제하지 않는다. 구원은 현존에 덧붙여지는 프리미엄이 아니라 오히려 카프카가 말하듯이 "그 자신의 앞이마의 뼈로 인해 길이 차단되고 있는"[49] 한 인간의 마지막 탈출구이다. 그리고 이러한 극장의 법칙은 「학술원에 드리는 보고」에 나오는 눈에 띄지 않는 한 문장이 시사해준다. "…… 저는 바로 출구를 찾고 있었기 때문에 모방을 했습니다. 다른 이유는 없습니다."[50] K.에게는 그의 소송 막바지에 이러한 것들에 대한 예감이 떠오르고 있는 듯이 보인다. 그는 그를 데려가려고 온 실크 모자를 쓴 두 사람에게 갑자기 몸을 돌려 묻는다. "'어느 극장에서 일하십니까?' '극장이라뇨?' 한 사

49) 「그」(Er).
50) 「학술원에 드리는 보고」(Ein Bericht für eine Akademie).

람이 입언저리를 씰룩거리면서 다른 사람에게 조언을 구했다. 그러
자 다른 사람은 말을 잘 듣지 않는 육신과 싸우는 벙어리와 같은 몸
짓을 해보였다."[51] 그들은 그 질문에 대답을 하지 않는다. 그러나 그
들이 그 질문을 받고 당황해한다는 것은 많은 점을 미루어 짐작할 수
있다.

흰 천이 덮인 긴 벤치에서 이제부터 자연극장의 단원이 된 사람들
모두가 대접을 받고 있다. "그들은 모두 즐거웠고 흥분되어 있었
다."[52] 축하를 해주기 위해 단역들이 천사로 분장해서 투입되었다.
그 천사들은 펄럭이는 옷감으로 덮여 있고 또 내부에 계단이 있는 높
은 받침돌들 위에 서 있다.[53] 마치 시골의 성당 축성기념일을 위한
채비 같기도 하고, 우리가 앞서 언급한 꽉 끼는 옷을 입고 분장을 한
소년의 슬픈 눈빛을 지워줄 아동축제 같기도 하다. ─ 만약 어깨에
동여맨 날개를 달고 있지 않다면 그 천사들은 어쩌면 진짜 천사들인
지도 모른다. 이들 천사들은 카프카의 작품에서 이미 선구들을 갖고
있다. 서커스 매니저가 그런 선구 가운데 하나다. 그는 「첫 번째 시
련」에 부딪친 공중그네 곡예사가 있는 그물 선반에 올라와 그를 쓰다
듬어주고 그의 얼굴을 자기 얼굴에 비볐는데 그러자 "그의 얼굴도 온
통 곡예사가 흘린 눈물로 적셔졌다."[54] 또 다른 천사는 「형제 살해」가
있은 뒤 살인자 슈마르를 연행해 가는 수호천사 또는 수호자〔경찰관〕

51) Franz Kafka, *Der Prozeß*, 앞의 책, p. 393(제10장).

52) Franz Kafka, *Amerika*, 앞의 책, p. 382(제8장).

53) Franz Kafka, *Amerika*, 앞의 책, pp. 359f., 362(제8장).

54) 「첫 번째 시련」(Erstes Leid).

인데, 슈마르는 "그 경찰관의 어깨에 자신의 입을 지그시 누른 채" 가
벼운 걸음으로 현장을 떠난다. ― 카프카의 마지막 소설은 오클라호
마의 시골적인 의식(儀式) 속에서 끝나고 있다. 조마 모르겐슈테른
(Soma Morgenstern)은 "카프카에게서는 모든 위대한 종교 창시자들에
게서 느껴지는 마을의 공기가 감돌고 있다"고 말했다.[55] 그렇다면 우
리는 여기서 노자가 서술한 경건함을 상기해도 좋을 텐데 카프카는
「이웃마을」에서 그 경건함을 완벽하게 묘사하고 있다. "이웃 나라들
은 닭이나 개들이 짖는 소리를 멀리서도 서로 들을 수 있을 정도로
시야에 들어오는 가까운 거리에 있었을 것이다. 그렇지만 사람들은
나이가 고령이 되도록 서로 오고가지도 못한 채 죽었다고 한다."[56]
노자는 그렇게 말했다. 카프카 역시 우화작가(Paraboliker)였다. 하지
만 그는 종교 창시자는 아니었다.

K.가 토지측량기사로 채용되었다는 사실이 수수께끼처럼 예기치
않게 확인되는 산언덕에 성이 있는 어느 산기슭 마을을 고찰해보기
로 하자. 브로트는 이 소설의 후기에서 카프카가 성이 있는 이 산기
슭 마을을 묘사할 때 한 특정한 장소, 즉 에르츠게비르게에 있는 취

---

55) Benjamin-Archiv, Ms 334. "조마 모르겐슈테른은 나와 대화할 때 카프카의 책들
속에는 모든 종교 창시자들에게서처럼 마을의 공기가 불고 있다는 멋진 말을 했다."

56) 노자(老子) 『도덕경』의 독일어 판: Laotse, *Taotekong. Das Buch des Alten vom Sinn
und Leben*, aus dem Chinesischen verdeutscht und erläutert von Richard Wilhelm,
Jena, 1911, p. 85("80. Selbständigkeit [자립]", v. 16~19). 아마도 벤야민은 기억에
서 인용하고 있는 듯하다. 그가 변형하여 인용한 문장들이 텍스트의 맥락에 끼칠
영향이 작지 않기 때문에 다음을 지적한다. 벤야민은 'gegenseitig'(서로)를 'in der
Ferne'(멀리서)로, 'sollten'을 'sollen'으로, 'Leute'을 'Menschen'으로, 'hin und her'(오
고가고)를 'weit'(멀리)로 적었다. 여기서는 원문 그대로 인용한다. ― 전집 편집자

라우(Zürau)를 떠올렸다고 적고 있다.[57] 그러나 우리는 그 산기슭에서 또 하나의 마을을 발견할 수 있을 것이다. 그것은 『탈무드』의 전설에 나오는 마을이다. 랍비는 왜 유대인들이 금요일 저녁에 향연을 벌이는지에 대해 답하면서 이 전설을 들려준다.[58] 그것은 한 공주에 관한 이야기이다. 그 공주는 자기 고향사람들에게서 멀리 떨어진 곳으로 유배되어 한 마을에서 살게 되는데, 그 마을의 언어를 알아듣지 못하는 공주는 유배의 고통에 시달린다. 그러던 어느 날 공주에게 한 통의 편지가 날아온다. 그것은 공주를 아직 잊지 않고 있다는 약혼자에게서 온 편지였는데 약혼자는 공주를 찾아 길을 떠났으며 공주에게 오고 있는 중이라고 한다. 랍비의 말에 따르면 그 약혼자는 메시아이고 공주는 영혼이며 공주가 유배되어 사는 마을은 육신이라고 한다. 그리고 공주는 자기가 쓰는 언어를 알아듣지 못하는 마을사람들에게 자신의 기쁨을 달리 전해줄 수 없어 성찬을 차린다는 것이다. 『탈무드』에 나오는 이 마을과 함께 우리는 바로 카프카의 세계 한가운데에 있는 셈이다. 왜냐하면 마치 K.가 성이 있는 산기슭 마을에 살고 있듯이 현대인은 자신의 육신에 갇혀 살고 있기 때문이다. 그 육신은 현대인에게서 떨어져 나왔고 또 현대인에게 적대적이다. 그래서 어느 날 아침 깨어났을 때 자신이 해충으로 변신하는 일이 일어

---

57) 브로트가 했다는 이 말은 『성』의 후기에 들어 있지 않고 빌리 하스가 다음 책에서 전하고 있다. Willy Haas, *Gestalten der Zeit*, Berlin, 1930, p. 183f.

58) 영혼, 교회 또는 구원받지 못한 자들을 상징하는 신부(新婦)라는 상징은 후기 하가다의 미드라심(Midraschim)과 유대 민담에서 널리 퍼져 있다. 유대 민담에서 이 비유담을 알게 된 모르겐슈테른이 그 이야기를 벤야민과 대화할 때 알려주었을 것으로 추정된다.

날 수 있다. 타향, 그에게 낯선 그 타향이 그를 지배하게 된 것이다. 바로 이러한 마을의 공기가 카프카에게서 감돌고 있고, 그렇기 때문에 그는 종교 창시자가 되려는 유혹에 빠지지 않았다. 시골 의사가 타고 갈 말이 있는 마구간, 클람이 시가를 입에 물고서 한 잔의 맥주 앞에 앉아 있는 숨 막힐 것만 같은 뒷방,[59] 두드리면 파멸을 몰고 오는 저택의 문,[60] 이것들이 모두 이 마을에 속한 것들이다. 이 마을의 공기에는 완성되지 않은 것들과 너무 익어버린 것들이 뒤섞여 고약한 냄새를 풍기고 있다. 카프카는 평생 이런 공기를 마시지 않으면 안 되었다. 그는 점술가도 아니고 종교 창시자도 아니었다. 어떻게 그가 그런 공기를 견디어낼 수 있었을까?

꼽추 난쟁이

한참 된 이야기이긴 한데, 크누트 함순(Knut Hamsun)은 그가 그 근교에 살고 있는 작은 도시에서 발간되는 지방신문 독자란에 가끔씩 투고하곤 했다. 그 도시에서 수년 전에 자기 갓난아기를 죽인 한 하녀에 대한 배심재판이 있었다. 그녀는 징역형을 선고받았다. 이 일이 있고 난 직후 지방신문에 함순의 투고가 실렸다. 그는 자신의 갓난아기를 죽인 어머니에게 극형이 선고되지 않는다면 차라리 그 도시를

---

59) Franz Kafka, *Das Schloß*, 앞의 책, p. 69.
60) 「저택의 문을 두드림」(Der Schlag ans Hoftor).

등지겠다고 말했다. 교수형이 아니면 종신형에라도 처해져야 한다는 것이 그의 주장이었다. 그러고서 몇 년이 흘렀다. 그의 작품『대지의 축복』이 출간되었는데, 그 속에 그와 똑같은 범죄를 저지르고 똑같은 형벌을 받은 어느 하녀에 대한 이야기가 담겨 있었다. 독자는 그 하녀가 더 중한 형벌을 받을 만하지 않았음을 분명히 알 수 있었다.

카프카의 유고로 출간된『중국의 만리장성이 축조되었을 때』에 담긴 카프카의 성찰들[61]은 이 함순의 경우를 연상시킨다. 이 유작이 출간되자마자 카프카의 성찰들에 근거를 둔 카프카 해석이 나왔는데, 그 해석은 카프카의 성찰들에 대한 해석에 치중한 나머지 그의 작품들을 그만큼 더 소홀하게 다루고 있다. 카프카의 저작들을 근본적으로 잘못 해석하는 두 가지 방법이 있다. 자연적 해석이 그 중 하나이고, 초자연적 해석이 다른 하나이다. 이 두 해석 방법, 즉 정신분석적 방법과 신학적 방법 모두 똑같이 본질을 놓치고 있다. 정신분석적 해석의 대표자는 헬무트 카이저[62]이고 신학적 해석의 대표자는 여럿인데, 예컨대 한스-요아힘 쇱스,[63] 베른하르트 랑,[64] 베른하르트 그뢰튀젠[65] 등이 여기에 속한다. 빌리 하스도 후자에 속한다고 볼 수 있

---

61) 카프카가 「그」와 「죄, 고통, 희망과 진실한 길에 대한 성찰」에서 전개한 성찰들을 가리킨다.

62) Hellmuth Kaiser, *Franz Kafkas Inferno. Psychologische Deutung seiner Strafphantasie*, Wien, 1931.

63) 『중국의 만리장성 ……』을 브로트와 함께 편찬해내면서 쓴 후기. 또한 Hans-Joachim Schoeps, "Unveröffentlichtes aus Franz Kafkas Nachlaß", in: *Der Morgen*, Berlin, 1934년 5월 2일(Jg. 10).

64) Bernhard Rang, "Franz Kafka", in: *Die Schildgenossen*, Ausgburg, 1934(Jg. 12, Heft 2/3).

는데, 그는 물론 우리가 나중에 다루게 될 다른 맥락에서는 카프카에 관해 중요한 시사점을 던져주는 언급을 했다. 그럼에도 그것은 그가 카프카의 전 작품을 일종의 틀에 박힌 신학적 도식으로 해석하는 것을 막지 못했다. 그는 카프카에 대해 이렇게 쓴다. "카프카는 그의 위대한 소설 『성』에서는 상위의 권력, 은총의 영역을 서술했고, 마찬가지로 위대한 소설 『소송』에서는 하위의 권력, 즉 심판과 저주의 영역을 서술했다. 두 영역 사이에 있는 지상, …… 즉 지상적 운명과 그것의 어려운 요구들을 그는 세 번째 소설 『아메리카』에서 엄격한 양식으로 그리려고 했다."[66] 이러한 해석의 처음 삼분의 일에 해당하는 천상에 대한 해석은 브로트 이래로 카프카 해석의 공동재산이 되었다고 할 수 있다. 이러한 의미에서 이를테면 베른하르트 랑은 이렇게 쓰고 있다. "우리가 성을 은총이 자리 잡고 있는 곳으로 봐도 된다면 바로 이러한 〔주인공 K.의〕 부질없는 노력과 시도는, 신학적으로 말해 신의 은총이란 인간의 의지나 자의에 의해 억지로 얻어질 수 없다는 것을 뜻한다. 불안과 초조는 신적인 것의 숭고한 평온을 방해하고 어지럽힐 따름이다."[67] 이것은 편리한 해석이다. 하지만 이러한 유의 해석은 더 멀리 나아가려고 하면 할수록 근거가 박약하다는 점이 그만큼 더 분명히 드러난다. 가장 분명히 드러나는 것은 아마 빌리 하스의 경우일 텐데, 그는 이렇게 설명한다. "카프카는 …… 키르케

---

65) Bernhard Groethuysen, "A propos de kafka", in: *La Nouvelle Française*, 1933(Neue Serie 40, Heft 4).

66) Willy Haas, *Gestalten der Zeit*, 앞의 책, p. 175.

67) Bernhard Rang, 앞의 글.

고르와 파스칼로 소급한다. 우리는 어쩌면 그를 키르케고르와 파스칼의 유일하게 합법적인 손자라고 부를 수 있을 것이다. 세 사람 모두 인간은 신 앞에서 부당한 존재라는 무자비할 정도로 단단한 종교적 기본 모티프를 갖고 있다." 카프카의 "상위의 세계, 즉 종잡을 수 없고 자잘하고 복잡하게 얽혀 있으며 참으로 탐욕적인 관료조직을 거느리고 있는 이른바 '성'이라는 세계, 그의 기이한 하늘은 인간들과 끔찍한 게임을 벌이고 있다. …… 그런데도 인간은 이러한 신 앞에서조차 지극히 부당한 존재다."[68] 이러한 신학은 캔터베리의 안셀무스[69]의 의인론[70]보다 훨씬 더 거슬러 올라가 야만적인 사변들로 퇴락하는데, 이러한 사변들은 그렇지 않아도 카프카의 텍스트가 언명하는 내용과도 부합하지 않는 것으로 보인다. 『성』에는 이런 구절이 나온다. "도대체 관리 일개인이 용서를 해줄 수 있단 말인가? 용서라는 것은 기껏해야 관청 전체나 할 수 있는 일이다. 그러나 이 관청 전체도 어쩌면 용서는 할 수 없고 단지 심판을 내릴 수 있을 뿐이다."[71]

---

68) Willy Haas, *Gestalten der Zeit*, 앞의 책, p. 176.

69) Anselmus, 1033~1109 : 캔터베리 대주교이자 영국 국교회의 스콜라 신학자이다. '스콜라 철학의 아버지'로 불린다.

70) Anselm von Canterbury, "Cur deus homo?", in: *Opera. Patrologiae cursus*, vol. CLV. 의인론(義認論, Rechtfertigungslehre) : '의인'은 기독교의 은총이론에서 핵심이 되는 개념으로서, 인간의 타락 이후 파괴된 인간과 하나님과의 관계를 복원하는 것을 의미한다. 이것은 바울의 신학적 관점을 대변하는 핵심어이다. 마르틴 루터(Martin Luther)는 바울에 의거하여 이러한 복원은 오직 예수 그리스도에 의해 이루어진 것이며, 기독교인은 선업(善業)이 아니라 오직 믿음을 통해서만 하나님과의 원래적인 관계를 복원할 수 있다고 주장했다.

71) Franz Kafka, *Das Schloß*, 앞의 책, p. 414.

이렇게 내디딘 〔신학적 해석의〕길은 이내 막다른 골목에 이르고 있다. "이 모든 것은 신 없는 인간의 비참한 상태가 아니라, 그리스도를 모르기 때문에 자신도 알지 못하는 어떤 신에 얽매어 있는 인간의 비참한 상태이다"라고 드니 드 루즈몽은 말한다.[72]

카프카의 이야기들과 장편에 나타나는 여러 모티프들 가운데 하나만이라도 철저히 규명하는 일보다 그의 유고인 노트모음에서 사변적 결론을 추론하는 일이 더 쉽기는 하다. 그러나 작품에 나타나는 모티프들만이 카프카의 창작을 지배한 전세적(前世的, vorweltlich) 힘들을 해명할 몇 가지 시사점을 제공한다. 물론 우리는 이들 전세적 힘들을 오늘날 우리 시대의 세속적 힘들로 보아도 무방할 것이다. 그러나 그 힘들이 카프카 자신에게 어떤 이름을 갖고 나타났는지를 말해줄 사람은 아무도 없다. 다만 분명한 것은 카프카가 그 힘들 앞에서 갈피를 잡지 못했고 그것들의 정체를 몰랐다는 점이다. 그는 단지 전세가 죄라는 형태로 그에게 내미는 거울 속에서 재판의 형태로 나타나는 미래를 보았을 뿐이다. 그러나 이 재판을 우리는 어떻게 생각해야 할까. 그것은 최후의 심판일까? 재판관을 피고로 만드는 재판일까? 소송 자체가 형벌이 아닐까? 이에 대해 카프카는 아무런 대답도 주지 않았다. 그는 그 대답에서 무엇인가를 기대했을까? 아니면 오히려 그런 대답을 미루는 것이 그의 의도가 아니었을까? 그가 우리에게 준 이야기들 속에서 서사성(Epik)이 세헤라자데의 입에서 지녔던 의미를

---

72) Denis de Rougemont, "Le Procès, par Franz Kafka", in: *Nouvelle Revue Française*, Mai 1934, p. 869.

다시 획득한다. 그 의미란 다가오는 것을 늦추기다. 지연(遲延, 미루기)은 『소송』에서 피고의 희망이다. 즉 심리가 점차 판결로 넘어가지만 않기를 바랄 뿐이다. 이러한 지연은 족장(族長) 자신에게 도움이 될 것이다. 그가 그로 인해 전통 속에서 차지하던 자리를 내놓아야 할지라도 말이다. "나는 또 다른 아브라함을 생각해볼 수 있겠다. 그는 족장까지 되지 못하고 심지어 헌옷장수도 되지 못할 위인이다. 그는 제물을 바치라는 요구에 응하기 위해 즉각, 마치 웨이터처럼 준비태세를 갖출 것이다. 하지만 그는 제물을 바치지 못할 텐데, 왜냐하면 그는 집을 떠날 수 없기 때문이다. 그는 집에서 없어서는 안 될 존재다. 가계(家計)가 그를 필요로 하고 있고 뭔가 정리할 것이 끊임없이 있기 때문이다. 집안일은 끝나지 않았다. 그러나 그는 집안일이 완료되지 않은 채 이 집이라는 기반이 없이 떠날 수는 없다. 성서도 그 점을 알고 있는데, 왜냐하면 성서에 '그는 가사를 정리하였다'라고 쓰여 있기 때문이다."[73]

이 아브라함은 "웨이터처럼 준비태세를 갖춘" 자로 나타난다. 카프카에게 무엇인가는 늘 제스처로만 파악이 가능했다. 그리고 그가 이해할 수 없는 이 제스처가 우화들의 구름 같은 구절을 이룬다. 이 제스처로부터 카프카의 문학이 나오고 있다. 그가 자신의 문학을 얼마나 드러내지 않으려 했는지는 잘 알려져 있다. 그는 유언에서 자기 작품을 없애줄 것을 당부했다. 카프카를 다룰 때 빠뜨릴 수 없는 이

---

73) Franz Kafka, *Briefe, 1902~1924*, New York / Frankfurt a. M., 1958, p. 333(로베르트 클롭슈토크에게 보낸 1921년 6월의 편지).

유언은 그의 문학이 그를 만족시키지 못했고 그가 자신의 노력이 허사로 돌아간 것으로 간주했음을, 자신을 실패할 수밖에 없던 사람들 가운데 하나로 여겼음을 말해준다. 실패한 것은 문학을 가르침으로 전환하고 우화로서 그 문학에, 그가 이성에 직면하여 유일하게 어울리는 속성이라 여긴 지속성과 소박함을 되돌려주려고 한 그의 웅대한 시도이다. 어떤 작가도 "우상을 섬기지 말라"라는 계명을 그보다 더 철저하게 지키지 못했다.

"수치심은 그가 죽은 뒤에도 계속 남아 있을 것처럼 보였다."[74] 『소송』은 그런 말로 끝난다. 카프카에게서 "감정의 원초적 순수성"에 상응하는 이 수치심은 그의 가장 강한 제스처이다. 그러나 이 수치심은 이중의 얼굴을 갖고 있다. 수치심은 인간의 은밀한 반응이면서 동시에 사회적으로도 요구가 까다로운 반응이다. 수치심은 타인 앞에서의 수치심이기만 한 것이 아니라 타인에 대해 느끼는 수치심이기도 하다. 그리하여 카프카의 수치심은 그 수치심을 다스리는 삶과 사고보다 더 개인적이지 않다. 그 삶과 사유에 대해 그는 이렇게 말한다. "그는 자기의 개인적인 삶을 위해 살고 있지 않다. 그는 자기의 개인적 사고를 위해 사고하지 않는다. 그는 마치 가족의 강요 아래에서 살고 사고하는 것처럼 보인다. …… 이 미지(未知)의 가족 때문에 …… 그는 자유롭게 방면될 수 없는 것이다."[75] 우리는 ― 사람과 동물로 이루어진 ― 이 미지의 가족이 어떻게 구성되어 있는지 알지 못

74) Franz Kafka, *Der Prozeß*, 앞의 책, p. 401(제10장).
75) 「그」(Er).

한다. 다만 확실한 것은 카프카로 하여금 글을 쓰면서 우주적 시대를 움직이도록 강요하는 것이 바로 그 미지의 가족이라는 점이다. 이 가족의 명령에 따라 그는 마치 시시포스가 돌을 굴리듯 역사적 사건의 덩어리를 굴린다. 이때 그 덩어리의 밑부분이 드러나게 되는데, 그것은 결코 유쾌한 광경이 못 된다. 하지만 카프카는 그 광경을 견뎌낼 능력이 있다. "진보를 믿는다는 것은 어떤 진보가 이미 이루어졌다는 것을 믿는다는 것을 뜻하지 않는다. 그것은 믿음이 아닐 것이다."[76] 카프카에게는 자신이 살았던 시대가 태초로부터 한 걸음도 진보하지 않은 것으로 여겨졌다. 그의 소설들이 펼쳐지는 곳은 늪의 세계이다. 카프카에게서 피조물은 요한 야코프 바흐오펜(Johann Jakob Bachofen)이 창녀적(häterisch) 단계라고 칭한 단계에 있는 것으로 나타난다. 이 단계가 잊혔다고 해서 그 단계가 현재에 영향을 끼치지 않는다는 것을 뜻하지 않는다. 오히려 그 단계는 그러한 망각을 통해 현존하고 있다. 평범한 시민의 경험보다 더 깊숙이 파고드는 어떤 경험만이 그러한 망각과 맞닥뜨린다. 카프카의 초기 수기들 가운데 하나에 다음과 같은 구절이 나온다. "나는 경험을 갖고 있다. 그리고 그 경험이 내가 단단한 땅 위에서 느끼는 뱃멀미라고 말한다면 그것은 농담으로 하는 말이 아니다."[77] 『관찰』의 첫 단편(「국도 위의 아이들」)이 그네 이야기에서 시작하는 것은 이유가 있다.[78] 그리고 카프카는 경험

---

76) 「죄, 고통, 희망과 진실한 길에 대한 성찰」, 48번째 아포리즘.

77) Franz Kafka, in: *Hyperion* 1909(Jg. 2, Heft 1).

78) 「국도 위의 아이들」(Kinder auf der Landstraße).

들이 지니는 흔들리는 성격을 지칠 줄 모르고 표현한다. 모든 경험은 느슨해지고 반대되는 경험과 뒤섞인다. 「저택의 문을 두드림」이라는 단편은 이렇게 시작한다. "여름이었다. 무더운 날이었다. 나는 내 누이동생과 함께 귀가하는 길에 어느 저택의 문 앞을 지나게 되었다. 누이동생이 장난삼아 문을 두드렸는지 아니면 방심해서 그랬는지 아니면 단지 주먹으로 한번 치는 시늉만 했을 뿐이고 전혀 두드리지 않았는지 나는 모른다."[79] 세 번째 대목에서 언급한 과정의 단순한 가능성이 처음에는 무해한 것으로 보인 앞의 두 과정을 다른 시각에서 보게 만든다. 카프카적 여성 인물들이 떠오르는 곳이 바로 그러한 경험의 늪 바닥이다. 그들은 늪에서 사는 존재들이다. 가령 "오른손의 가운뎃손가락과 약손가락"을 펼칠 때 "그 사이의 물갈퀴가 거의 새끼손가락 맨 위 관절까지"[80] 올라오는 레니가 그렇다. ─ "아름다운 시절이었어요." 이의성(二義性)을 띠는 프리다가 그녀의 예전 생을 회상한다. "당신은 한 번도 제 과거에 대해 물어보지 않으셨지요."[81] 그녀의 과거는 바흐오펜의 말을 빌리면 "그 무절제한 풍성함이 천상의 빛의 순수한 힘들에게 가증스럽게 여겨졌고 아르노비우스가 사용한 더러운 욕망(luteae voluptates)이라는 표현을 정당화하는 교접이 이루어지는"[82] 어두운 심연의 품으로 거슬러 올라간다.

---

79) 「저택의 문을 두드림」(Der Schlag ans Hoftor).

80) Franz Kafka, *Der Prozeß*, 앞의 책, p. 190(제6장).

81) Franz Kafka, *Das Schloß*, 앞의 책, p. 479.

82) Johann Jakob Bachofen, *Urreligion und antike Symbole. Systematisch angeordnete Auswahl aus seinen Werken in drei Bänden*, hg. v. Carl Albrecht Bernoulli, Bd. 1,

이로부터 비로소 카프카가 서사작가로서 갖고 있는 기술이 파악될 수 있다. 소설 속의 다른 인물들이 K.에게 무엇인가를 이야기할 것이 있을 경우 그 인물들은 그 이야기가 지극히 중요하거나 놀라운 내용이라고 할지라도 지나가는 말로 이야기하며, 마치 그가 그것을 오래 전부터 줄곧 알고 있어야 했던 것처럼 얘기한다. 그리고 마치 새로운 내용은 아무것도 없다는 듯이, 또 잊어버렸던 것을 기억해내도록 주인공에게 슬쩍 요구하는 것처럼 이야기한다. 이런 의미에서 빌리 하스가『소송』의 과정을 이해하고자 했고 또 다음과 같이 말한 것은 옳다. "소송의 대상, 아니 믿기 어려운 이 책의 진정한 주인공은 망각이다. …… 이 망각의 주요 특성은 그 주인공이 자기 자신을 망각한다는 점이다. …… 그 망각 자체가 여기서는 피고라는 인물을 통해 그야말로 무언의 형상이 되었다. 그것도 대단한 강렬도(Intensität, 집약성)를 지닌 형상이 되었다."[83] "이 비밀스러운 중심이 …… 유대교에서" 유래한다는 점은 아마 부인하기 어려울 것이다. "여기서 기억은 경건함으로서 매우 비밀스러운 역할을 하고 있다. 여호와가 기억한다는 사실, 정확한 기억을 '3대, 4대', 아니 '백대'까지 간직한다는 사실은 여호와가 지닌 …… 여느 특성이 아니라 가장 심오한 특성이다. 가장 성스러운 …… 의례의 행위는 기억의 책에서 죄를 지워 없애는 일이다."[84]

Leipzig, 1926, p. 386("Versuch über die Gräbersymbolik der Alten").
시카의 아르노비우스(Arnobius of Sicca, ?~330년경) : 디오클레티아누스 치하(284~305)에서 활동한, 베르베르(Berber) 태생의 수사학자이자 초기 기독교 변증론자.

83) Willy Haas, 앞의 책, p. 196f.

망각된 것은 — 이것을 인식함으로써 우리는 카프카 작품의 또 다른 문턱에 다가서게 되는데 — 결코 단지 개인적으로 망각된 것만이 아니다. 망각된 모든 것은 전세에서 망각된 것과 혼합되며, 그것과 헤아릴 수 없이 많은 관계, 불확실하고 변화무쌍한 관계로 결합되면서 거듭해서 새로운 산물들을 만들어낸다. 망각은 일종의 저장고로서, 이 저장고로부터 카프카의 이야기들에 등장하는 무진장한 중간 세계가 밖으로 몰려나오면서 모습을 드러낸다. "그에게는 바로 충만한 세계 전체가 유일하게 현실적인 것으로 여겨진다. 모든 정신은 그 자리와 존재할 권리를 얻기 위해서 사물적이 되어야 하고 또 각각이 구별되어야 한다. …… 정신적인 것은 그것이 여전히 어떤 역할을 수행하고 있는 한, 유령들이 된다. 이들 유령들은 전적으로 개성이 있는 개체들이 되며 독자적 이름을 갖고 있고 또 경배자의 이름과 특별하게 결합된다. …… 충만한 세계는 의심할 나위 없이 이들 유령들로 가득 차게 됨에 따라 더욱더 넘쳐나게 된다. …… 유령의 무리는 이에 아랑곳하지 않고 점점 더 많이 몰려온다. …… 새 유령들이 끊임없이 옛 유령들에 더해지고, 모든 유령이 독자적 이름을 갖고 다른 유령과 구별된다."[85] 그런데 여기서 이야기되고 있는 것은 카프카가 아니라 중국이다. 로젠츠바이크는 『구원의 별』에서 중국의 조상숭배를 이렇게 묘사하고 있다. 그러나 카프카에게도 그에게 중요한 사실들의 세계와 마찬가지로 조상들의 세계 역시 끝을 내다볼 수 없었다.

---

84) Willy Haas, 앞의 책, p. 195.

85) Franz Rosenzweig, *Der Stern der Erlösung*, 앞의 책, p. 76f.

그리고 그에게 조상들의 세계는 분명 원시인들의 토템 나무들처럼 동물들의 세계로까지 내려간다. 그런데 동물들이 망각된 것의 저장고가 되는 것은 비단 카프카의 경우만이 아니다. 루트비히 티크(Ludwig Tieck)의 의미심장한 단편 「금발의 에크베르트」에서는 스트로미안이라는 한 강아지의 잊힌 이름이 어느 수수께기 같은 죄의 암호로 나타난다. 따라서 우리는 카프카가 망각된 것을 동물들에게서 지칠 줄 모르고 엿들으려 한 것을 이해할 수 있다. 물론 동물들이 목표가 아니다. 그러나 동물들 없이는 되지 않는다. 「단식광대」를 생각해 볼 수 있다. 그 광대는 "엄격히 따져 보면 마구간으로 가는 길의 거추장스러운 장애에 불과했다."[86] 우리는 「굴」속의 동물이나 「거대한 두더지」가 땅을 파는 모습만이 아니라 골똘히 생각하는 모습도 보지 않는가?[87] 하지만 다른 한편 이런 동물들의 생각은 지극히 닳고 닳은 것이다. 동물들의 생각은 한 걱정에서 다른 걱정으로 부단히 흔들거리고, 모든 불안을 맛보며 또한 절망의 변덕스러운 팔랑거림과 같은 면을 지니고 있다. 그래서 카프카에게서 나비들도 등장한다. 자신의 죄에 대해 아무것도 알고 싶어 하지 않으면서 죄를 지은 「사냥꾼 그라쿠스」는 "한 마리 나비가 되었다", "웃지 마십시오"라고 사냥꾼 그라쿠스는 말한다.[88] — 어쨌거나 카프카의 작품에 등장하는 모든 생물들 가운데 동물들이 가장 많이 사색을 한다는 것은 분명하다. 법

---

86) 「단식광대」(Ein Hungerkünstler).

87) 「굴」(Der Bau) ; 「거대한 두더지」(Der Riesenmaulwurf).

88) 「사냥꾼 그라쿠스」(Der Jäger Gracchus).

속에 부패가 있듯이 이 동물들의 사색에는 불안이 있다. 그 불안이 일을 망치지만 그 불안이야말로 그 과정에서 유일한 희망이다. 그러나 제일 망각된 낯선 것이 우리 자신의 육신이기 때문에 우리는 어째서 카프카가 자기 내부에서 터져 나오는 기침을 "동물"[89]이라 불렀는지를 이해할 수 있다. 그 기침은 동물들의 거대한 무리의 전초병이었다.

카프카에게서 전세가 죄와 결합하여 만들어낸 가장 기이한 잡종이 오드라데크이다. "언뜻 보기에 그것은 납작한 별 모양의 실패처럼 보인다. 그리고 정말 그것은 실로 덮여 있는 것 같다. 확실히 그것은 낡아서 끊어진 것을 연결하고 있고 또 엉켜 있기도 한, 여러 색깔의 실뭉치들인지도 모른다. 그러나 실패인 것만은 아니다. 별 한가운데에서 조그만 막대가 가로질러 튀어나와 있고 또 오른쪽 구석에서 나온 또 하나의 작은 막대가 바로 이 조그만 막대와 접합되어 있다. 이 두 번째 막대가 한쪽 편에, 그리고 별의 발산하는 빛[별 모서리]이 다른 한쪽 편에 있기 때문에 이것들의 도움으로 전체는 마치 두 다리로 서듯이 곧추 서 있을 수 있게 된다." 오드라데크는 "다락방, 층계, 복도, 현관 등에 번갈아가며 머문다." 즉 그것은 죄를 추적하는 법정이 선호하는 장소들과 똑같은 장소들을 선호한다. 다락방은 폐기되고 망각된 가재도구들이 쌓여 있는 장소이다. 법정에 출두해야 한다는 강압은 어쩌면 수년 간 버려져 있던 다락방 속의 궤에 다가가야 한다는 강압과 비슷한 느낌을 불러일으킬지도 모른다. K.가 그의 변론서

---

89) 「굴」(Der Bau).

를 "은퇴한 뒤 언젠가 노망한 정신이 몰두하기에"[90] 적합한 대상으로 여기고 있는 것과 마찬가지로 사람들은 이러한 귀찮은 일을 마지막 날까지 미루고 싶어 할 것이다.

오드라데크는 사물들이 망각된 상태에서 갖게 되는 형태이다. 그 사물들은 일그러져[왜곡되어] 있다. 아무도 그 정체를 모르는 "가장의 근심"이나 우리가 그것이 그레고르 잠자라는 것을 너무도 잘 알고 있는 해충도 일그러져 있다. 어쩌면 "푸주한의 칼이 구원"[91]이 될지도 모를, 반은 양이고 반은 고양이인 커다란 동물 또한 일그러져 있다. 그러나 카프카에서 등장하는 이 인물들은 일련의 형상들을 길게 늘어놓으면 결국 기형[畸形, 왜곡]의 원형이라 할 꼽추와 연결되어 있다. 카프카의 단편들에 나오는 제스처들 가운데 머리를 가슴 깊숙이 파묻고 있는 남자의 제스처만큼 자주 나오는 제스처는 없다. 법관들은 피로해서,[92] 호텔 수위는 소음 때문에,[93] 미술관 관람객들은 낮은 천장 때문에[94] 그런 동작을 취한다. 그러나 "유형지에서" 권력자들은 매우 오래된 구식 기계를 사용하는데, 이 기계는 죄인의 등에 소용돌이 장식문양의 문자들[알파벳]을 새겨넣고 또 바늘로 계속 등을 찔러 문자장식을 쌓아감으로써 나중에는 죄인의 등이 투시력을 갖게 되고, 스스로 글자를 해독할 수 있게 된다. 죄인은 그 문자들에

---

90) Franz Kafka, *Der Prozeß*, 앞의 책, p. 222(제7장).

91) 「튀기」(Eine Kreuzung).

92) Franz Kafka, *Der Prozeß*, 앞의 책, pp. 208, 288.

93) Franz Kafka, *Amerika*, 앞의 책, p. 193~96(제5장).

94) Franz Kafka, *Der Prozeß*, 앞의 책, p. 65(제2장).

서 자신도 알지 못하는 죄명을 스스로 해독해내야만 한다.[95] 따라서 부담이 지워지는 것은 등이다. 그리고 카프카에게서 예전부터 등에 부담이 지워져 왔다. 그래서 초기의 일기에 이런 기록이 있다. "내가 잠들기에 좋은 것으로 알고 있는 자세는 가능하면 무겁게 만드는 것인데, 그러기 위해 나는 두 팔을 교차시켜 서로 반대편 어깨 위에 얹었고, 그래서 군장을 짊어진 군인처럼 누워 있을 수 있었다."[96] 여기서 짐을 지고 있다는 것이 — 잠자는 사람의 — 망각과 함께 간다는 점은 쉽게 알 수 있다. 이와 동일한 상징적 묘사를 「꼽추 난쟁이」라는 민요에서도 볼 수 있다. 이 꼽추는 일그러진 삶의 거주자이다. 그는 메시아가 오면 사라질 것이다. 어느 위대한 랍비[97]가 말했듯이 폭력으로 세상을 변화시키는 것이 아니라 다만 세계를 조금만 바로잡을 그 메시아가 오면 꼽추는 사라질 것이다.

"내가 내 작은 방에 가서, | 잠자리를 펴려고 하면| 거기 한 곱사등이 난쟁이가 서 있어, | 웃기 시작하네." 이것은 오드라데크의 웃음인데, 이 웃음은 "낙엽 속에서의 바스락거림"[98]과 같은 소리를 낸다고 묘사되어 있다. "내가 내 긴 의자에 무릎 꿇고 앉아, | 조금 기도를 하려 하면, | 거기 한 곱사등이 난쟁이가 서 있어, | 말하기 시작하네. | 귀여운 아이야, 부탁인데, | 곱사등이 난쟁이를 위해서도 기도해 주

95) Franz Kafka, *In der Strafkolonie*, Leipzig, 1919, p. 28f.

96) Franz Kafka, *Tagebücher 1910~1923*, 앞의 책, p. 76(1911년 10월 3일자 일기).

97) Walter Benjamin/Gershom Scholem, *Briefwechsel 1933~1940*, Frankfurt a. M., 1980, p. 154(57번째 편지)와 p. 156의 각주 2번 참조.

98) 「가장의 근심」(Die Sorge des Hausvaters).

렴!"[99] 민요는 이렇게 끝난다. 카프카는 자신의 깊은 내면에서 "신화
적 예감"[100]도 "실존신학"도 그에게 주지 못하는 밑바닥을 접한다.
그것은 독일 민중의 밑바닥이기도 하고 유대 민중의 밑바닥이기도
하다. 카프카가 — 우리가 알 수 없지만 — 비록 기도를 드리지 않았
다 하더라도 그는 여전히 니콜라스 드 말브랑슈[101]가 "영혼의 자연스
러운 기도"라고 일컬었던 것, 즉 주의력(Aufmerksamkeit)을 최고도로
소유하고 있었다. 그리하여 그는 그 모든 피조물을, 마치 성인(聖人)
들이 기도 속에 그렇게 하듯이 그 주의력 속에 포용했다.

산초 판사

다음과 같은 이야기가 전해진다. 어느 하시딤[102] 마을의 초라한 주

---

99) *Des Knaben Wunderhorn*, Alte Deutsche Lieder gesammelt von Ludwig Achim von
Arnim und Clemens Brentano, Bd. 3, Heidelberg, 1808, p. 297. ("Das buckliche
Männlein", Kinderlieder, 29. Stück, v. 25~28; 29~34).

100) Hans-Joachim Schoeps und Max Brod, "Nachwort", in: *Beim Bau der Chinesischen
Mauer*, 앞의 책, p. 255.

101) Nicolas de Malebranche, 1638~1715 : 프랑스의 철학자이자 수도사. 그의 주요 관
심은 신앙의 진리와 이성적 진리를 어떻게 조화시킬 것인가 하는 일이었다. 주요
저서로 『진리의 탐구』(*De la recherche de la vérité*, 전3권, 1674~78), 『자연과 은혜에
관하여』(*Traité de la nature et de la grâce*, 1680), 『형이상학과 종교에 관한 대화』
(*Entretiens sur la métaphysique et sur la religion*, 1688) 등이 있다.

102) 하시딤(Hasidim)은 히브리어로 '경건한 사람들'을 뜻하는 하시드(Hasid)의 복수형
이다. 중세 초기에 많이 사용되었으며, 『탈무드』에도 기록되어 있다. 한편 하시디즘
(Chassidismus, 영어로 Hasidism)은 18세기 초 폴란드와 우크라이나 유대인 사이

막 안에 안식일 저녁 무렵 유대인들이 앉아 있었다. 한 사람만 제외하고는 모두가 그 마을 사람들이었다. 그 사람은 그 고장 뜨내기로서 매우 남루한 차림을 하고 구석의 어두컴컴한 곳에 웅크리고 앉아 있었다. 이런저런 이야기가 오갔다. 그때 한 사람이 제안하기를 만일 각자 한 가지씩 소원이 허락된다면 무엇을 바라는지 이야기해보자고 했다. 어떤 사람은 돈을, 어떤 사람은 사위를, 또 다른 사람은 목수 작업대를 갖고 싶다고 했다. 이렇게 빙 돌아가면서 이야기를 했다. 모두가 자기 소원을 이야기하고 나자 어두운 구석에 있는 걸인 한 명만 남게 되었다. 그는 마지못해 머뭇거리며 사람들 질문에 대답했다. "난 내가 강력한 힘을 가진 왕이 되었으면 싶소. 그리하여 넓은 땅덩어리를 통치하면서 밤이 되면 누워 내 궁전에서 잠을 자고 있는데, 국경을 넘어 적들이 침입해 와서, 날이 채 밝기도 전에 기마병들이 내 성 앞까지 쳐들어왔는데도 아무런 저항도 없고, 나는 잠에서 소스라치게 놀라 깨어나 옷을 입을 시간도 없이, 단지 내의 바람으로 도주 길에 올라야 했고, 산을 넘고 계곡을 따라 내려가고 숲과 언덕을 넘으면서 쉼 없이 밤낮으로 쫓기다가 결국 여기 당신네들 마을의 한 벤치 위까지 안전하게 도착했으면 하오. 내가 바라는 것은 그것이외다." 그 이야기를 듣던 사람들은 어리둥절한 표정으로 서로를 쳐다보았다. ─"그러면 당신은 그런 소원에서 무엇을 바라는 것이오?"라고 한 사람이 물었다. ─"내의 한 벌이오." 이것이 그의 대답

에 널리 전파된 성속일여(聖俗一如)의 신앙을 주장하는 종교적 혁신운동을 가리킨다. 창시자는 이스라엘 벤 엘리에제르(1698~1760)이다.

이었다.[103]

　이 이야기는 카프카의 세계가 운영되는 체계 깊숙이 우리를 이끌어간다. 어느 누구도, 언젠가는 메시아가 바로잡아주게 될 기형들이 단지 우리가 살아가는 공간의 기형들일 뿐이라고 말하지 않는다. 그 기형들은 분명 우리가 살아가는 시간의 기형들이기도 하다. 틀림없이 카프카는 그렇게 생각했다. 그리고 그와 같은 확신에서 할아버지로 하여금 다음과 같이 말하게 한다. "인생은 놀라울 정도로 짧다. 지금 내 기억 속에 인생이 너무 응축되어, 가령 어떻게 한 젊은이가 이웃 마을로 말을 타고 떠날 결심을 할 수 있는지, 즉 — 불행한 우연들은 차치하고라도 — 행복하게 흘러가는 평범한 인생의 시간만으로도 그처럼 말을 타고 가는 데 전혀 충분치 않은데도 그런 결심을 할 수 있는지 도무지 이해할 수 없구나."[104] 이 노인의 형제가 바로 그 걸인이다. 걸인은 "행복하게 흘러가는 평범한" 인생에서 뭔가를 소망할 시간을 한 번도 갖지 못하다가 그가 이야기를 하면서 빠져 들어가는 불행하고 비상한 도주의 시간에는 그러한 소망을 초월해 있으며 그 소망을 실현된 상태와 맞바꾸고 있다.

　그런데 카프카의 인물들 중에는 독특한 방식으로 인생의 짧음을 예상하고 있는 족속이 있다. 이들은 "남쪽에 있는 도시" 출신인데,

---

103)　이 이야기는 유대인들의 위트로 널리 알려져 있다(1900년경 유대 위트집 Jüdische Witzbücher). 에른스트 블로흐와 벤야민 둘 중 한 사람이 다른 사람에게 이 이야기를 들려줬을 것으로 추정되는데, 어쨌든 블로흐는 약간 형이상학화한 버전으로 변형해서, 그리고 벤야민은 거의 원문에 가깝게 해서 '소원'(Der Wunsch)이라는 제목으로 발표했다(GS, IV/2, 759 f., 1082).

104)　「이웃 마을」(Das nächste Dorf).

"이 도시에 관해서는 이런 말이 전해지고 있다. …… '거기 사람들은 잠을 자지 않는대.' ─ '그건 또 왜?' ─ '고단하질 않으니까 그렇겠지.' ─ '왜 그럴까?' ─ '바보들이니까 그렇지 뭐.' ─ '바보들은 고단하지도 않대?' ─ '바보가 어째서 고단하단 말야!'"[105] 우리는 이 바보들이 결코 지칠 줄 모르는 조수들과 비슷하다는 것을 알 수 있다. 그러나 이 족속은 더 높은 단계에 이른다. 어디에선가 지나가는 말로 사람들은 조수들의 얼굴을 두고 이들이 "성인(成人), 아니 대학생들과 거의 닮았다"[106]는 말을 듣는다. 그리고 실제로 카프카에게서 가장 특이한 장소에 등장하는 대학생들이 이 족속을 대변하고 통치하는 자들이다. "그렇다면 당신은 언제 잠을 잡니까?'라고 카를은 물으면서 그 대학생을 놀란 듯한 표정으로 쳐다보았다. ─ '네, 잠이라!'라고 대학생이 대답했다. '나는 내 공부가 끝나면 잠을 잘 겁니다.'"[107] 우리는 어린아이들을 생각해 볼 필요가 있다. 어린아이들은 얼마나 잠자리에 들기 싫어하는가! 아이들이 잠든 사이에 그들을 필요로 하는 뭔가가 일어날지도 모르기 때문이다. "최상의 것을 잊지 말라!"라는 말이 있는데, "불분명한 수많은 옛날이야기들에 나오는 이 말은 우리에게 익숙하다. 이 말은 어쩌면 어떤 이야기에도 나오지 않는데도 말이다."[108] 그렇지만 망각은 항상 최상의 것에 해당하는데, 왜냐하면 그

105) 「국도 위의 아이들」(Kinder auf der Landstraße).

106) Franz Kafka, *Das Schloß*, 앞의 책, p. 270.

107) Franz Kafka, *Amerika*, 앞의 책, p. 350(제7장).

108) 「죄, 고통, 희망과 진실한 길에 대한 성찰」, 108번째 아포리즘(원문: "'그런 후에 그는 마치 아무 일도 일어나지 않았다는 듯이 자기 일로 되돌아갔다.' 불분명한 수많

것은 구원의 가능성에 해당하기 때문이다. "저를 도와주고 싶다는 생각은 일종의 병이고, 그것을 치유하려면 침대 요양이 필요합니다"라고 쉬지 않고 떠돌아다니는 사냥꾼 그라쿠스의 유령이 아이러니컬하게 말했다. — 대학생들은 공부를 할 때 깨어 있다. 그리고 어쩌면 대학생들을 깨어 있게 하는 것이 공부가 갖는 최상의 미덕인지도 모른다. 단식광대는 단식하고, 문지기는 침묵하며, 대학생들은 깨어 있다. 이처럼 카프카에게서는 금욕의 커다란 규율들이 은밀하게 작용하고 있다.

이러한 규율들 가운데 정점에 있는 것이 공부다. 카프카는 추억 속에서 자신의 아득한 소년 시절로부터 그 규율의 정점을 끌어낸다. "벌써 오래전에 지금과 거의 다를 바 없이 카를은 집에서 부모의 식탁에 앉아 식사를 했고 학교 숙제들을 썼다. 한편, 아버지는 신문을 읽거나 장부를 정리하고 어떤 협회에 보낼 서한을 작성하고 있었고, 어머니는 바느질에 몰두하시거나 옷감에서 실을 높이 쳐들어 뽑아내고 있었다. 아버지한테 방해를 끼치지 않기 위해 카를은 노트와 필기도구만을 책상 위에 놓고서, 다른 한편 필요한 책들을 긴 의자 오른편과 왼편에 정렬해두었다. 그곳은 얼마나 고요했던가! 그 방에 낯선 사람들이 들어오는 일은 얼마나 드물었던가!"[109] 아마도 이 공부는 무(無)였을 것이다. 그러나 그러한 공부는 무엇인가를 유용하게 만들어주는 무, 즉 도(道)에 무척 가깝다. 카프카는 "책상 하나를 정확하

은 옛날이야기들에 나오는 이 말은 우리에게 익숙하다. 이 말은 어떤 이야기에도 나오지 않는데도 말이다").

109) Franz Kafka, *Amerika*, 앞의 책, p. 345(제7장).

기 이를 데 없는 기술을 갖고 정성 들여 망치질을 하면서도 동시에 아무것도 하고 싶지" 않다는 소망을 갖고 바로 그러한 도를 추구했다. "그것도 사람들이 '그에게 망치질은 무(無)이다'라고 말할 수 있는 식으로가 아니라 '그에게 망치질은 진짜 망치질인 동시에 무이기도 하다'라고 말하는 식으로 말이다. 그렇게 되면 실로 그 망치질은 더 대담하고, 더 단호하며, 더 현실적인 것이 되고, 당신이 바란다면 더 미친 짓이 될 것이다."[110] 이렇게 단호하고 광신적인 제스처를 바로 대학생들이 공부할 때 보여준다. 이보다 더 기이하게 여겨지는 제스처는 없다. 서기나 대학생들은 숨이 차오른다. 그들은 그렇게 뭔가를 마냥 쫓아간다. "이따금 그 관리가 너무 나지막한 소리로 구술하기 때문에 받아 적는 사람은 앉은 채로는 그 말을 전혀 알아들을 수 없어서 구술된 것을 붙잡기 위해 항상 벌떡 일어나지 않으면 안 되었다. 그러다가 다시 재빨리 앉아 그것을 기록하다가 다시 일어나야 하며, 이러한 동작을 되풀이한다. 이 얼마나 기이한 동작인가. 그것은 거의 이해할 수 없다."[111] 그러나 우리는 자연극장의 배우들을 다시 떠올려보면 이것을 더 잘 이해할 수 있을 것이다. 배우들은 전광석화처럼 빠르게 자신의 역할에 해당하는 신호를 포착하지 않으면 안 된다. 또 배우들은 이 부지런한 사람들과 그 밖의 점에서도 비슷하다. 그들에게는 실제로 "망치질은 진짜 망치질인 동시에 무이기도 하다." 즉 그들이 망치질하는 역할을 한다면 그렇다. 이러한 역할을 그들은

---

110) 「그」(Er).

111) Franz Kafka, *Das Schloß*, 앞의 책, p. 342.

연구한다. 그 역할에서 어느 한 대사나 제스처를 잊어먹는 배우는 열악한 배우일 것이다. 그러나 오클라호마 극단의 단원들에게 그 역할은 그들의 예전의 삶이다. 따라서 자연극장에 '자연'이라는 말이 붙은 것이다. 자연극장의 배우들은 구원받았다. 그러나 카를이 밤이 되면 말없이 발코니에서 책 읽는 모습을 바라보는 그 대학생, "책장을 넘기고, 종종 무언가를 찾기 위해 또 다른 책을 항상 전광석화처럼 재빨리 집어오기도 하고, 때때로 노트에 무언가를 적어넣기도 하며, 그럴 때면 항상 얼굴을 갑자기 노트 속에 깊이 파묻기도 하는"[112] 그 대학생은 아직 구원받지 못했다.

제스처를 그처럼 생생히 떠올리는 일을 카프카는 지칠 줄 모르고 한다. 그러나 그는 그것을 항상 놀라워하면서 행한다. 사람들이 K.를 슈베이크[113]와 비교한 것은 옳다. 한 사람은 모든 것에 놀라고 다른 한 사람은 전혀 놀라지 않는다. 사람들 상호간의 소외가 최고조에 이른 시대, 그 끝을 내다볼 수 없이 매개된 관계가 인간의 유일한 관계가 되어버린 시대에 영화와 축음기가 발명되었다. 영화 속에서 사람들은 자신의 움직임을 알아보지 못하며, 축음기 속에서는 자신

---

112) Franz Kafka, *Amerika*, 앞의 책, p. 344(제7장).

113) Schweyk : 체코의 소설가 야로슬라프 하셰크(Jaroslav Hašek, 1883~1923)의 소설 『용감한 병사 슈베이크』의 주인공. 하셰크는 제1차 세계대전 당시에 종군기자로 활동했으며, 전쟁이 끝난 후에는 부르주아지 계급을 풍자하는 작품을 집필하였다. 장편소설 『세계대전 중의 용감한 병사 슈베이크의 운명』(전4권, 1923~30)으로 세계적 명성을 얻었다. 갖가지 실수를 저질러 혼란을 일으키는 유머러스한 주인공 슈베이크의, 얼른 보기에 부조리한 행동은 사물의 본질을 어김없이 파헤쳐서 당시의 오스트리아-헝가리 제국 군대와 사회의 모순을 날카롭게 그려냈다.

의 음성을 알아듣지 못한다. 이것은 실험으로 입증되었다. 이러한 실험들에서 시험 대상이 되고 있는 인간의 상황이 카프카의 상황이다. 이러한 상황이 그로 하여금 공부를 하게끔 지시한다. 어쩌면 그는 공부를 하면서 여전히 역할의 맥락 속에 있는 자신의 삶의 단편들에 맞닥뜨릴지 모른다. 그는 마치 페터 슐레밀(Peter Schlemihl)이 스스로 팔았던 그림자를 되찾은 것처럼 잃어버린 제스처를 붙잡을 수 있게 될지도 모른다. 그는 자신을 이해하게 될 테지만, 그러기 위해 얼마나 많은 노력이 필요할까! 왜냐하면 망각으로부터 불어오는 것은 폭풍이기 때문이다. 그리고 공부는 그 폭풍에 맞서 말을 달리는 일이다. 구석 난로가의 벤치에 앉아 있던 걸인도 도망치는 왕의 모습 속에서 자신을 포착하기 위해 자신의 과거를 거슬러 말을 달리고 있는 것이다. 말을 타고 가기에는 너무나 짧은 인생에는, 한평생에 비하면 충분히 긴, 이 말 타고 달리기가 상응한다. "…… 마침내는 박차도 내던지고, 왜냐하면 박차 따위는 있지도 않았으니까, 또 말고삐도 내던지고, 왜냐하면 말고삐 같은 것은 있지도 않았으니까, 드디어는 대지가 매끈하게 깎아놓은 황야처럼 보이자마자 이미 말의 목덜미도 말의 머리도 보이지 않으리라." 이렇게 축복받은 기수(騎手)의 상상력이 실현된다. 그 기수는 홀가분하고 유쾌하게 과거를 향해 내달리며, 또 질주하는 말에게도 이 기수는 더는 짐이 되지 않는다. 그러나 미래의 목표를 설정해 두고 있기 때문에 자기 자신을 피폐한 말에 붙들어 맨 기수는 불행하다. 그 목표가 제아무리 가까운 목표, 즉 석탄창고라 할지라도 말이다(「양동이를 탄 사나이」). 그의 동물 역시 불행하다. 석탄을 담아올 통(양동이)과 기수 둘 다 불행하다. "석탄 통에 올라탄 기수로서, 손으로 간단하게 생긴 손잡이를 고삐 삼아 잡고서 나는 가까스로 계단을 내려온다. 그런데 아래에서는 내 석탄 통이 근사하게, 정말 근사하게 올라오고 있다. 바닥에 납작하게 엎드려 있다가 주인의 막대기 아래에서 몸을 흔들며 일어서는 낙타도 이보다 더 근사하게 일어서지는 못할 것이다."[114] 석탄 통에 올라탄 기수가 영원히 시야에서 사라지게 되는 "빙산지대"보다 더 절망적으로 펼쳐지는 지역도 없다. "죽음의 가장 밑바닥 지대들"[115]에서 그에게 유리한 바람이 불어오고 있다. 그 바람은 카프카에게서 흔히 전세에서 불어오는 바람이며, 그 바람을 맞으며 사냥꾼 그라쿠스의 거룻배도 나아가고 있다. 플루타르크는 "그리스인들 사이에서나 야만인들 사이에서나 비의(秘儀) 행사나 제물을 바칠 때면 …… 다음과 같은 것이 가르쳐졌다"라고 말한다. 즉 "두 개의 특수한 본질과 서로 대립되는 힘이 있어야만 하는데, 그 가운데 하나는 오른쪽으로 똑바로 나아가고, 다른 하나는 방향을 돌려 다시 되돌아오도록 작용한다"[116]는 것이다. 되돌리는 것(Umkehr, 회귀)이 삶을 글자로 변형하려는 공부의 방향이다. 그러한 방향을 지도하는 스승이 "신임 변호사" 부세팔루스이다. 그는 막강한 힘을 가진 알렉산더 없이 ― 다시 말해 계속 앞으로 내달리는 정복자에서 벗어나 ― 길을 되돌린다. 그는 "기병의 엉덩이에 옆구리를 눌리지 않은 채 알렉산더의 전투에서 끊임없이 울려오는

---

114) 「양동이를 탄 사나이」(Kübelreiter).

115) 「사냥꾼 그라쿠스」(Der Jäger Gracchus).

116) Plutarch, De Is. et Os., Johann Jakob Bachofen, *Urreligion und antike Symbole*, 앞의 책, Bd. 1, p. 253에서 재인용.

굉음으로부터 멀리 떨어져, 조용한 등불 아래서 자유롭게 우리의 고
서들을 읽으며 책장을 넘기고 있다."[117] — 이 이야기에 대한 해석을
얼마 전에 크라프트가 시도했다. 그는 그 이야기의 세세한 부분까지
면밀하게 해석한 뒤 이렇게 말한다. "문학에서 여기서만큼 신화 전체
에 대한 강력하고도 결정적인 비판이 이루어진 곳이 없다." 크라프트
에 따르면 카프카는 '정의'(Gerechtigkeit)라는 단어를 사용하지 않는다.
그럼에도 신화에 대한 비판이 이루어지는 출발점은 정의라는 것이
다.[118] — 그러나 우리가 여기까지 이른 이상 여기서 멈추게 되면 카
프카를 그르칠 위험에 빠진다. 그처럼 정의의 이름으로 신화에 대적
하여 내세울 수 있는 것이 진정 법일까? 아니다. 법학자로서 부세팔
루스는 자신의 본분에 계속 충실하게 남아 있다. 다만 그는 변호사로
개업하고 있지 않은 듯이 보일 뿐이다. 그리고 이 점에서 카프카의
의미에서 볼 때 부세팔루스와 변호사직에서 새로운 점이 놓여 있을
수 있다. 더는 실행되지 않고 단지 연구만 될 뿐인 법, 바로 그 법이
정의로 가는 문이다.

정의로 가는 문이 공부이다. 그렇지만 카프카는 이러한 공부에, 전
통이 토라의 공부에 연계한 약속을 첨가하려 들지 않는다. 그의 조수
들은 예배당을 잃어버린 마을의 하인들이고, 그의 대학생들은 성서
를 잃어버린 생도들이다. 이제 그들이 "홀가분하고, 즐겁게 달리
는"[119] 것을 가로막는 것은 아무것도 없다. 그러나 카프카는 그 자신

---

117) 「신임 변호사」(Der neue Advokat).
118) Werner Kraft, *Franz Kafka*, 앞의 책, p. 13f.('신화와 정의. 신임 변호사'. 책에 실린
     이 부분은 벤야민이 인용한 것과 완전히 다른 버전이다).

의 여행 법칙을 찾아냈다. 적어도 한 번은 찾아냈는데, 즉 그것은 숨 막힐 듯이 빠른 속도를 그가 어쩌면 평생 찾았을 느린 서사적인 보조 에 동화시키는 데 성공했을 때였다. 그는 이 법칙을 한 산문 단편에 서 표현했는데, 이 작품이 카프카의 가장 완벽한 창작물이 된 것은 단지 그것이 하나의 해석이기 때문만은 아니다. "산초 판사는 세월이 흐르는 동안 그가 나중에 돈키호테라는 이름을 붙여준 악마에게 저 녁 시간과 밤 시간에 기사소설과 도둑소설들을 잔뜩 갖다 바치면서 그가 절제 없이 미친 짓들을 행하게 함으로써 그를 자기로부터 떼어 놓는 데 성공했으며, 이런 사실을 한 번도 자랑하는 일이 없었다. 그 러나 그 미친 짓들은 미리 정해진 대상이 없었기에 — 물론 산초 판 사가 그 대상이 될 수도 있었지만 — 아무에게도 해를 끼치지 않았 다. 자유인인 산초 판사는 침착하게, 어쩌면 어느 정도는 책임감에 서, 돈키호테가 출정하는 곳들을 따라다녔으며 생을 마칠 때까지 거 기서 유익하고도 큰 즐거움을 맛보았다."[120]

차분한 바보이고 서툰 조수였던 산초 판사는 자기 주인을 먼저 떠 나보냈다. 부세팔루스는 그의 주인보다 더 오래 살았다. 단지 등에서 짐만 벗겨진다면 그게 사람 등이냐 말 등이냐는 물음은 더는 중요하 지 않다.

---

119) 「죄, 고통, 희망과 진실한 길에 대한 성찰」, 45번째 아포리즘.
120) 「산초 판사에 관한 진실」(Die Wahrheit über Sancho Pansa).

프란츠 카프카:
중국의 만리장성이 축조되었을 때
(1931)

Walter Benjamin, *Gesammelte Schriften*, Bd. I~VII, Frankfurt a. M., 1972~89, Bd. II/2, pp. 676~83. (Franz Kafka: Beim Bau der chinesischen Mauer)

나는 먼저 위의 제목에서 칭한 저작[1])에 들어 있는 작은 이야기부

---

1) Franz Kafka, *Beim Bau der chinesischen Mauer. Ungedruckte Erzählungen und Prosa aus dem Nachlaß*, herausgegeben von Max Brod und Hans-Joachim Schoeps, Berlin: Gustav Kiepenheuer, 1931.
참고로 이 유고집에 실린 단편들과 해당 쪽수는 다음과 같다. 「중국의 만리장성이 축조되었을 때」(Beim Bau der Chinesischen Mauer), 9; 「법에 대한 의문」(Zur Frage der Gesetze), 29; 「도시 문장」(Das Stadtwappen), 33; 「비유에 대하여」(Von den Gleichnissen), 36; 「산초 판사에 관한 진실」(Die Wahrheit über Sancho Pansa), 38; 「사이렌의 침묵」(Das Schweigen der Sirenen), 39; 「프로메테우스」(Prometheus), 42; 「사냥꾼 그라쿠스」(Der Jäger Gracchus), 43; 「저택의 문을 두드림」(Der Schlag ans Hoftor), 51; 「튀기」(Eine Kreuzung), 54; 「다리」(Die Brücke), 57; 「작은 우화」(Kleine Fabel), 59; 「일상의 혼란」(Eine alltägliche Verwirrung), 60; 「양동이를 탄 사나이」(Der Kübelreiter), 62; 「부부」(Das Ehepaar), 66; 「이웃」(Der Nachbar), 74; 「굴」(Der Bau), 77; 「거대한 두더지」(Der Riesenmaulwurf), 131; 「어느 개의 연구」(Forschungen eines Hundes), 154; 「그」(Er), 212; 「죄, 고통, 희망과 진실한 길에 대한 성찰」(Betrachtungen über Sünde, Leid, Hoffnung und den wahren Weg), 225; 〔편집자〕 후기(Nachwort), 250.

터 시작하고자 하는데, 그 이야기는 두 가지를 여러분께 보여줄 것이다. 하나는 이 작가의 위대함이고 다른 하나는 그 위대함을 입증하기가 어렵다는 점이다. 카프카는 중국의 한 전설을 다음과 같은 이야기로 전한다.

"황제가 — 그런 이야기가 있다 — 한낱 개인에 불과한 '그대'에게, 그것도 황제의 태양 앞에서는 아주 먼 곳으로 피신한 왜소하고 초라한 신하, 바로 그러한 '당신'에게 임종의 침상에서 칙명을 보냈다. 그 칙사를 황제는 침대 옆에 꿇어앉고 그의 귀에 그 칙명을 속삭이듯 말했다. 그 칙명이 황제에게는 매우 중요했으므로 그는 칙사에게 그 말을 자신의 귀에 되풀이하도록 시켰다. 그는 머리를 끄덕여 그 말이 맞다는 것을 시인했다. 그러고는 그의 임종을 지켜보는 모든 사람들 앞에서 — 장애가 되는 벽들은 모두 허물어지고, 멀리까지 높이 뻗어 있는 옥외 계단 위에는 제국의 위인들이 빙 둘러서 있다 — 이 모든 사람들 앞에서 그는 칙사를 떠나보냈다. 칙사는 곧 길을 떠났다. 그는 지칠 줄 모르는 강인한 남자였다. 그는 양팔을 앞으로 번갈아 내뻗으며 군중 사이를 뚫고 지나갔다. 제지를 받으면 태양 표지가 있는 가슴을 내보였다. 그는 역시 다른 누구보다도 수월하게 앞으로 나아갔다. 그러나 사람들의 무리는 너무나 방대했고, 그들의 거주지는 끝이 없었다. 거칠 것 없는 들판이 열린다면 그는 날듯이 달려갈 것이고 그리고 머지않아 '당신'은 그의 주먹이 당신의 문을 두드리는 굉장한 소리를 들을 것이다. 그러나 그렇게 하는 대신 그는 속절없이 애만 쓰고 있으니. 그는 여전히 심심 궁궐의 방들을 헤쳐 나가고 있다. 그러나 결코 그 방들을 벗어나지 못할 것이고, 그가 설령 궁궐을 벗어나는 데 성공하더라도 아무런 득도 없을 것이다. 계단을 내려가기 위해 그는 싸워야 할 것이고, 설령 그것이 성공하더라도 아무런 득이 없을 것이다. 궁궐의 정원은 통과할 수 있을지 모른다. 그러나 그 정원을 지나면 두 번째로 에워싸고 있는 궁궐, 또다시 계단과 정원, 또다시 궁궐, 그렇게 수천 날이 계속될 것이다. 그래서 마침내 그가 가장 외곽의 문에서 밀치듯 뛰어나오게 되면—그러나 그런 일은 결코, 결코 일어나지 않을 것인데—비로소 세계의 중심, 침적물들로 높이 쌓인 왕도(王都)가 그의 눈앞에 펼쳐질 것이다. 어느 누구도 이곳을 뚫고 나가지 못한다. 비록 죽은 자의 칙명을 지닌 자라 할지라도—그러나 밤이 오면 '당신'은 창가에 앉아 그 칙명이 오기를 꿈꾸고 있다."[2]

이 이야기를 나는 여러분께 해석하지 않을 작정이다. 왜냐하면 여러분은 여기서 이 이야기가 '당신'이라며 말을 건네는 수신자가 무엇보다 일단 카프카 자신이라는 점을 내가 말하지 않아도 알기 때문이다. 그런데 카프카는 누구였는가? 그는 이 물음에 대한 답을 피하기

---

[2] Franz Kafka, *Ein Landarzt*, Kleine Erzählungen, München und Leipzig: Kurt Wolff, 1919에 들어 있는 단편 「황제의 칙명」(Eine kaiserliche Botschaft) 전문. 이 단편은 「중국의 만리장성이 축조되었을 때」에도 들어 있다. 참고로 이 모음집(*Ein Landarzt*)에 실린 단편들과 해당 쪽수는 다음과 같다. 「신임 변호사」(Der neue Advokat), 1; 「시골 의사」(Ein Landarzt), 6; 「싸구려 관람석에서」(Auf der Galerie 34; 「낡은 쪽지」(Ein altes Blatt), 39; 「법 앞에서」(Vor dem Gesetz), 49; 「재칼과 아랍인」(Schakale und Araber), 57; 「광산 방문」(Ein Besuch im Bergwerk), 75; 「이웃 마을」(Das nächste Dorf), 88; 「황제의 칙명」(Eine kaiserliche Botschaft), 90; 「가장의 근심」(Die Sorge des Hausvaters), 95; 「열한 명의 아들」(Elf Söhne), 102; 「형제 살해」(Ein Brudermord), 125; 「어떤 꿈」(Ein Traum), 135; 「학술원에 드리는 보고」(Ein Bericht für eine Akademie), 145.

위해 온갖 조치를 다 취했다. 그가 쓴 소설들의 중심에 그 자신이 있다는 것은 명백하지만, 그 소설들에서 그에게 닥치는 것은 그것을 체험하는 사람(그 자신)을 눈에 띄지 않게 만든다는 점, 그를 진부함의 심장부에 숨김으로써 제쳐놓는다는 점에 그 특징이 있다. 그리고 그의 책 『성』의 주인공을 표시하는 K.라는 암호는 그야말로 사람들이 어떤 손수건이나 아니면 모자의 차양에서 발견하는 이니셜만큼만 말해줄 뿐이다. 그 이니셜만 가지고 사라진 사람을 다시 재인식할 수는 없을 것이다. 기껏해야 사람들은 이런 카프카에 관해 하나의 전설만 만들 수 있을 것이다. 즉 그는 거울이라는 게 있다는 사실을 알지 못한 채 자신이 어떻게 보일까 골똘히 생각하며 일생을 보낸 사람이라고.

그러나 처음의 이야기로 다시 되돌아가서 나는 사람들이 카프카를 어떻게 해석하면 안 되는지를 암시하고 싶다. 왜냐하면 그것이 유감스럽게도 지금껏 그에 관해 이야기된 것에 접목하는 거의 유일한 방식이기 때문이다. 누군가 카프카의 책들에 어떤 종교철학적 도식이 깔려 있다고 상정했는데, 물론 십분 그럴 만하다. 또한 그의 저작들을 출판하는 데 공로를 세운 브로트의 경우처럼 심지어 작가와의 친밀한 관계가 그러한 생각들을 불러일으키거나 확인해줄 수 있었다는 것도 충분히 가능한 일이다. 그렇지만 그러한 관계는 카프카의 세계를 매우 특이하게 우회하는 것을 뜻하고, 심지어 해치워버리는 것을 뜻한다고 말하고 싶다. 카프카가 그의 소설 『성』에서 상위의 권력과 은총의 영역을, 『소송』에서는 하위의 권력인 법정을, 그리고 마지막 대작인 『아메리카』에서는 지상의 삶을 ― 이 모든 것을 신학적 의미에서 ─ 서술하려고 했다는 주장은 확실히 반박할 수 없을지 모른다.[3] 다만 그러한 방법은 그보다 분명 더 어려운 과제, 즉 그 작가를 그의 이미지 세계의 중심부로부터 해석해내는 일보다 가져다주는 게 아주 적을 뿐이다. 일례로 요제프 K.에 대한 소송은 일상의 한복판에 뒤뜰이나 대기실 등 늘 다른 장소, 전혀 기대하지 못한 장소들에서 진행된다. 그는 피고로서 그런 장소에 간다기보다 오히려 그런 장소에 빠져드는 경우가 더 많다. 그렇게 그는 어느 날 한 다락방에 이르게 된다. 위층 관람석은 초만원을 이루면서 심리를 쫓아가는 사람들로 가득 차 있다. 그 사람들은 심리가 오래 끌 것이라는 점을 각오하고 있다. 그러나 그곳 다락방에서는 오래 견디기가 힘들다. 카프카에게서 거의 항상 낮게 나타나는 천장은 사람을 억압하고 내리누른다. 그래서 그들은 머리로 천장을 떠받치기 위해 베개를 가져왔다.[4] ─ 그런데 이것은 바로 우리가 수많은 중세 교회의 기둥들에서 보아온 찡그린 얼굴의 주두(柱頭) 장식의 이미지이다. 물론 카프카가 그것을 그대로 따라 그리려 했다는 말은 어디에도 나오지 않는다. 그러나 우리가 그의 작품을 거울처럼 비치는 창이라고 여긴다면 그처럼 오래전 과거에 있었던 주두가 그러한 묘사의 본래 무의식적인 대상으로 나타나는 것은 아주 있음직한 일이며, 또한 해석작업은 그러한 대상의 반영을 거울에 비친 그 모델과 똑같이 거울에서 멀리 떨어진 반대 방향에서, 다시 말해 미래에서 찾아야 할 것이다.

---

3) 카프카 에세이, 이 책 88쪽 참조.
4) Franz Kafka, *Der Prozeß*, Roman, Berlin, 1925, p. 67(제2장).

카프카의 작품은 예언적 작품이다.[5] 그의 작품이 다루는 삶은 지고로 정밀한 희한함들로 가득 차 있는데, 독자들이 보기에 그것들은 작가가, 정작 그 자신은 새로운 질서에 적응할 줄 모른 채 모든 관계들에서 일어나고 있음을 느끼는 전치(轉置, Verschiebung) 현상들의 작은 표지, 암시, 징후들에 지나지 않는 것으로 이해할 수 있다. 그리하여 작가로서는 이러한 법칙들이 등장한다는 것을 드러내주는, 거의 이해할 수 없는 이 삶의 왜곡(Entstellung, 기형)들에 가공할 두려움이 뒤섞인 놀라움을 가지고 대답하는 길밖에 없다. 카프카는 그가 묘사하는 필치 아래서 — 여기서 묘사란 연구하는 작업 외의 아무것도 아닌데 — 왜곡되지 않는 그 어떤 사건도 상상할 수 없다는 생각으로 가득 차 있다. 달리 말해 그가 묘사하는 모든 것은 그 자체와는 다른 어떤 것에 대한 진술이다. 카프카가 그의 유일한 대상이라 할 수 있는 이러한 삶의 왜곡에 집요하게 매달리는 것은 독자에게 답답한 인상을 불러일으킬 수 있다. 그러나 카프카 자신의 시선 속 위안할 길이 없는 진지함이나 절망과 마찬가지로 이러한 인상도 근본적으로 그가 작가로서 순수하게 문학적인 산문과 단절했다는 것을 나타내주는 한 징표일 뿐이다. 아마도 그의 산문이 증명해주는 것은 아무것도 없을 것이다. 그렇지만 어쨌든 그의 산문은 뭔가를 증명하는 맥락 속으로 언제든 집어넣을 수 있는 성질을 띠고 있다. 우리는 여기서 하가다(Haggadah)의 형식을 상기할 필요가 있다. 유대인들은 랍비의 글에서 가르침 — 할라하(Halacha) — 을 설명하고 확인하는 데 기여하는

---

5) 1931년 5~6월 일기 속의 수기, 이 책 254쪽 이하 참조.

이야기와 일화들을 그렇게 부른다. 『탈무드』에서 하가다적 부분처럼 카프카의 책들 역시 이야기들, 즉 하가다이다. 언젠가 할라하의 질서나 공식, 가르침을 도중에 만날 수 있을지 모른다는 희망과 동시에 불안을 품으면서 언제든 중단했다가 아주 장황한 서술들에 머무르곤 하는 이야기들이다.

그렇다. 지체(遲滯)하기(Verzögerung)[6]야말로 그처럼 특이하고 종종 놀라운 장황함(Ausführlichkeit)이 갖는 본래의 의미이다. 브로트는 그 장황함에 대해 말하기를, 그것은 카프카의 완벽함과 올바른 길을 추구하는 그의 본질에서 연유한다고 한다. 브로트에 따르면 "진지하게 파악되는 삶의 모든 문제들"에는 『성』에 나오는 한 소녀가 관청에서 온 수수께끼 같은 편지들에 대해 주장하는 것이 적용된다. 즉 "그 편지들이 촉발하는 숙고들은 끝이 없다"[7]라는 점이다. 그러나 카프카에게서 이러한 끝없음을 과시하는 것은 바로 종말에 대한 불안이다. 따라서 카프카의 장황함은 소설에서 일화가 갖는 의미와는 전혀 다른 의미를 갖는다. 소설들은 〔보통〕 스스로 자족한다. 카프카의 책들은 결코 그렇지 못하며, 그의 책들은 모종의 도덕을, 이 도덕을 세상에 출산시킴이 없이 배태하고 있는 이야기들이다. 그리하여 카프카는 ─ 우리가 이 점에 관해 이야기하고자 한다면 ─ 위대한 소설가들에게서가 아니라 그보다 훨씬 검소한 작가들, 이야기꾼들에게서 배

---

6) 이 '지체하기'를 카프카 에세이에서는 'hinausschieben'(늦추다, 미루다, 연기하다) 또는 'Aufschub'(유예, 지연)로 표현했다.

7) Max Brod, "Nachwort", in: Franz Kafka, *Das Schloß*, Roman, München, 1926, p. 503.

웠던 것이다. 도덕주의자 요한 페터 헤벨(Johann Peter Hebel), 그리고 가늠하기 어려운 스위스 작가 로베르트 발저가 그가 좋아한 작가들이었다. 우리는 앞서 카프카의 작품에 들어 있다고 상정한 종교철학적 구성을 언급했다. 이 해석에 따르면 성이 있는 산은 은총의 자리이다. 그런데 카프카의 책들이 미완으로 남았다는 점이야말로 그의 책들에서 본래의 은총이 펼쳐지는 지점을 이룬다. 법 자체가 카프카의 경우 어디서도 언명되지 않는다는 점, 다름 아닌 바로 이 점이 단편(斷片)으로 남은 그의 작품이 갖는 은혜로운 운명이다.

이 진실에 의심을 품는 사람은 브로트가 『성』의 결말에 대한 계획에 관해 카프카와 친우관계에서 나눈 대화를 근거로 보고한 것에서 확인할 수 있을 것이다. 성 아래 마을에서 휴식도 법도 없는 기나긴 삶을 끌어온 뒤 완전히 지친 끝에, 싸움으로 지친 끝에 K.는 임종을 맞는다는 것이다. 그때 비로소 성에서 온 사자가 결정적인 소식을 전하기 위해 나타난다. 그 소식의 내용인즉 이 사람은 마을에 거주할 법적인 권리가 없기는 하지만 주변 상황을 고려하여 그에게 마을에 살면서 일을 하는 것을 허락하고자 한다는 것이다.[8] 그때 K.는 이미 죽음을 맞는다. — 여러분은 어떻게 이 이야기가 내가 초두에 들려준 설화와 똑같은 질서에 속하는지 느낄 것이다. 그 밖에 브로트는 카프카가 이 성이 있는 산기슭 마을을 묘사할 때 한 특정한 장소, 즉 에르츠게비르게에 있는 취라우를 떠올렸다고 전한다. 나는 나대로 그 마을에서 『탈무드』의 한 전설에 나오는 마을을 알아볼 수 있다고 생각

---

8) Max Brod, "Nachwort", 앞의 책, p. 493.

한다. 그 전설은 한 랍비가 왜 유대인들이 금요일 저녁에 향연을 벌이는지의 물음에 대한 답변이다. 랍비는 자기의 고향사람들과 멀리 떨어진 곳으로 유배되어 가서 언어가 통하지 않는 어떤 종족 속에 끼어 고통에 시달리며 살고 있는 어느 공주에 관한 이야기를 들려준다. 그러던 어느 날 공주에게 한 통의 편지가 날아온다. 그것은 공주를 아직 잊지 않고 있다는 약혼자에게서 온 편지였는데 약혼자는 공주를 찾아 길을 떠났으며 공주에게 오고 있는 중이라고 한다. 랍비의 말에 따르면 그 약혼자는 메시아이고 공주는 영혼이며 공주가 유배되어 사는 마을은 육신이라고 한다. 그리고 공주는 자기가 쓰는 언어를 알아듣지 못하는 이들에게 자신의 기쁜 소식을 달리 전해줄 수 없어 육신을 위해 성찬을 차린다는 것이다.[9]

이 『탈무드』의 이야기에서 조금 강조점을 옮기면 우리는 카프카의 세계 한복판에 들어오게 된다. K.가 성이 있는 산기슭 마을에 살고 있듯이 오늘날 사람들도 자신의 육신에 갇혀 산다. 사람들은 이방인이고 추방된 자들로 살면서 이 육신을 상위의 질서들과 연결하는 법칙들에 관해 아무것도 모른다. 카프카가 그의 이야기들 중심에 빈번하게 동물들을 등장시키고 있는 점이 이 사안을 이해하는 데 많은 시사점을 던져줄 수 있다. 우리는 그런 동물 이야기들이 사람들의 이야기가 아니라는 점을 전혀 눈치 채지 못한 채 한참 동안 따라갈 수 있다. 그리고 나서 그 동물들의 이름, 이를테면 생쥐나 두더지와 같은 이름에 맞닥뜨리게 되면 우리는 충격 속에서 깨어나게 되고 인간의

---

9) "그 밖에 브로트는"부터 이 단락 끝까지는 이 책 84쪽 이하 참조.

대륙에서 이미 멀리 떨어져 있다는 것을 일순간 알게 된다. 게다가 카프카가 그 생각들 속에 자기 자신의 생각들을 감싸는 이 동물들을 선정하는 일은 의미심장하다. 즉 그 동물들은 늘 땅속이나 적어도 「변신」에서의 딱정벌레처럼 땅바닥 위를 기어 다니며 그 틈과 균열 속에서 사는 동물들이다. 그렇지만 그처럼 기어 다닌다는 것은 고립되고 법에 무지한 채 살아가는 그의 세대에 속한 사람들과 환경에는 적합한 성격이다. 그러나 이러한 무법성은 처음부터 그런 것이 아니라 그렇게 된 무법성이다. 카프카는 지칠 줄 모르고 그가 말하는 세상을 온갖 방식으로 늙고 고리타분하며 생명을 다했고 먼지에 쌓인 세계로 묘사한다. 소송이 진행되는 방들이 그렇고, 유형지에서 절차가 진행될 때 따르는 규정들이 그러하며, K.를 곁에서 도와주는 여인들의 성적인 태도들도 그렇다. 하지만 모두 무제한적인 난혼 (Promiskuität, 난교성) 상태에서 살아가는 여자들에게서만 이러한 세계의 영락한 상태가 극명하게 드러나는 것은 아니다. 상위의 권력, 즉 사람들이 하위의 권력과 아주 똑같이 끔찍하고 교활하게 희생자들을 다룬다는 점을 제대로 인식했던 그 상위의 권력 역시 그 행태를 두고 보면 아주 똑같이 수치심을 모른 채 그처럼 영락한 상태를 드러낸다. "두 세계 모두 반쯤 어둡고 먼지에 쌓여 있으며, 비좁고 통풍이 열악한 관방, 사무실, 대기실의 미로이며, 거기엔 작거나 큰 관료들, 그리고 아주 거대하고 전혀 다가갈 수 없는 관방의 관료들, 하위관리들, 사무실 급사들, 변호사들, 도우미들, 사환들이 있는데, 이들은 겉모습을 보면 그야말로 우스꽝스럽고 무의미한 관료들 세계에 대한 패러디로 비친다."[10] 우리는 이 상위의 권력자들 역시 무법한 자들로서, 가장 말단의 사람들과 같은 단계에서 나타나는 것을 알 수 있다. 그리고 온갖 질서의 피조물들이 칸막이도 없이 서로 뒤섞여 꿈틀대고 있으며, 이들은 은밀하게 불안이라는 유일한 감정 속에서만 연대하고 있을 뿐이다. 그것은 반응이 아니라 기관(器官)으로서의 불안이다. 우리는 이 불안이 대체 무슨 대상에 대해 언제나 날카롭고 정확한 후각을 갖고 있는지 아주 잘 규정할 수 있다. 그러나 그 대상이 인식될 수 있기도 전에 이 기관의 희한한 이중성이 우리를 생각하게 만든다. 이 불안은 ― 그리고 그것은 초두에 말한 거울의 비유를 상기시킬지 모르는데 ― 원초적인 것, 까마득한 것에 대한 불안이자 그와 동시에, 그리고 똑같은 정도로 가장 가까운 것, 시급하게 닥쳐오는 것에 대한 불안이다. 그 불안은, 한마디로 말해 알 수 없는 죄에 대한 불안이자 속죄, 그것이 죄를 알려준다는 축복만 지배할 뿐인 그런 속죄에 대한 불안이다.

왜냐하면 카프카의 세계를 특징짓는 가장 분명한 왜곡은, 우리가 과거의 것을 꿰뚫어보지 못하고 알지 못하는 한, 그래서 전적으로 치워버리지 못하는 한, 거대한 새로운 것이자 해방해주는 것은 속죄의 형상으로 나타난다는 점에서 유래하기 때문이다. 그렇기 때문에 빌리 하스가 요제프 K.에 대한 소송을 불러일으키는 알 수 없는 죄를 망각이라고 말한 것은 지극히 옳다. 카프카의 문학은 망각의 형상들 ― 우리에게 제발 그 망각한 것이 무엇인지 생각이 떠오르기를 바라는 말없는 간청들 ― 로 가득 차 있다. 그것은 사람들이 그게 대체 무

---

10) Willy Haas, *Gestalten der Zeit*, 앞의 책, p. 176.

엇인지 모르는 희한하게 생긴 말하는 실패 오드라데크라는 "가장의 근심"을 생각해도 그렇고, 우리가 그게 누구인지, 즉 사람이라는 사실을 너무도 잘 아는 「변신」의 주인공인 딱정벌레를 생각해도 그러하며, 반쪽은 고양이고 반쪽은 양인 동물, 푸주한의 칼이 어쩌면 구원이 될 "잡종"을 생각해도 그렇다.[11]

> 내가 내 조그만 정원에 나가,
>
> 내 양파에 물을 주려 하면,
>
> 거기 한 곱사등이 난쟁이가 서 있어,
>
> 재채기를 하기 시작하네.

라고 어디서 유래하는지 알 수 없는 한 민요는 노래하고 있다.[12] 이 꼽추 난쟁이도 우리가 한때 알았던 적이 있는 잊힌 존재인데, 난쟁이는 그렇게 평화롭게 있다가 이제 우리가 미래로 나아가는 길을 가로막고 있다. 카프카가 지극히 종교적인 인간의 형상, 정당성을 갖는 그런 남자를 스스로 창조하지는 않았지만 인식하고는 있었다는 점은 무척이나 특징적인 사실이다. 그런데 그가 누구였을까? 그것은 다른 누구도 아닌 산초 판사였다. 산초 판사는 악마에게 자기 자신과는 다른 대상을 제공하는 데 성공함으로써 그 악마와의 난혼관계에서 자신을 구원하였다. 그리하여 그는 평온한 삶을 누릴 수 있었고, 그 삶

---

11) 「튀기」(Eine Kreuzung).

12) *Des Knaben Wunderhorn*. 이 책 101쪽 각주 99번 참조(v. 1~4).

속에서 아무것도 잊을 필요가 없었다.

이 짤막하면서 위대한 해석은 이렇게 시작한다. "산초 판사는 세월이 흐르는 동안 그가 나중에 돈키호테라는 이름을 붙여준 악마에게 저녁 시간과 밤 시간에 기사소설과 도둑소설들을 잔뜩 갖다 바치면서 그가 절제 없이 미친 짓들을 행하게 함으로써 그를 자기로부터 떼어놓는 데 성공했다. 그러나 그 미친 짓들은 미리 정해진 대상이 없었기에 ─ 물론 산초 판사가 그 대상이 될 수도 있었지만 ─ 아무에게도 해를 끼치지 않았다. …… 자유인인 산초 판사는 침착하게, 어쩌면 어느 정도는 책임감에서 돈키호테가 출정하는 곳들을 따라다녔으며 생을 마칠 때까지 거기서 유익하고도 큰 즐거움을 맛보았다."[13]

카프카의 장편 소설들이 그가 남긴 잘 가꿔진 영역들이라면 이 산초 판사라는 단편이 들어 있는 새 단편집은 씨 뿌리는 사람의 배낭과 같다. 그 배낭 속에는 우리가 몇천 년이 지난 뒤에도 무덤에서 파냈을 때 열매를 맺을 수 있다는 사실을 알고 있는 자연적 씨앗들의 발아력을 지닌 씨앗들이 들어 있다.

---

13) 「산초 판사에 관한 진실」(Die Wahrheit über Sancho Pansa). 이 책 111쪽 각주 120번 참조.

〔논평〕
기사도
(1929)

Walter Benjamin, *Gesammelte Schriften*, Bd. I~VII, Frankfurt a. M., 1972~89, Bd. IV/1, pp. 466~68. (Kavaliersmoral)

틀에 박힌 관행이 사람들로 하여금 모든 일거수일투족에서 진리의 단단한 손아귀에서 미꾸라지처럼 **빠져나가는** 것을 확실하게 허용하면 할수록 그만큼 더 섬세하게 그 사람들은 날조된 '양심의 문제'이니 '내적인 갈등'이니 '윤리적인 격률' 같은 것을 다룰 것이다. 그것은 자명한 이치이다. 그러나 그렇다고 해서 이러한 역겨운 정황이 널리 퍼지는 곳에서 우리가 그것을 밝혀내야 하는 과제를 방기해도 좋은 것은 아니다. 바로 이러한 상황이 얼마 전 엠 벨크(Ehm Welk)가 카프카의 유고를 두고 그 유고를 편집해서 출간한 막스 브로트를 향해 포문을 연 한 논쟁에서 거리낌 없이 벌어졌다. 브로트는 『성』과 『소송』의 후기[1]에서 밝히기를, 카프카가 자기에게 그 작품들을 절대로 출판하

---

1) Franz Kafka, *Der Prozeß*, Berlin, 1925(Nachwort); *Das Schloß*, München,

지 말고 오히려 나중에 없애버리라는 조건으로 스스로 연구에 참고하라면서 건네줬다고 했다. 이렇게 밝히면서 브로트는 그럼에도 카프카의 유언을 따르지 않게 된 동기를 이어서 서술했다. 그는 이렇게 자신의 동기를 서술하면서 이처럼 친구로서의 도리를 지키지 않은 것을 두고 누구나 금세 이해할 수 있듯이 손쉽게 비난의 화살을 퍼붓지 못하게끔 했지만, 물론 여기에는 그런 동기만 작용한 것은 아니다. 그런데 벨크가 그런 비난을 하며 등장했고, 우리는 여기서 그 비난을 단호하게 배격하고자 한다. 왜냐하면 일단 이 충격적인 카프카 작품이 출간되어 나왔고, 작품이 커다란 눈을 떴기에 사람들이 들여다볼 수 있었으며, 출간된 순간 마치 한 아이의 출산이 그게 제아무리 혼외 자식이라도 상황을 바꿔놓듯이 상황을 근본적으로 변화시킨 정황이 생겨났기 때문이다. 그렇기 때문에 사람들이 그 작품에 대해 품는 경의와 존중의 마음은 우리가 그 작품을 실물로 소유하게끔 해준 사람의 태도에도 적용된 것이고 또한 지금도 적용된다. 브로트에게 제기된 말도 안 되는 그 비난이 카프카의 작품을 친숙하게 알고 있는 그 누구에 의해서도 제기될 수 없었다는 점(그리고 카프카는 우리에게 그의 작품을 통하는 것 말고는 어찌 친숙할 수 있을까?)은, 그런 비난이 제기된 마당에 그 비난을 작가의 작품과 대결시키자마자 옹색하게 뻐기는 모습을 드러내고 있다는 점과 마찬가지로 확실하다. 카프카의 작품에서는 인간의 삶의 가장 어두운 사안들이 그 중심에 있는데(이 사안들은 때때로 신학자들이 다뤘고 카프카가 했던 것처럼 작가가 다

1926(Nachwort).

룬 경우는 드물다), 이러한 카프카 작품의 위대함은 그것이 그러한 신학적 비밀을 철저하게 자신 속에 품고 있을 뿐 외부로는 눈에 띄지 않고 단순하고 냉철하게 등장한다는 점에서 유래한다. 카프카의 삶 전체가 그처럼 냉철했고, 브로트와의 교우관계도 마찬가지였다. 결코 무슨 교단이나 비밀결사와 같은 관계가 아니라 내밀하고 친밀한 교우관계였다. 그러면서 서로의 작품활동과 그 활동의 공적(公的)인 인정관계를 둘러싼 친교였다. 카프카가 자신의 작품이 출판되는 것을 꺼린 것은 그 작품이 완성되지 못했다고 확신했기 때문이지, 작품을 비밀로 간직하려고 의도했기 때문이 아니다. 그가 스스로 활동할 때 이러한 자신의 확신을 따랐다는 것은, 그러한 확신이 다른 사람, 즉 그의 친구에게는 해당하지 않았다는 점과 꼭 마찬가지로 이해가 간다. 이러한 정황은 의심할 여지 없이 카프카에게 두 가지 부분에서 분명했다. 그는 우선 아직 완성되지 못한 부분을 위해 이미 완성된 부분을 보류해야 한다는 것을 스스로 알고 있었다. 또한 그는 다른 사람[브로트]이 작품을 구제하리라는 것, 그리고 스스로 작품을 출판하도록 허락하거나 아니면 없애버려야 한다는 양심의 부담으로부터 자신을 해방해주리라는 것을 알았다. 그런데 여기서 벨크의 격분은 끝을 모르고 치솟는다. 브로트를 비호하자면 그것은 카프카의 예수회적 트릭이고 카프카가 심리유보[2]를 행한다고 추정할 수 있다! 이

---

2) 의사를 표시한 자가 진의가 아닌 것을 알면서도 행한 의사표시를 가리키는 법률용어이다. 즉 표시와 내심의 의사가 일치하지 않는다는 것을 의사를 표시한 자 스스로가 알면서 하는 의사표시를 말한다. 진의를 마음속에 유보한 행위라는 의미에서 심리유보라고 하며 진의 아닌 의사표시(意思表示), 비진의표시(非眞意表示) 또는 단독허위

작품이 출간되기를 바라는 동시에 그렇게 출간되는 데 작가가 이의를 제기한다는 깊은 의도를 상정하는 것이다! 그렇다. 다른 어떤 것을 우리가 여기서 말하고 있는 게 아니다. 덧붙이자면 카프카에 대한 진정한 충실성은 이런 일이 일어나는 것이었다. 브로트가 그 작품들을 출간하고 그와 동시에 그것을 하지 말라는 작가의 유지(遺志)를 전하는 것이다. (이 유지를 브로트는 카프카의 뜻이 이랬다저랬다 했다고 지적하면서 약화시킬 필요는 없었다.) 벨크는 여기서 더는 같이 갈 수 없을 것이다. 우리는 그가 이미 오래전에 포기했기를 바란다. 그가 퍼붓는 공격은 그가 얼마나 카프카와 관계된 모든 것을 아무것도 모르면서 대하고 있는지를 증언해준다. 이중적으로 말없는 작가 카프카에게서 벨크의 기사도 찾을 것은 아무것도 없다. 그는 높은 말 잔등에서 내려오는 일이나 할 수 있을 뿐이다.

표시(單獨虛僞表示)라고도 한다. 이것은 상대방을 속일 의도나 농담으로 행해진다. 그러나 그 동기가 어떠한 것이든 민법에서 심리유보는 표시한 대로의 효과를 발생하는 것을 원칙으로 한다.

막스 브로트:
프란츠 카프카. 전기. 프라하 1937
(1938)

Walter Benjamin, *Gesammelte Schriften*, Bd. I~VII, Frankfurt a. M., 1972~89, Bd. III, pp. 526~29. (Max Brod: Franz Kafka. Eine Biographie. Prag, 1937)

이 책[1]은 한편으로 저자의 테제와 다른 한편으로 저자의 태도 사이에 존재하는 근본적인 모순이 특징이다. 여기서 저자의 테제에 대해 제기되는 의심을 차치하더라도 저자의 태도는 저자의 테제의 신뢰도를 떨어뜨리기에 적합하다. 그 테제는 카프카가 성스러움의 도정에 있었다는 것이다(p. 65). 이 전기작가의 태도는 그것대로 완벽하게 온후한 마음의 태도이다. 대상에 거리를 두는 태도가 부족한 것이 이 태도의 가장 두드러진 특징이다.

이러한 태도가 대상에 대한 **이러한** 견해와 만날 수 있었다는 것이 처음부터 이 책의 권위를 떨어뜨리고 있다. 그 태도가 이런 일을 어

---

1) Max Brod, *Franz Kafka*, Eine Biographie. Erinnerungen und Dokumente, Prag: Verlag Heinr. Mercy Sohn, 1937, 283 S.(막스 브로트, 편영수 옮김, 『나의 카프카: 카프카와 브로트의 위대한 우정』, 솔출판사, 2018).

떻게 행하는지는 예를 들어 어떤 사진을 "우리의 프란츠"라는 설명을 달고서 독자에게 제시하는 말투가 극명하게 보여준다(p. 127). 성인들과의 친밀함에는 그것의 특정한 종교사적 특징이 있다. 경건주의가 바로 그것이다. 전기작가로서 브로트의 태도는 일종의 자기과시적인 친밀함을 드러내는 경건주의적 태도이다. 달리 말해 우리가 상상할 수 있는 한, 경건함이 가장 결여된 태도이다.

작품의 경제학에서의 이러한 불결함에 바로 저자가 직업활동을 통해 쌓아왔을 수 있는 관행들이 도움을 주고 있다. 어쨌든 간에 저널리즘적 구태의 흔적들이 그가 제시한 다음의 테제에까지 표현되고 있음을 간과하기는 거의 불가능하다. "성스러움이라는 범주는 …… 카프카의 삶과 창작을 관찰할 수 있는 유일하게 올바른 범주이다"(p. 65). 성스러움이란 삶에만 해당하는 질서이고, 그 질서에 창작은 그 어떤 경우에도 속하지 않는다는 것을 굳이 언급할 필요가 있을까? 그리고 성스러움이라는 술어는 전통에 토대를 둔 종교적 규약 바깥에서는 대중문학적인 미사여구라는 것을 굳이 지적할 필요가 있을까?

카프카의 생애를 기록한 최초의 전기에서 우리가 요구할 수 있는 실제적인 엄격함에 대한 감각을 브로트에게서는 전혀 찾아볼 수 없다. "고급호텔에 대해 우리가 아는 건 없었지만 그럼에도 우리는 아무런 걱정도 없었고 즐거웠다"(p. 128). 분별력(Takt)을 비롯해 문턱에 대한 감각이나 거리(距離)에 대한 감각이 두드러지게 결여된 탓에 신문 문예란에 관습적으로 쓰이는 판에 박힌 표현들이, 대상이 대상이니만큼 어느 정도 조심스런 태도를 보여야 할 텍스트에 흘러들어갔다. 이것은 브로트에게 카프카의 생애를 독자적으로 바라볼 줄 아는 시각이 결여되어 있는 원인이라기보다 그것이 얼마나 결여되어 있었는지를 보여주는 증거이다. 사안 자체를 제대로 다룰 줄 모르는 이 무능함은 카프카가 자신의 유고를 없애줄 것을 부탁한 유언을 브로트가 언급하는 대목에서(p. 242) 특히 불편한 모습으로 드러난다. 이 대목은 그 어디에서보다 카프카의 근본적인 측면을 드러낼 수 있는 장소일 것이다. (카프카는 자신이 그 위대함을 알고 있었던 어떤 작품을 후세 앞에서 책임지고 싶지 않았음이 분명하다.)

이 문제는 카프카가 사망한 이래 여러 번 논의되었다. 여기서 일단 멈출 만했다. 물론 이 문제는 이 전기작가에게 자신을 돌아보게 만드는 계기가 되었을 것이다. 카프카는 자신의 마지막 뜻을 이행하지 않으려 할 사람에게 유고를 맡겨야만 했다. 그리고 사안을 이렇게 고찰해볼 경우 유언자와 그의 전기작가 둘 다 손해를 입지 않을 것이다. 그러나 이러한 고찰은 카프카의 삶을 지배했던 긴장들을 측정할 능력을 요구한다.

이러한 능력이 브로트에게 결여되어 있다는 것은 그가 카프카의 작품이나 글쓰기 방식을 설명하려고 하는 구절들이 입증해준다. 그러한 구절들에서 브로트는 딜레탕트적인 시도만 하고 있을 뿐이다. 카프카의 존재와 글쓰기의 기묘함은 분명 브로트가 말하고 있듯이 "외관상의" 기묘함은 아니다. 또한 카프카가 서술한 것들은 그것들이 "진실한 것 이외의 아무것도 아니"(p. 68)라는 인식으로 해결되는 것도 아니다. 카프카의 저작에 대한 그런 식의 보충설명들은 카프카의 세계관에 대한 브로트의 해석을 처음부터 문제성 있는 것으로 만들기에 적합하다. 카프카에 대해 브로트가 진술하기를, 카프카는 대략 마르틴 부버(Martin Buber)의 노선에 있었다고(p. 241) 했다면 그것은 어떤 거미줄 위를 이리저리 날아다니며 자신의 그림자를 그 위에 던지고 있는 나비를 그 거미줄 속에서 찾는 격이다. 『성』에 대한 "흡사 사실주의적-유대적인 해석"(p. 229)은 카프카에게서 상위의 세계를 지배하는 역겹고 끔찍한 특성들을 어떤 교화적인 해석을 위해 은폐한다. 게다가 그러한 교화적인 해석은 그 시오니스트〔카프카〕에게 의심스럽게 나타날 수밖에 없을 것이다.

때로는 대상에 어울리지 않는 이러한 느긋함은 사정을 엄밀하게 살피지 않는 독자에게서조차 스스로를 까발리고 만다. 브로트는 카프카를 해석할 때 상징과 알레고리의 다층적인 문제가 중요하다고 보는데, 이 문제를 그는 "주석(朱錫)으로 만든 단단한 장난감 병정"을 사례로 들며 자기만의 방식으로 설명한다. 그에 따르면, 이 장난감 병정이 완벽한 상징을 나타내는 이유는 그것이 "그야말로 …… 무한한 곳으로 뻗어가는 것을 표현"할 뿐만 아니라 "개인적으로 구체화된 병정으로서의 운명을 통해 우리에게"(p. 237) 친숙하기 때문이라는 것이다. 우리는 그와 같은 상징이론에 비추어볼 때 다윗의 방패는 어떤 모습을 띨지 알고 싶어진다.

자신의 카프카 해석이 취약하다는 것을 알기 때문에 브로트는 다른 사람들의 해석에 민감하게 반응한다. 카프카의 짤막한 산문들을 부분적으로 의미 있게 해석한 베르너 크라프트처럼 카프카에 대한 초현실주의자들의 그다지 어리석다고 할 수 없는 관심을 그는 손사래를 치며 젖혀버리는데, 그것은 보기 좋은 모습이 아니다.[2] 더 나아가 우리는 그가 미래의 카프카 문헌을 폄훼하려고 애쓰는 모습을 본다. "그렇게 설명하고 또 설명할 수 있을 것이다. (사람들은 지금도 그런 일을 벌이고 있을 것이다). 그렇지만 그런 작업은 끝없이 이어질 수밖에 없다"(p. 69). 여기서 괄호 안의 문장에 놓인 악센트가 귀에 거슬린다. 브로트는 "신학적 구성물"(p. 213)보다 "카프카의 수많은 사적이고 우연적인 결함과 고통"이 카프카의 저작을 이해하는 데 더 기여한다고 주장하는데, 어쨌든 이것은 스스로 매우 결연하게 성스러움의 개념 아래서 카프카를 서술하고자 하는 사람(브로트)에게서 들을 말은 아니다. 브로트는 이와 똑같이 폄훼하는 제스처를 자신이 카프카와 함께 있는 데 방해된다고 여겨지는 모든 것에 대해 취하는데, 여기에는 변증법적 신학과 정신분석도 포함된다. 이런 제스처로 그는 카프카의 글쓰기 방식을 오노레 드 발자크(Honoré de Balzac)의 "날조된 정밀함"(p. 69)과 대결시킨다. (여기서 그는 다름 아닌 속이 빤히 들여다보이는 (발자크의) 허장성세를 염두에 두고 있는데, 이 허세는 발자크의 작품과 그 작품의 위대함과 전혀 분리할 수 없다.)

이 모든 것은 카프카의 의미에서 나온 것이 아니다. 브로트에게는 카프카에 고유했던 태연함과 침착함이 결여되어 있을 때가 너무 많다. 조제프 드 메스트르[3]는 사람들이 절도(節度) 있는 견해를 갖고서

---

2) 크라프트가 1930년대 이래 여러 잡지와 신문에 발표한 카프카 관련 연구들은 다음 책에 모아 출간된다. Werner Kraft, *Franz Kafka. Durchdringung und Geheimnis*, Frankfurt a. M., 1968.

3) Joseph Marie de Maistre, 1753~1821 : 19세기 초 프랑스의 소설가·철학자·정치가. 절대왕정과 교황의 지상권을 주장한 전통주의 사상가.

자기편으로 끌어들 수 없는 사람은 없다고 말했다. 브로트의 책은 사람들을 끌어들이지 못한다. 그 책은 그가 카프카를 신봉하는 방식에서나 카프카를 다루는 친밀함에서 절도를 넘어섰다. 이 둘 모두 어쩌면 카프카에 대한 그의 우정을 소재로 삼은 소설이 그 전주곡을 보여주고 있다고 할 수 있다. 브로트가 그 소설에서 여러 구절을 인용한 것은 이 전기가 저지른 실수들 가운데 결코 가장 하찮은 실수는 아니다. 『사랑의 비경』이라는 이 소설[4]에서 이 사안과 무관한 사람들이 죽은 이〔카프카〕에 대한 경외심이 침해되고 있음을 볼 수 있었다는 사실을 저자는 스스로 고백하듯이 의아스럽게 여긴다. "모든 것이 오해를 받듯이 이것도 오해를 받는다. …… 플라톤이 소크라테스가 죽고 난 뒤에 쓴 거의 모든 대화편에서 소크라테스를 주인공으로 삼음으로써 나와 유사한 방식으로, 하지만 훨씬 더 포괄적인 방식으로, 평생 자기의 스승이며 친구였던 소크라테스를 여전히 살아서 계속 영향을 끼치면서, 그와 함께 살고, 또 함께 생각하는 인생의 동반자로 만들어 죽음에 저항했다는 사실을 사람들은 생각할 줄 몰랐다" (p. 82).

브로트의 '카프카'는 슈바프의 횔덜린,[5] 프란초스의 뷔히너,[6] 베히톨트의 켈러[7]와 같은 기초가 튼튼한 위대한 작가 전기들의 계열에

---

4) Max Brod, *Zauberreich der Liebe*, Roman, Berlin, 1928.

5) Christoph Theodor Schwab, "Hölderlin's Leben", in: Christoph Theodor Schwab (Hrsg.), *Friedrich Hölderlin's sämmtliche Werke*, Zweiter Band. Nachlaß und Biographie, Stuttgart/Tübingen: J. G. Cotta, 1846, pp. 265~333.

6) Karl Emil Franzos (Hrsg.), *Georg Büchner's sämmtliche Werke und handschriftlicher Nachlass*, Erste kritische Gesammtausgabe, Frankfurt a. M.: Sauerländer, 1879.

들어갈 전망이 거의 없다. 그럴수록 그의 전기는 카프카의 생애에서 가장 하찮은 수수께끼들에 속하지는 않을 한 우정의 증언으로 기억할 가치가 있다.

<hr/>

7) Jakob Baechtold, *Gottfried Kellers Leben. Seine Briefe und Tagebücher*, 3 Bände, Berlin: Wilhelm Hertz, 1894~97.

편지를 통한 카프카 관련 토론

1. 게르숌 숄렘과의 서신교환에서

1) 벤야민이 숄렘에게(1925년 7월 21일, 베를린)[1]

카프카의 몇 가지 유고에 관해 서평을 쓰겠다고 했네. 그의 짤막한
이야기 「법 앞에서」(in: *Ein Landarzt*, Kleine Erzählungen, München /
Leipzig, 1919)는 10년 전과 마찬가지로 오늘날 독일어로 쓰인 최고의
이야기라네.

---

1) Walter Benjamin, *Briefe*, 2 Bde. Hrsg. und mit Anmerkungen versehen von
   Gershom Scholem und Theodor W. Adorno, Frankfurt a. M., 1978(Zuerst 1966),
   p. 397(=전2권으로 1966년 최초로 출간된 『편지 선집』). 이하 이 『편지 선집』에서 인
   용할 때에는 '*Briefe*'로 약칭하고 쪽수를 적음.

2) 벤야민이 숄렘에게(1927년 11월, 베를린)[2]

내 진영에는 아픈 자의 천사로서 카프카가 있네. 나는 『소송』을 읽고 있네.

3) 벤야민이 숄렘에게(1931년 6월 20일, 베를린)[3]

요즘 카프카의 유고집이 간행됐다는 신간 홍보용 글을 쓰고 있는데, 무척 어렵네. 그의 작품 거의 전체를 최근에 읽었는데, 어떤 것은 두 번째 읽었고, 어떤 것은 처음 읽었다네. 예루살렘의 마술사들이 주변에 많은 자네가 부럽네. 내가 쓰고 있는 홍보 글과 관련해서도 그들에게 문의해볼 수 있을 텐데 말일세. 뭔가 암시할 만한 게 있으면 이쪽으로도 신호를 보내주게. 자네도 때때로 카프카에 관해 나름대로 생각을 해봤을 테니까.

---

2) Gershom Scholem, *Walter Benjamin: Die Geschichte einer Freundschaft*, Frankfurt a. M., 1975, p. 181(게르숌 숄렘, 최성만 옮김, 『한 우정의 역사: 발터 벤야민을 추억하며』, 한길사, 2002, 258쪽).

3) Walter Benjamin, *Briefe*, p. 535.

4) 숄렘이 벤야민에게(1931년 6월 20일, 베를린)[4]

난 자네가 비평 모음집 제1권을 프리드리히 군돌프(Friedrich Gundolf)에 대한 추념에 헌정할 거라고 생각하네. 〔이 모음집은 성사되지 못했다〕 그렇지만 어쨌든 자네는 지금 계획 중인 카프카에 대한 서평을 그 책에 실을 수 있도록 해야 하네. 비평적 내용의 책을 출판하면서 카프카를 포함시키지 않는 것은 도덕적으로 상상할 수 없는 일이니까.

자네가 이 사안에 관해 내게서 '힌트'를 요구하기 때문에 하는 말이지만, 난 그 유고집을 아직 갖고 있지 않고 다만 거기에 들어 있는 최고로 완벽한 글 두 편을 알고 있네. 카프카에 관한 '별도의 숙고'를 물론 나도 해보았지만, 이 숙고들은 독일 문학이 아니라 유대 저술과 연관시켜 볼 때 카프카의 위치에 관한 것이네(독일 문학에서 카프카는 아무런 위치도 점하고 있지 않고, 이 점에 대해 '그 스스로' 추호의 의심도 품지 않았다네. 그는 자네도 잘 알다시피 시오니스트였네).

자네한테도 조언하네만 카프카에 대한 모든 연구는 「욥기」에서 시작하거나 적어도 신의 심판의 가능성에 대한 논의에서 출발해야 하네. 신의 심판을 나는 카프카 문학에서 다룰 만한 가치가 있는 유일한 대상으로 보네. 즉 이것은 내가 보기에 카프카의 언어세계를 기술할 수 있는 출발점을 이루기도 하네. 카프카의 언어세계는 최후의 심

---

4) Gershom Scholem, *Walter Benjamin*, 앞의 책, p. 212f.(게르숌 숄렘, 최성만 옮김, 『한 우정의 역사: 발터 벤야민을 추억하며』, 한길사, 2002, 298쪽 이하).

판의 언어와 갖는 유사성을 두고 볼 때 어쩌면 지고로 정전(正典)적 형태를 띤 산문성을 나타낸다고 볼 수 있네. 자네도 알고 있겠지만 내가 수년 전에 정의(正義)에 대해 쓴 명제들에서 표명한 생각들이 언어적 측면에서 카프카에 대한 내 관찰들의 주도 원리로 작용할 것이네.

자네가 비평가로서 카프카가 법(Gesetz)으로 칭하고 있는 가르침(Lehre)을 논의의 중심에 놓지 않은 채 그 작가의 세계를 어떻게 다루어보려고 한다는 것인지 나로서는 수수께끼가 아닐 수 없네. 만약 신의 심판에 대한 '언어적' 의역을 시도하고자 하는 율법 해석자의 도덕적 성찰이 있다면 그 성찰은 바로 '그렇게' 보일 것임이 '틀림없네.' (물론 그러한 성찰이 가능하다는 생각은 주제넘은 가정이라네!!) 카프카에서는 일단 구원이 선취될 수 없는 세계가 언어로 표현되어 있다네. "가서 비유대인들에게 그걸 확실하게 전하라!"는 식이지. 나는 이 지점에서 자네의 비평이 그 대상과 마찬가지로 비의적(秘儀的, esoterisch)이 될 거라고 생각하네. 즉 여기처럼 무자비하게 계시의 빛이 비친 적이 한 번도 없었네. 이것이 완벽한 산문의 신학적 비밀이라네. 최후의 심판에서 발동하는 것은 즉결심판권이라는 엄청난 명제는 내가 착각하지 않는 한, 카프카에게서 유래한다네.

5) 벤야민이 숄렘에게(1931년 10월 3일, 베를린)[5]

자네가 카프카에 관해 쓴 것은 마음에 드네. 이 사안에 더 가까이 다가갔던 지난 몇 주 동안 내게도 자네의 생각들과 밀접하게 관련되는 생각들이 떠올랐다네. 이 생각들을 임시로 요약한 것을 짤막하게 노트에 적어두려고 했는데, 그러고 나서 현재 힘이 부치는 바람에 이 사안을 제쳐뒀네. 〔아마도 수기 Ms 212를 가리키는 듯하다.〕 그 사이에 나는 아마 브로트의 서클 출신인 요하네스 〔요아힘〕 쉽스라는 자가 준비하고 있다는 카프카에 관한 최초의 책이자 열악한 책〔이것은 출간되지 않았다〕을 받아보면 〔내 작업에〕 결정적 추동력을 얻게 되리라는 점이 분명해졌다네. 책 한 권을 읽으면 내 입장을 분명히 하는 것이 틀림없이 수월해질걸세. 그 책이 열악하면 열악할수록 더욱더 좋다네. 앞서 말한 지난 몇 주 동안 브레히트와 대화할 기회를 가졌는데, 그가 카프카의 작품에 매우 긍정적인 입장을 보여 놀랐다네. 브레히트는 심지어 카프카의 유고집을 집어삼키는 듯이 보였네. 물론 세부적인 데서는 오늘까지 내가 동의할 수 없는 부분들이 있지만 말일세. 읽는 일이 내게 가져다준 신체적 고통이 너무 컸네.

---

5) Walter Benjamin, *Briefe*, p. 539.

6) 벤야민이 숄렘에게(1933년 2월 28일, 베를린)[6]

쉽스의 논문을 알지 못한 상태이지만 자네가 관찰한 것들의 지평을 어림짐작할 수 있고 또 유대교 내부에서 프로테스탄트적 신학 논변을 이끄는 자들을 퇴치하는 일보다 더 필요한 일도 없다는 것을 깊이 확신하면서 확인할 수 있다고 생각하네. 하지만 자네가 당연하게 여기고 나도 중시하고 있는 계시의 규정들과 비교해볼 때 이것만으로는 아직 부족하네. "절대적으로 구체적인 것은 순전히 수행할 수 없는 것이기에." 이 말은 (신학적 시각을 차치하면) 카프카에 관해 당연히 이 쉽스라는 작자가 삶을 마감하는 날까지 이해할 수 있는 것보다 더 많은 것을 말해주네. 막스 브로트도 그 말을 이해하지 못할 것이네. 나는 그 문장이 자네가 숙고한 것들 속에 가장 일찍, 그리고 가장 깊이 들어 있는 문장들 중 하나라는 것을 알았네.

〔……〕

그러니까 나는 카프카 논문〔1934년의 에세이〕을 아직 쓰지 않았는데, 그 이유는 두 가지라네. 하나는 내가 이 작업을 하기 전에 쉽스가 예고한 시론을 읽어야 하기 때문이네. 쉽스의 시론을 읽으면 본래 프라하 진영의 카프카 해석에서 끌어낼 수 있는 온갖 잘못된 견해들의 모음을 얻어낼 수 있다고 기대하네. 자네도 알다시피 그런 종류의 책들은 예전부터 내게 영감을 줬네. 그러나 두 번째 이유 때문에라도 이 책이 출간되는 것이 내게 사소한 일이 아니라네. 왜냐하면 나로서

---

6) Walter Benjamin, *Briefe*, pp. 563ff.

는 어떤 위탁을 받아야만 그와 같은 에세이를 쓰는 작업에 착수할 수 있다는 것은 자명하기 때문이라네. 그런데 대체 누가 그런 위탁을 내게 해오겠나. 자네가 팔레스타인에서 그런 일을 중재해준다면 모르겠지만. 독일에서는 그런 것은 가장 먼저 쉽스 책에 대한 서평의 형태로나 가능할 것이네. 다만 그 책이 과연 출간될지 알 수 없네.

7) 숄렘이 벤야민에게(1933년 3월 20일경, 예루살렘)[7]

카프카에 관해 말해두고 싶은 게 있는데, 내 생각에 자네는 기대했던 쉽스 씨의 책을 보게 되지 못할 공산이 크네. 단도직입적으로 말해 그 젊은이는 [……] 아마 가까운 시일 내에 다른 일거리로 시간을 낼 수 있기에는 현재 온갖 경로로 독일 파시즘에 접근하는 데 지나치게 골몰하고 있다네. 최근에 엉뚱한 책 한 권(『이스라엘을 둘러싼 논쟁』)이 출간되었는데, 읽기가 불편하지는 않은 책이라네. 바로 이 쉽스라는 작자와 오래전부터 익히 알려진 [한스] 블뤼어(Hans Blüher)의 서신교환인데, 이 서간집에서 유대 신앙을 지닌 프로이센의 보수주의자로서 쉽스가 그보다 더 유식한 반유대주의의 이데올로기에 맞서 주장을 펼치고 있다네. 경멸스러운 연극이 아닐 수 없네[……]. 솔직히 말해 사람들이 이런 연극을 카프카의 유고를 편집하는 자에게서

---

7) Walter Benjamin/Gershom Scholem, *Briefwechsel 1933~1940*, Frankfurt a. M., 1980, p. 46f. 이 편지 교류에서 인용할 때에는 '*Briefwechsel*'로 약칭함.

기대하지는 않았을 것이네. 물론 죽은 카프카가 23세의 그 작자를 결코 스스로 고르지 않았을지라도 말이네.

8) 벤야민이 숄렘에게(1933년 4월 19일, 이비자, 산안토니오)[8]

쉽스와 블뤼어에 대한 소식은 〔……〕 매우 소중했네. 이렇게 된 마당에 나는 이제 카프카에 대한 쉽스의 책을 더 초조하게 기다리게 되었네. 그도 그럴 것이 카프카의 작품 중 파기된 부분을 관리하는 천사라면 그의 작품을 여는 열쇠를 쓰레기더미 속에 숨겨둘 법하지 않을까? 카프카에 관한 최근의 에세이〔「카프카에 관하여」A propos de Kafka〕에서도 이와 비슷한 해석을 기대할 수 있을지는 모르겠네. 그 에세이는 『신프랑스평론』(La Nouvelle Revue Française) 4월호에 실렸고 저자는 베른하르트 그뢰튀젠이네.

9) 벤야민이 숄렘에게(1934년 1월 18일, 파리)[9]

자네는 내가 〔사무엘 요제프〕 아그논[10]의 글이라면 구하는 대로 얼

---

8) Walter Benjamin/Gershom Scholem, *Briefwechsel*, p. 57.

9) Walter Benjamin, *Briefe*, p. 597f.

10) Samuel Josef Agnon : 1888~1971. 히브리 작가. 원명은 차츠케스(J. S. Czaczkes). 폴란드 갈리시아 출신으로 1907년 팔레스타인으로 이주하였고 1913~24년 독일에

마나 지대한 관심을 갖고 읽는지 알걸세. 〔……〕 나는 그의 『위대한 시나고게』를 대단한 수작으로 보고, 그보다 더 훌륭한 것을 〔……〕 본 적이 없네. 모든 작품마다 아그논은 모범적이고, 만일 내가 '이스라엘에서 교사'가 되었다면 ― 하지만 어쩌면 개미귀신이 되었을 수도 있네 ― 아그논과 카프카에 관해 연설할 기회를 놓치지 않았을걸세. 〔……〕

카프카를 거론해서 하는 말인데, 여기서 베르너 크라프트와 접촉한 적이 있네. 〔……〕 그가 쓴 논문 몇 편을 읽고 놀랐는데, 나로서는 동감과 경의를 표하지 않을 수 없었네. 그 중 두 편은 카프카의 단편들에 대한 시론적 성격의 주해인데, 조심스럽게 쓴 것이면서 결코 예리하지 않다고 할 수 없는 것들이네〔이 책 74쪽과 110쪽 참조〕. 그가 막스 브로트보다 이 사안을 훨씬 더 많이 이해했다는 것은 의심의 여지가 없네.

거주하다 다시 예루살렘으로 옮아와 살았다. 그의 언어는 『탈무드』와 미드라시(Midrasch : 구약성서에 대한 고대 유대〔4~12세기〕의 주해서) 및 19세기 교화문학에 영향을 받아 형성되었다. 아이러니적인 거리를 두고 하시딤적 성격이 각인된 전통적인 유대인들의 삶을 그렸으며 전통의 몰락, 전통과 현대의 삶 사이에 위치해 있는 유대인들의 문제들도 묘사하였다. 특징적인 것은 대부분의 주인공들이 자신의 의도를 실현하지 못하는 무능한 인물이라는 점이다. 1966년 넬리 작스(Nelly Sachs)와 함께 노벨 문학상을 받았다.

10) 숄렘이 벤야민에게(1934년 4월 19일, 〔예루살렘〕)[11]

　그간 시도한 여러 가지를 서둘러 알려주겠네.

　우선 신념 면에서 나와 어느 정도 가깝다고 할 수 있는 〔베를린〕
『유대 룬트샤우』(Jüdische Rundschau)의 편집국장 로베르트 벨치가 지난
몇 주간 예루살렘에 왔었는데, 그에게 자네 얘기를 집중적으로 했네.
〔……〕 내가 그에게 자네를 위해 해줄 수 있었던 유일하게 구체적인
제안은 다른 사람 말고 자네에게 프란츠 카프카 서거 10주기 관련 논
문을 위촉하라는 것이었네. 〔……〕 벨치는 베를린으로 돌아가는 대
로 자네에게 편지를 쓰겠다고 약속했네. 〔……〕 그는 어떤 금지규정
을 직접 전달받지 않는다면 자네 글을 실을 거라고 했네. 자네가 정
치적 성격을 띤 어떤 이주자 잡지나 신문을 위해 일하는 사람으로 명
백하게 낙인이 찍혀 있지 않는 한, 자네의 비의적 스타일 때문에 그
럴 염려는 없을 거라고 했네. 〔……〕 그보다 더 큰 어려움은 심각한
경우 주제에서 닥칠 수 있네. 왜냐하면 이『유대 룬트샤우』는 〔검열
과정에서〕 유대 관련 주제에 묶여 있기 때문이네. 나는 자네가 카프카
에 관해 정말 멋진 에세이를 실어 이익을 얻게 되리라고 믿고 싶네.
하지만 여기서 자네는 유대교에 대한 〔카프카의〕 명시적이고 간명한
관계를 〔표명하는 작업을〕 잘 벗어날 수는 없을 것이네.

---

11)　Walter Benjamin/Gershom Scholem, *Briefwechsel*, p. 134.

11) 벤야민이 숄렘에게(1934년 5월 6일, 파리)[12]

자네가 나를 몰아붙이는 바람에 분명하게 밝히지만, 자네가 하는 염려의 근저에 놓여 있는 게 틀림없는〔……〕양자택일〔형이상학적 사유와 공산주의 정치 사이의 양자택일〕은 내게는 한줌의 생명력도 지니지 않는다네.[13] 이 양자택일은 널리 퍼져 있을 수 있네. 어느 한 정당이 그것을 공표할 권리를 주장한다면 나는 그것을 부인할 생각은 없네. 그러나 그 어떤 것도 그것을 인정하게끔 나를 움직일 수 없네.

오히려 ― 자네가 암시는 하고 있지만 내가 알기로 그에 대해서는 한 번도 언급한 적이 없는 ― 브레히트의 작품이 내게 지니는 의미를 특징짓는 것이 있다면 그것은 바로 이것이네. 즉 그의 작품은 내가 신경 쓰지 않는 그 양자택일 중 어느 **하나**를 내세우지 않는다는 점일세. 그리고 그보다 작다고 할 수 없는 카프카의 작품이 내게 지니는 의미가 확실히 있다면 그것은 무엇보다 공산주의가 정당하게 극복하려고 하는 그 어떤 입장도 그가 취하지 않기 때문이라네.

〔……〕그리고 여기서 자네가 편지에서 제안한 것들로 넘어갈까 하네. 그 제안들에 대해 깊은 감사의 마음을 전하네. 카프카를 다루는 글을 위촉받는 것이 내게 얼마나 중요한지는 말할 필요가 없네. 유대교에서 그가 차지하는 위치를 명시적으로 다뤄야 한다면 그 점

---

12) Walter Benjamin/Gershom Scholem, *Briefwechsel*, p. 140f.

13) 숄렘과의 서신교환 48, 49, 50번째 편지, Walter Benjamin/Gershom Scholem, *Briefwechsel*, pp. 133~42 참조〔*Benjamin über Kafka*의 편집자 헤르만 슈베펜호이저의 해설. 이하 '슈베펜호이저'로 명기함〕.

에서 다른 편에서 오는 힌트가 내게는 필수불가결할 것 같네. 내 무지를 거기서 즉흥으로 엮어낼 수 없기 때문이네.

12) 벤야민이 숄렘에게(1934년 5월 15일, 파리)[14]

오늘 급하게 몇 자 적네. 벨치로부터 기다렸던 요청이 들어왔다는 소식을 전하기 위해서네. 나는 카프카에 대한 논문을 기꺼이 수락한다는 뜻을 밝혔네. 하지만 내 카프카 해석은 브로트의 해석에서 벗어난다는 점을 그에게 말하는 것이 신의 있고 적절한 태도로 여겨진다고 썼네(아래의 12a 편지 참조). 내가 이렇게 써 보낸 것은 어쨌든 간에 내 역량을 총동원하게 될 논문이 행여 내 입장과 관련된 이유 때문에 거절되는 일을 막기 위해 이 점을 분명하게 짚고 넘어가는 것이 옳다고 여겼기 때문이네.

〔……〕 카프카에 대한 자네의 유대교적인 통찰에 기반을 둔 특별한 시각이 내 집필 작업에 지대한 의미가 있고, 거의 필수불가결하다고까지 말할 수 있네. 내게 자네의 시각을 알려줄 수 있는지?

---

14) Walter Benjamin/Gershom Scholem, *Briefwechsel*, p. 143.

12a) 벤야민이 벨치에게(1934년 5월 9일, 파리)[15]

 카프카에 관해 써달라는 귀하의 청탁에 대단히 감사드리고, 그 제안에 각별하게 의무감을 느낍니다. 그보다 더 바람직한 주제는 상상할 수 없습니다. 하지만 이 사안에서 고려해야 할 특수한 어려움들도 알고 있습니다. 저는 이에 대해 간략하게 알려드리는 것이 신의 있고 적절하다고 생각합니다.

 첫 번째의 가장 중요한 어려움은 이 사안 자체와 관련된 것입니다. 막스 브로트가 수년 전에 카프카가 남긴 어떤 유언을 지키지 않았다는 이유로 엠 벨크로부터 공격을 받았을 때 저는 『문학세계』에 실린 기고문을 통해 브로트를 방어했습니다(「기사도」 참조). 그렇다고 해서 카프카를 해석하는 문제에서 제가 브로트와 같은 시각을 갖고 있지는 않습니다. 특히 저는 카프카를 신학적 시각에서 직선적으로 해석하는 것(이것이 가장 비근한 해석방식이라는 점을 잘 알고 있습니다만)을 방법적으로 전혀 받아들일 수 없습니다. 물론 저는 귀하가 제안한 논문을 논쟁적인 서술들로 가득 채울 생각은 추호도 없습니다. 그러나 다른 한편 저는 카프카에 접근하려는 제 시도 — 이 시도는 어제오늘 이루어진 것은 아닙니다 — 가 카프카를 말하자면 '공식적'으로 수용하는 길과는 상이한 길로 저를 이끌었다는 점을 귀하에게 알려드려야 한다고 생각합니다.

 〔……〕

---

15) Walter Benjamin, *Briefe*, p. 607f.

저는 제국문인협회의 회원이 아닙니다. 그렇지만 그 협회의 해당 리스트에서 제 이름이 지워진 것도 아닙니다. 즉 저는 그 어떤 작가 협회의 회원이었던 적이 없습니다.

13) 숄렘이 벤야민에게(1934년 6월 20일, (예루살렘))[16]

자네가 카프카에 관한 논문을 쓰기로 했다니 무척 기쁘네. 하지만 요즘 이 사안에 대해 나 자신이 뭔가 말할 계제가 아니네. 자네는 나만이 퍼뜨릴 수 있는 신비주의적 선입견들 없이 자네의 노선을 훌륭하게 추구하리라는 점은 의심할 여지가 없네. 그리고 그에 더해『유대 룬트샤우』의 독자들에게서 커다란 반향을 불러일으킬 수 있을 거라고 보네.

14) 벤야민이 숄렘에게(1934년 7월 9일, 스벤보르, 스코브보스트란트)[17]

카프카에 관해 성찰한 것 몇 가지를 알려달라는 부탁을 자네가 지난번에 거절했음에도 이번에 다시 부탁하네. 이 대상에 대해 나 자신

---

16) Walter Benjamin / Gershom Scholem, *Briefwechsel*, p. 146.

17) Walter Benjamin / Gershom Scholem, *Briefwechsel*, p. 151.

이 숙고한 것을 자네가 받아보았을 테니 (즉 카프카 에세이 초고 형태로) 나로서는 자네가 그만큼 더 이 부탁을 들어줄 수 있다고 생각하네. 내가 생각한 것들의 주요 가닥을 서술하기는 했지만 덴마크에 온 이래로 계속 생각하고 있고, 내 짐작에 이 연구는 당분간 시의성 있는 주제로 나를 사로잡을 것 같네. 이 연구는 간접적으로는 자네가 주선해 이루어졌네. 나는 우리가 소통하는 주제로 이보다 더 적절한 주제가 없다고 보네. 내가 보기에 자네는 내 부탁을 뿌리칠 수 없을 것이네.

15) 숄렘이 벤야민에게(1934년 7월 10~12일, 예루살렘)[18]

[……] 내게는 매우 문제성 있어 보이네. 그러니까 여기서 더불어 결정적으로 작용하는 마지막 점들에서 말이네. 98퍼센트는 내게도 분명히 이해가 되네. 그러나 인장(印章)이 빠져 있네. 자네도 그것을 느꼈네. 왜냐하면 자네는 수치심(여기서 자네는 (카프카의) 어두운 부분 중에 가장 어두운 곳을 적중했네!)과 법(여기서 자네는 궁지에 빠졌네!)을 해석하면서 그 차원을 떠나고 있기 때문이네. 비밀스러운 법의 **존재**

---

18) Walter Benjamin/Gershom Scholem, *Briefwechsel*, p. 154. 이 편지에 대해 숄렘은 다음과 같은 각주를 달았다. "이 편지의 (……) 첫 장이 분실되었거나 지금까지 동베를린 예술원의 벤야민 아카이브에서 발견되지 않은 것이 너무도 유감스럽다. (……) 이 첫 장에 나는 카프카 논문 원고를 (받았다는) 것을 확인해줬고, 그에 대한 내 입장도 (답았다)"(p. 156).

가 자네 해석을 망치고 있네. 즉 법은 키메라(Chimäre, 괴물)와 같은 혼합이 이루어지는 어떤 신화 이전(以前)적인 세계에 존재하지 않을 것이고, 그 법이 심지어 자신의 존재를 알리는 특별한 방식은 더구나 말할 것도 없네. 여기서 자네는 신학을 배제하는 방향으로 지나치게 나아갔네. 아이를 목욕물과 함께 버린 셈이지.

하지만 이것은 더 논의해봐야 할 것 같네. 오늘은 급히 몇 자 적었을 뿐이고, 자네에게 내 충심의 감사를 전하고 싶네.

한 가지 묻고 싶네. 이 많은 이야기들이 본래 누구에게서 나온 것인지? 에른스트 블로흐가 자네에게서 들은 건지, 아니면 자네가 그에게서 들은 건지? 메시아의 왕국을 언급한, 블로흐에게서도 나오는 그 위대한 랍비는 바로 **나**라네.[19] 그렇게 해서 영예를 얻다니! 이것은 카발라에 대한 내 최초의 생각들 가운데 하나라네.

15a) 앞의 15번 편지에 첨부된 것[20]

카프카의 『소송』을 읽으면서

우리는 그대와 완전히 헤어진 걸까?

---

19) 카프카 에세이에 나오는 다음 구절을 가리킨다. "어느 위대한 랍비가 말했듯이 폭력으로 세상을 변화시키는 것이 아니라 다만 세계를 조금만 바로잡을 그 메시아가 오면 꼽추는 사라질 것이다." 카프카 에세이, 이 책 100쪽 참조.

20) Walter Benjamin/Gershom Scholem, *Briefwechsel*, p. 154f.

신이여, 그와 같은 밤에
그대의 평화와 그대의 복음 한 움큼도
우리를 위해 마련되지 않았단 말인가?

그대의 말이 그처럼 시온의 허공 속에
사그라질 수 있을까—
아니면 가상으로 이루어진 이 마법의 나라에
전혀 전해지지 않은 걸까?

세상의 거대한 사기(詐欺)가
정말로 완성되어 천장까지 채워졌다.
신이여, 그대의 무(無)가 뚫고 들어간 자가
깨어나게 해주소서.

그렇게 해야만 계시가
그대를 쫓아낸 시대 속으로 비쳐 들리라.
오로지 그대의 무만이 이 시대가
그대에게서 받을 수 있는 경험이리라.

그렇게 해야만 숨겨진 법정의
가장 확실한 유산인
가르침이 가상을 뚫고
기억 속으로 들어오리라.

우리의 상태는 욥의 저울 위에서
정확하게 가늠되었다.
최후의 심판이 있는 날처럼 아무 위안도 없이
우리는 철저하게 인식되었다.

무한이 이어지는 〔재판의〕 심급 속에
우리가 누구인지가 반영된다.
길 전체를 아는 이는 아무도 없고,
매번의 과정이 우리를 눈멀게 한다.

누구에게도 구원이 도움이 될 수 없다.
이 별은 너무 높이 떠 있다.
그대가 그곳에 도달한다 해도
그대 스스로 길을 막게 될 것이다.

마법의 주문도 제어하지 못하는
폭력에 내맡겨진 채,
그 어떤 생명도 피어날 수 없다.
자신 속에 가라앉지 않는 한.

파괴의 중심부로부터
때때로 빛줄기가 새어나오기는 해도,
법이 우리에게 명한 방향을

가리켜주는 이는 아무도 없다.

이 슬픈 앎이 침해할 수 없이
우리 앞에 닥쳐온 이래로
신이여, 그대의 위엄 앞에서
베일이 돌연 찢어졌다.

지상에서 시작한 그대의 소송,
그대의 왕좌 앞에서 끝이 날까?
그대는 변호될 수 없으리라,
여기서는 어떤 환영(幻影)도 통하지 않으니.

여기서 피고는 누구인가?
그대인가 아니면 피조물인가?
누군가 그것을 그대에게 묻는다면,
그대는 침묵 속에 잠겨들 뿐.

그런 물음이 일어날 수 있을까?
대답은 불확실할까?
아, 그럼에도 우리는 살아가야 하네,
그대의 법정이 우리를 심문할 때까지.

16) 숄렘이 벤야민에게(1934년 7월 17일, (예루살렘))[21]

텔아비브에서 돌아왔는데 자네 편지가 와 있었네. 카프카에 관해 썼던 내 편지와 엇갈린 걸 알았네. 자네가 그 사이에 보고 알았겠지만 자네의 제안은 내가 듣기 전에 나 스스로 이행했다네. 그리고 오늘 나는 내가 처음에 한 언급들에서 취했던 노선을 다시 한 번 확인해줄 수 있을 뿐이네. 카프카의 세계는 계시의 세계로서, 하지만 그 계시가 그것의 무로 환원되는 시각에서 봤을 때 그렇다네. 이 측면을 자네가 부정하는 데 나는 결코 동의할 수 없네. 내가 그것을 쇱스와 브로트에 대한 자네의 논쟁에서 촉발된 오해로만 보는 것이 아니라 실제로 부정으로 보아야 한다면 말이네. 계시된 것의 **수행 불가능성**이 바로 **올바르게** 이해된 신학(나는 내 카발라에 침잠해서 이 신학을 생각하고 있고, 자네는 그 표현이 자네도 알다시피 쇱스에게 보낸 공개서한[22]에서 어느 정도 책임 있게 이루어진 것을 볼 수 있네)과 카프카의 세계를 여는 열쇠를 제공하는 것이 합치하는 지점이라네. 발터, 자네에게 강조하네만, 프리애니미즘적인 세계에서의 계시의 **부재**가 아니라 계시

---

21) Walter Benjamin/Gershom Scholem, *Briefwechsel*, p. 157f.

22) Walter Benjamin/Gershom Scholem, *Briefwechsel*, p. 27, 각주 2번 참조. 이 각주의 내용은 다음과 같다. "「이 시대의 유대 신앙」이라는 글의 저자에게 보낸 '공개서한'을 나는 루트비히 포이히트방거(Ludwig Feuchtwanger)에게 건네줬는데, 이 서한은 내가 독일을 떠난 뒤 『바이에른 이스라엘 교구신문』(*Bayerische israelitische Gemeindezeitung*, 제8호)에 실렸고, 나는 그것을 받아보지 못했다. 이 서한은 한스-요아힘 쇱스(1909년생, 제2차 세계대전 이후 에어랑겐 대학 교수)에 대한 혹평이었다."

의 **수행 불가능성**이 그 계시의 문제라네. 이것에 관해 자네와 소통해야 할 것 같네. 성서를 잃어버린 학생들 — 물론 이런 일이 벌어질 수 있는 것은 그다지 바흐오펜적인 세계는 아닐지라도! — 이라기보다 그 성서를 해독할 수 없는 학생들이 바로 자네가 맨 마지막에 이야기하는 대학생들이라네.[23] 사물들이 그처럼 엄청 구체적이면서 모든 조치가 그처럼 수행할 수 없게 되는 세계는 **황폐한** 광경을 보여주지 결코 어떤 목가적인 광경을 보여주지 않는다는 점(이것을 자네는 내가 이해할 수 없게도 '신학적' 해석에 대한 이의로 여기는 것 같네. 왜냐하면 자네는 언제부터 상위의 '질서'를 다루는 법정이 일찍이 다락방에서 열리는 법정처럼 제시된 적이 있느냐고 묻기 때문이라네), 이것이 내게는 더할 수 없이 필연적인 것으로 보인다네. 다른 한편 자네는 물론 오로지 그런 방식으로만 자신을 주장할 수 있을 뿐인 형상들을 분석하는 부분에서는 대부분 옳았네. 나는 그 속에 뭔가 '창녀적인' 층위와 같은 것이 있다는 점을 논박할 생각은 전혀 없고, 자네는 그것을 참으로 놀라울 정도로 탁월하게 끄집어냈네. 몇 가지는 내가 이해할 수 없는 것이 있네. 크라프트에서 인용한 것은 전혀 이해할 수 없었네. 그렇지만 자네가 이 원고를 내게〔좀더〕맡겨준다면 그 에세이에서 세부적인 점들을 더 파고들 수 있을 것 같네. 특히 '유대적인 것'에 관해서 말일세. 자네는 하스를 인용하면서 그 '유대적인 것'을 구석진 데서 찾고 있는데, 그것은 우회할 필요도 없이 중심부에서 눈에 띄게 드러나 있고, 그래서 자네가 그에 관해 침묵하고 있는 것이 의아하게 느껴질

---

23) 카프카 에세이, 이 책 104, 107쪽 참조.

정도라네. 그러니까 법이라는 용어에서 그것이 드러나고 있는데, 자네는 그 용어를 가장 **세속적인** 측면에서 관찰하려고 완강하게 고집하고 있네. 그 작업을 위해 하스를 끌어들일 필요는 없네! **할라하의 도덕적 세계**와 그것의 심연과 변증법은 바로 자네 눈앞에서 〔즉 카프카의 『소송』에서〕 펼쳐지고 있으니 말일세. 이제 이 편지를 부쳐야 할 것 같아 이만 줄이겠네.

17) 벤야민이 숄렘에게(1934년 7월 20일, 스벤보르, 스코브스보스트란트)[24]

어제 내 「카프카」을 받아보았다는 오래전부터 기다린 소식이 자네에게서 왔네. 특히 자네가 동봉한 시 때문에 내게 매우 소중한 소식이었네. 여러 해 전부터 우리가 편지를 통해서만 소통해온 정황으로 인해 감수해온 한계가 이번처럼 불만스럽게 느껴진 적이 없었다네. 나는 자네가 이런 나의 불만을 이해해주리라 믿네. 또한 직접 만나 대화해야만 가능한 여러 다양한 실험적 표현들을 포기한 채 자네에게 그 시에 대해 뭔가 결정적인 것을 말해줄 수 있다고 가정하지 않을 것이라 믿네. 비교적 간단한 것은 '신학적 해석'에 대한 물음뿐이라네. 나는 자네의 시에 신학적 가능성 자체가 표현되어 있음을 솔직하게 인정하네. 그뿐만 아니라 내 논문에도 나름대로 ─ 물론 그늘이

---

24) Walter Benjamin / Gershom Scholem, *Briefwechsel*, pp. 159ff.

드리워진 — 신학적 측면이 폭넓게 들어 있다고 주장하고 싶네. 나는 신학 전문가들의 참을 수 없는 제스처, 자네도 부정하지 않을 테지만 지금까지의 카프카 해석을 전체적으로 지배해왔고 우리에게 그 우쭐대는 표명을 과시한 그 제스처에 반대했다네.

자네의 시는 새로운 천사(Angelus Novus)에 대해 쓴 시,[25] 내가 높이 평가하는 그 시와 비교해 언어적인 면에서 전혀 손색이 없다네. 자네의 시에 대한 내 입장을 적어도 조금은 상세하게 암시하기 위해 내가 아무런 거리낌 없이 내 것으로 만들고 싶은 시구만을 언급해보겠네. 그것은 7연에서 13연까지네. 먼저 몇 가지를 말하겠네. 마지막 연은 우리가 최후의 심판을 세상의 흐름 속으로 투사하는 일을 카프카의 의미에서 어떻게 생각해야 하는지의 문제를 제기하고 있네. 이 투사가 재판관을 피고로 만들고, 재판을 형벌로 만들게 될까? 그 재판은 법을 들어 올리는 데 기여할까 아니면 법을 파묻어버리는 데 기여할? 이 물음들에 대해 카프카는 아무런 답도 주지 않았다는 게 내 생각이네. 그러나 그 물음들이 그에게 제기되는 형식은 내가 카프카의 책들에 들어 있는 장면적인 것〔연극적인 것〕과 제스처적인 것의 역할에 대해 상술한 것을 통해 규정하고자 했던 것인데, 그 형식은 그 물음들이 아무런 자리도 더는 갖지 않는 세계의 상태에 대한 힌트들을 담고 있네. 왜냐하면 그 물음들에 대한 대답들은 그것들에 대해 가부를 알려주기보다 아예 물음들 자체를 제거하기 때문이네. 이처

---

25) Walter Benjamin, *Briefe*, p. 269 참조. 1921년 7월 15일 숄렘은 벤야민이 소장한 파울 클레의 그림 「새로운 천사」에 부치는 시 「천사의 인사」를 선물로 부쳐준다.

럼 물음 자체를 제거하는 대답의 구조가 바로 카프카가 찾으려 했고 때때로 비행(飛行)하면서, 또는 꿈속에서, 붙들었던 것이라네. 어쨌거나 우리는 그가 그 구조를 찾아냈다고 말할 수 없네. 그렇기 때문에 그의 작품세계를 통찰하는 일은 무엇보다 그가 실패했다는 단순한 인식과 결부되어 있는 것처럼 여겨지네. "길 전체를 아는 이는 아무도 없고/ 매번의 과정이 우리를 눈멀게 한다." 하지만 자네가 "오로지 그대의 무만이 이 시대가/ 그대에게서 받을 수 있는 경험이리라"라고 쓴다면 나는 내 해석 시도를 이 지점에서 다음과 같은 말로 연결해볼 생각이네. 즉 나는 카프카가 어떻게 해서 이 '무'의 이면(裏面), 이렇게 말해도 된다면 '무'의 안감에서 구원을 더듬어 찾고자 했는지를 보여주고자 했다고. 여기에는 이러한 '무'를 극복하려는 모든 방식, 브로트를 위시한 신학적 해석자들이 이해하는 것과 같은 방식이 카프카에게는 〔말 그대로〕 질색이었다는 점도 속한다네.

나는 이 논문이 당분간 시의성 있는 주제로 나를 사로잡을 것 같다고 자네에게 썼다고 생각하네 〔……〕. 자네 수중에 있는 것〔원고〕은 중요한 곳 몇 군데에서 이미 시효가 지났다네 〔……〕.

「카프카」 논문에 나오는 이야기의 출처〔파촘킨 이야기〕는 비밀로 남겨둘 생각이고, 자네와 직접 만나 이야기하게 되면 알려주겠네. 그 밖에도 많은 멋진 이야기들을 자네에게 들려줄 생각이네.

18) 벤야민이 숄렘에게(1934년 8월 11일)[26]

지금 「카프카」 논문을 — 어쩌면 최종적으로 — 다듬고 있는데,[27] 이 계기를 이용해 자네가 내게 제기한 이의 몇 가지를 명시적으로 짚고 넘어가고자 하네. 또한 자네의 입지와 관련된 물음들도 더불어 살펴볼까 하네.

내가 '명시적'이라고 말하는 이유는 암시적으로는 이 작업이 몇 가지 점에서 새 판의 논문에서 이루어지고 있기 때문이네. 수정된 부분들이 상당히 많다네.[28] 〔……〕

이제 몇 가지 주안점은 다음과 같네.

1) 내 논문과 자네의 시의 관계를 나는 다음과 같이 파악하고 싶네. 자네는 '계시의 무'로부터(아래 7번 참조), 즉 정해진 소송절차의 구원사적 시각으로부터 출발하고 있네. 나는 작은 부조리한 희망, 그리고 한편으로 이 희망이 적용되면서 다른 한편 이 부조리가 반영되는 피조물들로부터 출발하네.

2) 내가 카프카의 가장 강력한 반응을 수치심이라고 칭한다면 그것은 그 밖의 내 해석과 전혀 모순되지 않네. 오히려 카프카의 은밀한 현재라고 할 수 있는 전세가 바로 이 반응을 개인적 상태의 영

---

26) Walter Benjamin/Gershom Scholem, *Briefwechsel*, pp. 166 ff. 또한 수기 Ms 249와 252(이 책 291쪽 이하)도 참조.

27) 제2판을 가리키는데, 이 뒤에도 벤야민은 논문 수정작업을 한동안 계속한다. — 슈베펜호이저

28) 이에 대해서는 Walter Benjamin, GS, II/3, 1266~71 참조.

역으로부터 들어올리는 역사철학적 지표라네. 즉 토라의 작품은 우리가 카프카의 서술을 따른다면 실패한 셈이네.

3) 이것과 연관되는 것이 성서의 문제이네. 학생들이 성서를 잃어버렸든, 아니면 성서를 해독하지 못하든 똑같은 결과를 낳는데, 왜냐하면 성서는 그것에 속한 열쇠 없이는 성서가 아니라 삶이기 때문이라네. 성이 있는 산기슭 마을에서 영위되는 것과 같은 삶 말일세. 삶을 글자로 변형하려는 시도 속에서 나는 수많은 카프카의 비유들이 — 그 가운데 나는 「이웃 마을」과 「양동이를 탄 사나이」를 사례로 다뤘는데 — 갈구하는 '회귀'가 갖는 의미를 본다네. 산초 판사의 삶이 모범적인 이유는 그 삶이 본래 비록 바보 같고 돈키호테적인 삶일지언정 자신의 삶을 다시 읽는 데 본질이 있기 때문이라네.

4) 학생들 — "성서를 잃어버린" 학생들 — 이 창녀적인 세계에 속하지 않는다는 점은 서두에서 내가 강조한 바이네. 즉 나는 조수들과 마찬가지로 그 학생들도, 카프카의 말에 따르면 "무한히 많은 희망"이 존재하는 피조물들이라고 보네.

5) 나는 카프카의 작품에 대해 계시의 측면을 부정하지 않는데, 그것은 그 계시가 '왜곡'되어 있다고 선언하면서 내가 그것에 메시아적 측면을 인정하는 데서 이미 드러나 있네. 카프카의 메시아적 범주는 '회귀' 또는 '공부'이네. 자네는 내가 신학적 해석 자체를 가로막으려 하지 않는다는 점 — 나 자신이 신학적 해석을 실천하고 있으니 말일세 — 을 옳게 추측했네. 나는 다만 프라하 사람들의 뻔뻔스럽고 경솔한 해석에 반대할 따름이네. 재판관들의

태도에 근거를 둔 논증은 타당하지 않다고 여겨 철회했네. (심지어 자네의 생각들을 받아보기 전에.)[29]

6) 법에 대한 카프카의 집착을 나는 그의 저작의 사점(死點)이라고 여기네. 그의 저작에 대한 해석은 바로 법으로부터 출발해 움직일 수 없을 것 같다는 말이네. 이 법 개념을 나는 실제로 명시적으로 다루지 않을 작정이네.

7) 부탁인데, 카프카는 "계시의 세계를 보여주는데, 그 계시가 무로 환원되는 시각에서 보여준다"라는 자네의 해석을 설명해주면 좋겠네.

오늘은 여기까지네.

19) 숄렘이 벤야민에게(1934년 8월 14일, (예루살렘))[30]

추측컨대 [로베르트 벨치는] 자네의 에세이를 쇼켄(Schocken) 출판사의 카프카 신판[31]이 간행된 뒤에 기고문으로 실을 수 있지 않은지를 기다려보려는 것 같네. 벨치가 자네 에세이를 축약하지 않고 실을지는 내가 보기에도 매우 불확실하네. 아무튼 나는 축약하지 말고 실

---

29) 이에 대해서는 Walter Benjamin/Gershom Scholem, *Briefwechsel*, p. 168, 각주 1번 참조. — 슈베펜호이저

30) Walter Benjamin/Gershom Scholem, *Briefwechsel*, p. 168f.

31) 이 신판은 1935년부터 간행되기 시작했다. 벤야민 텍스트에 대한 편집부 서문이 그렇게 밝히고 있다. 『유대 룬트샤우』 제39권, 제102/103호(1934년 12월 21일), p. 8 참조.

으면 좋겠다고 했네. 하지만 자네가 몇몇 구절에서 더 분명하게 설명해주면 좋겠네. 특히 제2장이 너무 개괄적으로 서술되어 있고, 부분적으로는 제3장도 그렇다고 보네. 그래서 내가 보기에 오해를 불러일으키거나 이해가 되지 않을 것 같네. 제1장은 강연의 흐름으로 보아 단연 제일 잘 쓰였고, 그야말로 설득력이 있네. 나중에는 부분적으로 인용문이 너무 많고, 일부는 해석이 너무 적네. 자연극장에 대한 부분은 탁월하네. 그에 반해 제스처적인 것에 대해 암시한 부분들은 자네의 글을 좀더 숨겨진 부분까지 모르는 이들에게는 모두 **전혀 이해할 수 없는** 글로 다가올 것이네. 장담하건대 그렇게 생략이 많은 글은 반발을 불러일으킬 것이네.

이 에세이를 두 배의 분량으로 확장해보는 것은 어떨지 고려해볼 수 있겠네. 다른 견해들과의 논쟁과 인용문들을 좀더 분명하게 구성해보고, 전체를 특별한 작은 단행본으로 쇼켄 출판사에 제안해보면 어떨지. 하지만 이때 "법 앞의 문지기"에서 설득력 있게 등장하는 것과 같은 할라하와 『탈무드』 관련 성찰에 관한 장이 빠져서는 안 될 것이네. 그 밖에 크라프트를 끌어들인 것은 전혀 이해할 수 없고, 또 바람직하지도 않아 보이네. 자네가 그것들을 좀더 자세히 다룬다면 모르겠지만.

그런데 카프카를 개인적으로 알고 지낸 사람들이 이구동성으로 하는 말이 **실제로** 그의 아버지가 「선고」에 나오는 인물과 같았다고 하네. 그의 아버지는 끔찍한 사람이었고 가족에게 형언할 수 없는 부담을 지운 사람이었다고 하네. 자네 관심을 끌 만한 이야기일 것 같아 전하네.

20) 벤야민이 숄렘에게(1934년 9월 15일, 스벤보르, 스코브스보스트란트)[32]

벨치가 카프카 논문의 일부를 — 그것도 절반으로 줄여 — 인쇄하는 데 대한 고료로 내게 60마르크를 줄 생각을 했다는 소식을 자네에게 〔……〕 전하네. 이 소식을 들으면 내가 순수문학의 대상을 집중적으로 다루는 작업은 이번 카프카 논문의 형태로 종지부를 찍을지 모른다는 점을 자네도 이해해줄 것이네.

그렇다고 해서 카프카 논문이 그런 종지부를 찾아냈다는 것은 아니네. 오히려 나는 그사이에 관찰하면서 풀어낸 일련의 생각의 가닥들이 그 논문에 더 흘러들어가도록 할 생각이네. 그렇게 관찰한 것들에서는 자네가 쇱스에게 보낸 〔공개〕 서한에 들어 있는 특기할 만한 표현이 추가로 빛을 던져줄 것으로 기대되네. 그 표현은 이것이네. "그 어떤 것도 〔……〕 역사적 시간과 관련해서 계시의 말이 지니는 '절대적 구체성' 〔……〕 보다 더 구체화 작업이 필요한 것도 없다. 절대적으로 구체적인 것은 순전히 수행할 수 없는 것이기에." 이 말로 자네는 카프카에 꼭 들어맞는 진실을 언명했음이 틀림없네. 또한 그 말로 어쩌면 그의 실패가 지니는 역사적 측면이 처음으로 확연해지는 시각도 연 셈이네. 이 성찰과 그에 이어지는 성찰이 결정적으로 전달 가능해지는 형태를 찾을 때까지는 아직 시간이 더 흘러야 할 것 같네. 이것은 내 논문을 거듭해서 읽는 일과 그 논문에 관해 편지에

---

32) Walter Benjamin/Gershom Scholem, *Briefwechsel*, p. 171f.

달아 온 논평들이 자네에게 다음의 사실을 파악 가능하게 만들게 될 것이기에 자네가 그만큼 더 잘 이해할 수 있을 것이네. 즉 카프카야 말로 내 사유가 밟아온 여러 길들이 교차하는 분기점으로 드러나기에 가장 적합한 대상이라는 점이네. 그 밖에 그 분기점을 더 철저하게 표시하는 작업을 위해 틀림없이 비알릭(Chajim Nachman Bialik)의 논문〔「하가다와 할라하」, 『유대인』, IV(1919), pp. 61~77〕을 포기할 수 없을 것이네〔……〕.

외적인 문제들에 관해 말이 나온 김에 한 가지 덧붙인다면〔……〕 나는 벨치에게 — 심지어 이러한 고료의 조건에서! — 내 논문을 인쇄하는 데 동의할 수밖에 없었네. 그러나 그에게 고료 산정을 다시 한 번 재고해달라고 정중하게 부탁했네.

21) 숄렘이 벤야민에게(1934년 9월 20일, 〔예루살렘〕)[33]

그사이〔……〕 자네의 카프카 논문 개정판을 받았네. 나 자신은 몇 달째 벨치에 관해 아무 소식을 듣지 못했고, 자네 논문 관련 사안이 어떤 상태에 있는지 모른다네〔……〕. (들리는 바로는〔……〕『유대 룬트샤우』가 현 정권 아래서 정치적으로 비상하게 힘든 상황에 처해 있고 무척 어려운 여건 속에서 길을 헤쳐 나가고 있다고 하네. 하지만 그것이 벨치가 편지를 쓰고 싶지 않은 이유인지는 모르겠네.) 자네의 개정판을 읽는 데

---

33) Walter Benjamin/Gershom Scholem, *Briefwechsel*, p. 174f.

· 176 ·

몰두했네. 실제로 지금 상태로 출판되어 독자들 사이에 토론이 이루어진다면 좋겠네.[34] 지난 몇 주는 크라프트가 내게 빌려준 베른하르트 랑의 카프카 논문을 읽었는데, 읽으면서 너무 짜증이 나서 그에 관해 전혀 언급할 수 없다네. 그런 종류의 해석은 내게는 마치 노자가 교회의 교의(敎義)세계에 대해 어떤 입장을 취하는지에 대한 예수회의 연구 정도의 관심밖에 불러일으키지 않는다네. 그런 맥 빠진 수다를 두고 논문이랍시고 이름을 언급하는 것조차 과분하다고 보네. 그 논문을 읽으면서 이해하기 쉬운 문예란이 경멸받던 시대에 대한 부러움이 느껴질 정도였네. 그런 문예란이 이제는 그처럼 거창한 척하는 허섭스레기로 대체되었으니 말일세. 자네의 해석은 이성적인 토론을 위한 이정표가 될 것이네. 그런 토론이 가능하다면 말이네. 나는 자네 논문을 읽고 정말로 많은 점에서 명쾌해지고 또 깨우침을 받은 느낌이 드네. 하지만 자네 해석으로 카프카 저작의 유대교적인 중추신경을 본질적으로 약화시킬 수 없다는 생각이 강화되었네. 자네는 명백하게 강압적으로 밀어붙이지 않고서는 뚫고 나올 수 없네. 끊임없이 카프카에게서 확인되는 증거들에 반하여 해석할 수밖에 없네. 내가 이미 편지에 썼던 법 관련 사안에서뿐만 아니라 예컨대 여성 관련 사안에서도 그러하네. 여성들의 기능을 자네는 웅대하게 바흐오펜의 관점에서만 규정했네만, 그것은 순전히 일면적이고 명백한 증거들에 반하는 해석이네. 여성들은 자네가 너무 경시하는 또 다른 인장(印章)을 지니고 있는데도 말이네. 여성들이 끔찍하게 종잡을 수

---

34) 벤야민의 카프카 에세이는 1934년 12월에 가서야 일부가 출판된다.

없으면서도 엄밀하게 연결되어 있는 성이나 관청은 바로 (자네가 말한 전세라고 해도) 그런 전세이기만 한 것이 아니고 그 '전세'가 비로소 관련되어야만 하는 어떤 것이라고 보네. 성이나 관청이 그런 전세라면 여성들과 그 세계의 관계에 무슨 수수께끼가 있을 필요가 있다는 말인가. 모든 게 분명한데 말이네. 실제로는 그와는 정반대이고, 여성들과 관청의 관계는 흥미진진하지 않은가 말일세. 게다가 관청은 (예컨대 보좌 신부의 말을 빌리자면) 여성들을 조심하라고 경고하지 않는가!

자네는 내가 말한 '계시의 무'가 무엇을 뜻하는지 물었네. 나는 계시가 아무 의미도 없는 채로 나타나는 상태, 즉 계시가 아직 관철되고 있고 **유효하기는** 하지만 **의미하는** 것은 없는 상태를 말하고자 했네. 풍부한 의미가 떨어져 나가고, 현상으로 나타나는 것이 마치 그 자체의 내용의 영점으로 축소된 듯 보이면서도 사라지지 않는 곳에서(그리고 계시는 현상으로 나타나는 어떤 것이라네), 그것의 무가 등장한다네. 종교의 의미에서 보면 이것은 한계상황이고, 이 한계상황이 실제로 실행될 수 있는지 매우 의심스럽다는 것은 자명할 것이네. 학생들이 '성서'를 잃어버렸든 아니면 해독할 수 없게 됐든 마찬가지라는 자네의 견해에 나는 동의할 수 없고, 그 속에 자네가 맞게 될 가장 커다란 오류가 있다고 보네. 그 두 상태의 차이가 바로 내가 계시의 무를 언급하면서 지적하고 싶은 것이라네.

22) 벤야민이 숄렘에게(1934년 10월 17일, 스벤보르, 스코브스보스트란트)[35]

카프카는 계속 생각하고 있고, 그렇기 때문에 자네의 새로운 언급들에 감사하네. 내가 활이 날아갈 수 있을 정도로 시위를 당길 수 있게 될지는 지금으로서는 알 수 없네. 나의 여타 연구들은 내가 마감하고 떠날 수 있는 용어를 곧바로 찾아냈던 데 반해, 이 카프카 연구는 오랫동안 붙들고 있을 것 같네. 왜 그런지는 이 활의 이미지가 암시해주네. 즉 여기서 나는 정치적인 일단과 신비적인 일단이라는 양단을 동시에 아울러야 하네. 그렇지만 지난 몇 주간 이 사안에 전념했다는 뜻은 아니네. 오히려 자네에게 보낸 버전이 당분간은 변함없이 유효할 것이네. 나는 추후 성찰을 위해 몇 가지를 마련해두는 것으로 한정했네.

벨치로부터 계속해서 아무런 소식도 듣지 못하고 있네. 편지를 쓰려고 해도 그의 출판사의 현재 상황을 두고 볼 때 내키지 않네.

23) 벤야민이 숄렘에게(1934년 12월 26일, 산레모)[36]

자네도 틀림없이 봤겠지만 요 며칠 전에 '카프카' 제1부〔'파촘킨'〕가

---

35) Walter Benjamin/Gershom Scholem, *Briefwechsel*, p. 177.

36) Walter Benjamin/Gershom Scholem, *Briefwechsel*, p. 184.

출간되었고, 오래 걸렸던 것이 이제는 견딜 만하게 되었다네. 내게 이번 출간은 ― 내가 수행해온 방식치고는 새로운 경우로서 ― 이 연구를 위해 작성해 둔 노트묶음, 즉 다른 사람들의 견해와 나 자신의 성찰들을 기록한 노트묶음(Dossier)[37]을 곧 열어보는 계기가 될 것이네.

24) 벤야민이 숄렘에게(1938년 4월 14일, 파리)[38]

실제로 〔출판사 사장 하인리히〕메르시(Heinrich Mercy)가 내가 요청한 대로 브로트의 카프카 전기〔프라하, 1937〕와 「어느 투쟁의 기록」으로 시작하는 단편집〔카프카 전집 제5권, 프라하, 1936〕을 부쳐줬네. 〔……〕

이 계제에 카프카에 관해 〔……〕 언급하고 싶네. 왜냐하면 위에 말한 전기가 카프카가 모르는 사실들과 브로트의 지혜가 엮여 유령들 세계의 한 구역, 그러니까 백주술(白呪術)과 부패한 마법이 매우 교화적인 방식으로 서로를 넘나드는 구역을 열어 보여주는 것 같기 때문이네. 그 밖에 그 전기에서 아직은 읽을 만한 것을 그다지 찾지 못했네. 하지만 "천사들이 할 일이 있도록 행동하라"〔이 문장은 키르케고르에게서 유래한다〕는 정언명법의 카프카적 표현을 이 전기에서 취해 곧

---

37) 이 책 295쪽 이하 참조.

38) Walter Benjamin/Gershom Scholem, *Briefwechsel*, p. 261f.

장 내 것으로 만들었네.

25) 숄렘이 벤야민에게(1938년 5월 6일, 뉴욕)[39]

카프카에 관한 우리의 대화〔1938년 2월, 파리〕, 그리고 자네가 형편이 되면 브로트의 전기와 관련하여 괜찮은 편지를 내게 보내주겠다고 한 말을 상기시키고 싶네. 그 작업을 너무 방치하지 말기 바라네. 유럽에서 쇼켄과 만나게 되면 그 편지가 유용할 수도 있으니까. 할 수만 있다면 일종의 프로그램으로 구상하고 너무 온건하게 들리지 않는 글 서너 쪽을 써보게나.

26) 벤야민이 숄렘에게(1938년 6월 12일, 파리)(제1부)[40]

자네 부탁으로 브로트의 '카프카'에 대해 내가 어떻게 생각하는지 꽤 상세하게 써보겠네. 그리고 카프카에 대해 성찰한 것 몇 가지를 이어서 쓰겠네. 자네는 이 편지가 오로지 우리 둘 다 중요하게 여기는 이 대상에 헌정될 것이라는 점을 처음부터 알고 있어야 하네.[41]

---

39) Walter Benjamin/Gershom Scholem, *Briefwechsel*, p. 264.

40) Walter Benjamin/Gershom Scholem, *Briefwechsel*, pp. 266~73.

41) 벤야민은 이어서 브로트의 카프카 전기에 대한 비평을 서술한다. 이 책 137쪽 이하 참조.

위에 쓴 것을 보면 〔……〕 어째서 내가 브로트의 전기를 다루면서 카프카에 대해 내가 갖고 있는 이미지를 — 비록 논쟁적인 방식으로 다룬다 해도 — 드러내기에는 그 전기가 적절해 보이지 않는지를 알 수 있을 것이네. 물론 내가 이제부터 쓰려고 하는 글에서 이 이미지를 제대로 요약할 수 있을지는 두고 볼 일이네. 어쨌든 이 글은 이전에 내가 성찰한 것에서 다소 독립된 새로운 측면을 자네에게 보여주게 될 것이네.

카프카의 작품은 서로 멀리 떨어진 두 개의 초점이 있는 타원과 같다. 그 초점 가운데 하나는 (무엇보다도 전통〔『카발라』의 의미에서〕에 관한 경험이라고 할 수 있는) 신비적인 경험이고, 다른 하나는 현대 대도시인의 경험이다. 현대 대도시인의 경험에 대해 말할 때 나는 이 경험에 여러 다양한 것을 포함시키고자 한다. 우선 나는 조망하기가 불가능한 어떤 관료장치에 자신이 내맡겨져 있음을 알고 있는 현대의 국민에 대해 말하고자 한다. 이 관료장치의 기능은, 실행기관들이 다루는 국민은 말할 것도 없고 그 실행기관들 스스로에게도 불확실한 채로 존재하는 심급들에 의해 조종되고 있다. (카프카의 소설들, 특히 『소송』이 지니는 의미층들 가운데 하나는 그러한 범주 속에 집어넣을 수 있다는 것은 잘 알려져 있다.) 다른 한편 현대 대도시인들 가운데 나는 오늘날 물리학자들의 동시대인에 대해 말하고자 한다. 〔아서 스탠리〕에딩턴[42]의 「물리적 세계의 본성」에 나오는 다음 구절[43]을 읽어 보면

---

42) Arthur Stanley Eddington, 1882~1944 : 영국의 천문학자.

우리는 카프카의 이야기를 듣고 있는 것처럼 느껴진다.

    나는 문지방 위에 서서 이제 막 내 방으로 들어가려고 한다. 그것은 복잡한 일이다. 첫째로 나는 내 몸 1제곱센티미터당 1킬로그램의 힘으로 압박하고 있는 공기의 저항을 뚫고 나가야 한다. 그 밖에도 나는 초속 30킬로미터의 속도로 태양 둘레를 돌고 있는 방바닥 위에 안전하게 착륙해야 한다. 1초의 단 몇 분의 일만이라도 일찍 또는 늦게 내려서면 방바닥은 몇 킬로미터나 멀어져 버리게 될 것이다. 그리고 나는 머리를 바깥쪽, 즉 방 안으로 들이밀고서 둥근 행성에 매달려 있는 동안 이 묘기를 해내야 한다. 그때 아무도 모르는 강한 속도로 내 몸의 모든 기공을 뚫고 불고 있는 에테르의 기류도 있다. 또한 방바닥은 결코 단단한 물질이 아니다. 그곳을 밟고 들어간다는 것은 파리 떼 속을 내딛는 것과 같다. 나는 미끄러져 넘어지지 않을까? 그렇지 않을 것이다. 만일 내가 모험을 감행하여 그곳을 내딛는다면 파리들 가운데 한 마리가 나에게 부딪쳐 올 것이고 나를 위로 떠밀어 올릴 것이다. 나는 다시 넘어질 것이고 그때 또 다른 파리 한 마리가 나를 위로 올려칠 것이며, 이런 일은 되풀이될 것이다. 따라서 전체적인 결과를 두고 볼 때 나는 대략 똑같은 높이에 머무르게 될 것이라는 점을 기대해도 좋을 것이다. 그렇지만 불행하게도 내가 땅바닥에 넘어지거나 아니면 천장까지 날아오를 정도로 격렬하게 위로 쳐올려지는 경우를 생각해본다면 그러한 사고는 결코 자연의 법칙들이 깨뜨려진 현상

---

43) *The Nature of the Physical World*, 1928. 독일어판 : *Weltbild der Physik*, Braunschweig, 1931, p. 334f.

이 아니라 단지 우연들이 합쳐져 이루어진 매우 비개연적인 현상에 지나지 않을 것이다. …… 확실히 낙타가 바늘구멍 속에 들어가는 일은 한 물리학자가 문지방을 넘어서는 일보다 더 쉽다. 그것이 헛간 문이든 아니면 교회 문이든 간에 과학적으로 아무런 이론의 여지가 없이 들어가는 것과 결부된 모든 난점들이 해결될 때까지 기다리느니보다는 평범한 사람처럼 행동하는 데 만족해서 그냥 걸어 들어가는 것이 어쩌면 더 현명할 것이다.

나는 이 구절보다 더 적절하게 카프카적 제스처를 제시해주는 문헌을 알지 못한다. 우리는 이 물리학적인 난제들의 어느 구절에라도 카프카의 산문작품에 나오는 문장들을 힘들이지 않고 동원할 수 있을 것이다. 그리고 이때 '도무지 이해하기 어려운' 문장들이 다수 스며들 소지는 다분하다. 따라서 내가 방금 지적한 것처럼 누군가가 그와 같은 물리학적 측면에 상응하는 카프카의 경험들이 그의 신비주의적인 경험들과 강한 긴장관계를 유지하고 있다고 말한다면 그 사람은 진실의 절반밖에 말하지 않고 있는 셈이다. 카프카에게서 본래, 또 엄밀한 의미에서 **놀라운** 점은 이러한 최근의 경험들이 바로 신비적인 전통을 통해 그에게 전해졌다는 사실이다. 그것은 물론 이러한 전통 내부에서 엄청난 파괴적인 사건들(이것들에 대해서는 앞으로 곧 언급하겠지만)이 일어나지 않고서는 불가능한 일이다. 이 문제의 전모를 다시 말하자면 이렇다. 즉 우리는 이론적으로 이를테면 현대물리학 속에, 그리고 실제적으로는 전쟁기술 속에 투사되는 그러한 현실에 한 개인(프란츠 카프카라고 불리던)이 마주치게 될 경우 그로서는 다름 아닌 그와 같은 〔신비적〕전통의 힘들에 호소할 수밖에 없었을 것이라는 점이다. 내가 말하고자 하는 것은 이러한 현실이 한 사람의 **개인**으로서는 더는 경험할 수 없는 것이 되었다는 점이고, 또 천사들이 곳곳에 박혀 있는 매우 명랑한 카프카의 세계는 이 행성의 주민들을 막 대량으로 제거하려고 하는 그의 시대의 정확한 보완물이라는 점이다. 개인적 인간 카프카의 경험에 상응하는 이러한 경험을 거대한 대중들은 아마도 그 자신들이 제거되는 경우에 처해야만 비로소 획득할 수 있을지 모른다.

카프카는 일종의 **보완적인** 세계에 살고 있다. (이 점에서 그는 〔파울〕클레Paul Klee와 비슷한데, 회화 분야에서 클레의 작품은 문학 영역에서 카프카의 작품이 그러하듯 본질적으로 **고립되어** 존재하고 있다.) 카프카는 자신을 둘러싸고 있는 것을 알아차리지 못한 채 그러한 보완물을 인지했다. 우리가 카프카는 오늘날 존재하는 것을 알아차리지 못한 채 다가오는 것을 알아차렸다고 말한다면 그는 본질적으로 그것을 스스로 직접 당하는 **개인**으로서 알아차렸다. 그의 경악의 제스처에는 파국이 알지 못할 훌륭한 **유희공간**이 도움이 된다. 그렇지만 카프카의 경험의 근저에 놓여 있던 것은 그가 몰두했던 전통이었다. 그의 경험의 근저에는 어떤 천리안적인 투시력이나 '예언적인 능력' 따위는 없었다. 카프카는 전통에 귀를 기울였다. 그리고 힘들게 귀를 기울여 엿듣는 자에게는 아무것도 보이지 않는 법이다.

이렇듯 귀를 기울여 엿듣는 행위가 힘든 이유는 무엇보다도 엿듣는 자에게 불분명한 것들만 들려오기 때문이다. 거기에는 사람들이 배울 아무런 교리도, 사람들이 간직할 만한 아무런 지식도 없다. 비행 중에 포착되어야 할 사물이 있다면 그것은 그 어떤 사람의 귀를 위해서도 존재하지 않는 사물이다. 그것은 카프카의 작품을 부정적인 측면에서 엄격하게 특징지어주는 하나의 내용을 내포한다. (여기서 그의 부정적인 특징은 긍정정인 특징보다 훨씬 더 많은 것을 이야기해 줄 것이다.) 카프카의 작품은 전통이 병들어 있음을 나타낸다. 사람들은 종종 지혜를 진리가 지니는 서사적인 측면으로 정의하려고 했다.[44] 이로써 지혜는 일종의 전통의 자산으로 특징지어진다. 지혜는 하가다적인 일관성을 지니는 진리인 것이다.

진리의 이러한 일관성은 사라져버렸다. 카프카는 이러한 사실을 마주한 최초의 사람은 결코 아니었다. 이미 많은 사람이 진리 또는 그때그때 그들이 진리로 여긴 것에 매달리면서 이러한 사실에 적응했다. 무거운 마음으로 또는 보다 가벼운 마음으로 진리의 전승 가능성을 포기하면서 적응했다. 카프카 특유의 천재적인 면은 그가 전혀 새로운 어떤 것을 실험해보았다는 점이다. 즉 그는 진리의 전승 가능성, 즉 진리의 하가다적인 요소를 붙들기 위해 진리 자체를 단념한 것이다. 카프카의 작품들은 본래 비유들이다. 그러나 그 작품들이 비유 **이상의 것**이 되어야만 했던 점이 그의 문학의 불행이고 그의 문학의 아름다움이다. 그 비유들은 하가다가 할라하에 바쳐지듯이 가르침에 자신을 그저 바치지는 않는다. 그 비유들은 순종하며 몸을 낮출 때에도 불현듯 육중한 앞발을 그 가르침 앞에 내밀고 있는 것이다.

---

44) 벤야민이 스스로를 인용하고 있다. Walter Benjamin, GS, II/2, 442(『벤야민 선집』 제9권. 「이야기꾼」 제4절).

그렇기 때문에 카프카에게서는 지혜가 더는 거론되고 있지 않다. 다만 지혜의 붕괴된 잔해만이 남아 있을 뿐이다. 그 잔해들 가운데 하나는 진실한 것들에 관한 소문이다. (그것은 평판이 좋지 않은 것이나 진부한 것을 숙덕이는 일종의 신학적 유언비어이다.) 다른 하나는 어리석음, 즉 지혜가 지닌 내용을 죄다 내버렸지만, 그 대신에 소문이 한결같이 결하고 있는 호의와 태연함을 보존하고 있는 그런 어리석음이다. 이 어리석음이 카프카가 좋아하는 인물, 즉 돈키호테로부터 조수들을 거쳐 동물들에까지 이르는 카프카적 인물들의 본질이다. (동물적 존재란 그에게는 어쩌면 일종의 수치감 때문에 인간이라는 형상과 인간의 지혜를 포기했음을 뜻했는지도 모른다. 그것은 마치 우연히 어떤 누추한 술집에 들어갔다가 수치감 때문에 자기의 유리잔을 닦아내기를 단념하는 어떤 점잖은 신사와 같은 것이다.) 카프카에게는 적어도 다음의 것들은 분명했다. 첫째로 도와주기 위해서 누군가 한 사람은 바보가 되어야 한다는 점이다. 둘째로 어떤 바보의 도움만이 진정한 의미의 도움이라는 점이다. 분명치 않은 것은 다만 그러한 도움이 인간에게 효력을 미칠 수 있을 것인가 하는 점이다. 오히려 그러한 도움은 어쩌면 천사들에게로 향하는 것인지도 모른다. (〔브로트의 카프카 전기〕 제7장, p. 209. 뭔가 할 일을 얻게 되는 천사들에 대한 구절 참조.) 그런데 천사들은 그런 도움 없이도 해 나갈 수가 있다. 그래서 카프카가 말했던 것처럼 무한히 많은 희망이 있지만 단지 그것은 우리를 위한 희망이 아닌 것이다. 이 문장에는 참으로 카프카의 희망이 담겨 있다. 그것이 그의 빛나는 명랑성의 원천이다.

자네에게 위험한 방식으로 원근법적으로 축소된 이 이미지를 전하지만, 자네가 『유대 룬트샤우』에 실린 내 카프카 논문이 다른 각도에서 전개했던 견해들을 통해 이 이미지를 보다 분명하게 이해할 수 있을 테니 한결 더 마음이 놓이네. 그러나 그때 실렸던 연구가 지금 내 마음에 걸리는 것은 그 연구들에 내재되어 있는 변호적인 기본성격일세. 카프카라는 인물이 지녔던 순수성과 그 독특한 아름다움에 부응하기 위해 우리는 한 가지만은 분명히 유념해야 될 줄로 아네. 그것은 실패한 자의 순수성과 아름다움이네. 이렇게 실패하게 된 정황은 복잡하지. 우리는 이렇게 말할 수 있을지도 모르네. 즉 그가 궁극적으로 실패했다는 것을 확신하게 되자 도중의 모든 일이 꿈속에서처럼 이루어졌다고. 카프카가 자신의 실패를 강조했던 열정보다 더 기억할 만한 것은 없을 걸세. 그가 브로트와 친구관계였다는 것은 내게는 무엇보다 카프카가 자신이 살았던 날들의 가장자리에 그려놓고 싶었던 물음표라네.

이상으로 오늘 쓴 글의 원이 다 그려졌다고 보네. 그 원의 중앙에 자네에게 보내는 충심의 인사를 넣고자 하네.

26a) 벤야민이 숄렘에게(1938년 6월 12일, 파리)(제2부)[45]

동봉한 편지〔즉 위의 제1부〕를 다른 사람도 볼 수 있게 만들기 위해

---

45) Walter Benjamin / Gershom Scholem, *Briefwechsel*, p. 274.

사적인 이야기는 빼는 게 좋겠다고 생각했네. 그렇지만 나를 고취해 준 데 대한 감사의 표시로서 자네에게 매우 사적으로 보내는 편지이 기도 하네. 그 밖에 자네는 이 편지를 그대로 쇼켄에게 전달해 읽게 하는 것이 적절하다고 여기는지의 여부는 나로서는 판단할 수 없네. 어쨌거나 카프카라는 복합적인 문제를 내가 현재 할 수 있는 한 매우 깊이 있게 다뤘다고 자부하네.

27) 벤야민이 숄렘에게(1938년 9월 30일. 스벤보르, 스코브스보스트란트)[46]

자네에게서 아무 소식도 없어 놀라울 따름이네. 〔……〕 내가 다른 연구를 제쳐두고 자네의 긴급한 부탁으로 브로트와 카프카에 관해 엄청나게 상세한 편지를 써 보냈고, 자네는 그에 대해 높이 평가한다 는 짤막한 답변을 보내왔지만, 나는 그와는 다른 답변을 기다렸고 또 기다리고 있네.

---

46) Walter Benjamin/Gershom Scholem, *Briefwechsel*, p. 280.

28) 숄렘이 벤야민에게(1938년 11월 6~8일, 예루살렘)[47]

　내가 아무 소식도 전하지 않은 데 대해 자네가 〔……〕 화를 낼 만하네. 〔……〕

　기대했던 바와는 달리 스위스에서 — 세계사적 사건들이 갑자기 끼어드는 바람에 — 쇼켄을 만나 (차분하게) 이야기할 기회가 없었고, 그래서 자네가 브로트와 카프카에 관해 쓴 편지를 그것이 가야 할 외교적인 경로로 여태껏 보내지 못했네. 그러나 그 밖에 그 편지는 내가 수용했으니 자네는 불평할 필요가 없네. 자네가 취한 관찰방법은 매우 소중하고 전망이 밝은 것 같네. 이때 자네가 잠재적으로 새로운 고찰의 중심에 둔 카프카의 근본적인 실패를 나도 기꺼이 이해하고 싶네. 자네는 이 실패를 기대하지 않았고 놀라운 어떤 것으로 이해하는 듯하네. 왜냐하면 실패라는 것은 성공적이었다고 하더라도 당연히 실패하게 되는 어떤 노력들을 가리키니까 말일세. 자네는 그런 것을 말하려 했던 것 같지는 않네. 카프카는 자신이 말하고자 했던 것을 표현했는지? 분명 표현했을 것이네. 자네가 언급한 하가다적인 것의 이율배반은 카프카적 하가다에만 해당하는 것이 아니고, 오히려 하가다적인 것 자체의 본성에 들어 있네. 카프카의 작품이 정말 자네가 말하고자 하는 의미에서 '전통이 병들어 있음'을 나타내는지? 나는 그와 같은 병듦은 신비주의 전통 자체에 놓여 있다고 말하고 싶네. 즉 전통의 전승 가능성만이 전통의 생생한 부분으로 보존되어 있

---

47)　Walter Benjamin/Gershom Scholem, *Briefwechsel*, pp. 281~86.

다는 것은 전통이 몰락하는 상황에서, 즉 전통의 물마루〔물고랑을 말하고자 함〕에서는 당연한 이치라네. 내가 언젠가 카프카를 두고 토론할 때 자네에게 이와 비슷한 것을 편지에 썼다고 생각하네. 몇 년 전 단순한 전승 가능성에 관한 물음을 내가 수행하는 연구와 연관하여 분명히 써두었을 텐데, 다시 한 번 찾아보고 싶네. 그러니까 그 물음은 몰락하는 유대 신비주의에 나타나는 '성인'의 유형으로서 의인(義人)의 '본질'에 관한 물음과 연관하여 제기되는 것 같네. 지혜가 전통의 재화 중 하나라는 점은 물론 전적으로 옳네. 즉 지혜는 모든 전통의 재화의 본질적인 구성 불가능성을 띠고 있으니까. 지혜란 그것이 성찰하는 곳에서 인식하는 게 아니라 주해하는 어떤 것이네. 자네가 카프카가 실제로 체현하는 지혜의 특수한 경우를 진리의 단순한 전승 가능성의 위기로 서술하는 데 성공한다면 뭔가 대단한 것을 이루게 될걸세. 이 주해자〔카프카〕는 성서를 가지고 있었지만 잃어버렸네. 이제 제기되는 물음은 그가 무엇을 주해할 수 있느냐이네. 나는 자네가 제시한 시각에서 스스로 이 물음들에 답할 수 있을 거라고 생각하네. 그런데 왜 '실패'인지? 실제로 주해를 했고, 그것이 진리의 무이든 아니면 무엇으로 나왔든 간에 말이네. 카프카에 관해 이 정도로 해두겠네. 나는 스위스에서 읽은 『서푼짜리 소설』의 마지막 장을 보고 자네 친구 브레히트가 카프카의 충실한 제자라는 것을 알게 되었네.

브로트에 대해 말하자면 자네는 그에 관해 펼친 논쟁으로 상을 받을 만하네. 자네의 논쟁은 내가 뭔가 첨가할 게 없을 정도로 훌륭하고 옳다고 생각하네. 나도 다름 아닌 바로 자네와 같은 논쟁을 펼치

려고 했네. 다만 이 경우 자네가 선택한 언어가 브로트의 뻔뻔함을
나보다 낫게 촌철살인으로 짚었다고 생각하네.

29) 벤야민이 숄렘에게(1939년 2월 4일, 파리)[48]

카프카의 본질적인 면을 보지 않으려고 작정한 사람으로서 레프
세스토프[49]는 그 작가에 이르는 길을 쉽게 찾아낸 것 같네. 나는 생
각할수록 카프카의 본질적인 면이 유머에 있다는 생각이 드네. 물론
카프카는 유머작가가 아니었네. 오히려 그는 유머를 직업으로 삼은
사람들, 즉 광대들을 도처에서 만날 운명을 지닌 사람이었네. 특히
『아메리카』는 거대한 광대 짓거리이네. 브로트와의 친구관계에 관해
서는 내가 카프카는 하디를 찾아야 하는 귀찮은 의무감을 느낀 로럴
과 같고 바로 그 하디가 브로트라고 말한다면 진실의 흔적을 찾은 셈
이라는 느낌을 갖고 있다네. 어찌되었든 나는 **유대 신학에서 그것의
희극적 측면을 찾아내는** 사람이 카프카를 여는 열쇠를 수중에 넣을
거라고 생각하네. 그와 같은 사람이 과연 있었을까? 아니면 자네가
바로 그런 사람이 될 만한 능력이 있는지? 〔……〕
　서푼짜리 소설의 종결부에 카프카에 관련된 것이 있다고 한 자네

---

48) Walter Benjamin/Gershom Scholem, *Briefwechsel*, p. 293f.
49) Lev Shestov, 1866~1938 : 독일어 이름은 Leo Schestow. 키예프에서 출생한 러시
　　아의 유대계 철학자. 도스토옙스키와 니체로부터 영향을 받았고 실존철학에 경도
　　했다.

말은 무슨 뜻인지?

30) 벤야민이 숄렘에게(1939년 2월 20일, 파리)[50]

그사이에 카프카에 대한 성찰에 다시 한 번 몰두했네. 예전에 쓴
것들을 뒤적거리다가 든 의문인데, 왜 자네는 브로트의 책에 대한 내
비평을 쇼켄에게 여태 전달하지 않았는지 모르겠네. 아니면 그새 전
달했는지?

31) 숄렘이 벤야민에게(1939년 3월 2일, 예루살렘)[51]

자네의 카프카 편지에 답하겠네. 나는 전혀 게으름을 피우지 않았
고 오히려 할 수 있는 한 전략적인 고려를 하면서 이 사안을 진행시
키기 위해 진력했네. 하지만 성공하지 못했네. 즉 나중에 알게 된 사
실인데, 그 사람〔쇼켄〕은 스스로 브로트를 읽지 않았고 처음부터 읽
을 생각이 없었고, 그래서 화가 나네. 그리고 그 책을 요절내는 일에
관한 소식에 전혀 관심이 없었네.[52]〔……〕자네의 편지를 크라프트

---

50) Walter Benjamin/Gershom Scholem, *Briefwechsel*, p. 295.

51) Walter Benjamin/Gershom Scholem, *Briefwechsel*, pp. 297ff.

52) 이에 대해서는 Gershom Scholem, *Walter Benjamin: Die Geschichte einer Freundschaft*,
앞의 책, p. 270도 참조.

앞에서 읽어줄까 하는데, 어떻게 생각하는지? 〔……〕

우리(아내와 나)는 서푼짜리 소설의 종결부〔즉 "가난한 자들의 파운드. 군인 퓨쿰베이의 꿈"〕를 읽고 그게 『소송』의 「성당에서」 장을 유물론적으로 모방한 것이라고 생각했네. 매우 그럴듯하지 않은가?

32) 벤야민이 숄렘에게(1939년 3월 14일, 파리)[53]

지난번 편지에 보낸 내 여러 가지 생각들이 자네 항구에서 하역되지 않은 채 정박해 있는 동안 그보다 더 무거운 짐, 즉 내 무거운 마음을 선적의 한계를 넘어 실은 이 새로운 배가 출항하고 있네. 〔……〕

자네가 쇼켄에게서 뭔가 얻어낼 게 있다면 주저하지 말기 바라네. 카프카 책에 대한 계획을 제안하기 위해 필요한 것들은 자네 수중에 있을 것이네. 물론 나로서는 나의 가능한 연구 분야에서 그가 제안할 수 있는 다른 어떤 청탁이라도 환영할 것이네.

지체할 시간이 없네. 〔……〕

추신: 이 편지에 서명을 하자마자 3월 2일자의 자네 편지가 도착했네. 나는 내가 가진 기회들의 최소 목록에서 쇼켄의 기회를 그나마 괜찮은 기회로 여겼었네.

---

53) Walter Benjamin/Gershom Scholem, *Briefwechsel*, pp. 299ff.

2. 베르너 크라프트와의 서신교환에서

1) 벤야민이 크라프트에게(1934년 7월 말? 스벤보르)[54]

제가 다른 주요 작업이 있는데도 여전히 카프카에 골몰하고 있다고 말씀드리면 놀라지 않으실 겁니다. 외적인 계기를 준 것은 이 연구를 두고 저와 토론하기 시작한 숄렘과의 서신교환입니다. 하지만 제가 하고 있는 생각들은 최종적인 판단을 내릴 수 있기에는 아직은 매우 유동적입니다. 어쨌든 숄렘이 이 사안에 관한 자신의 견해를 일종의 신학적 교훈시의 형태로 적어뒀다는 점이 귀하의 관심을 끌 거

---

54) Walter Benjamin, *Briefe*, p. 615f.

라고 생각합니다.[55] 그 교훈시는 혹시 우리가 파리에서 다시 보게 되면 틀림없이 전해드리지요. 귀하가 짐작하시겠지만 이와는 전혀 다른 방식으로 저는 이 대상을 두고 브레히트와 논의할 기회를 가졌습니다.[56] 그와 나눈 대화들도 제 텍스트에 흔적을 남겼습니다.

2) 벤야민이 크라프트에게(1934년 9월 27일, 스벤보르)[57]

제 카프카 에세이에 대해 코멘트해주시겠다고 하셨는데, 그 코멘트나 그 밖에 해주실 말들을 제 주소로 보내주신다면 정말 감사하겠습니다.

3) 크라프트가 벤야민에게(1934년 9월 16일, 예루살렘)[58]

당신의 카프카 논문을 세 번이나 꼼꼼히 읽고 그에 대해 다음과 같이 전합니다. 제가 받은 전체적인 인상은 의미 있는 논문이라는 겁니다. 이 논문은 카프카를 해명하려는 완결된 시도임이 분명하고, 그

---

55) 이 책 162쪽 참조.
56) 1934년 스벤보르에서 카프카를 두고 브레히트와 나눈 대화를 가리킨다. 이 책 283쪽 이하 참조.
57) Walter Benjamin, *Briefe*, p. 623.
58) Walter Benjamin, GS, II/3, 1167~70.

시도는 세부적으로 어떤 것이 '잘못'됐다거나 달리 봐야 한다는 지적을 통해 반박될 수 없다고 봅니다. 그러한 지적들이 어떤 것이든 간에 논문 전체를 그와 같은 공격에 맞서 온전하게 지키는 것이 당신의 절실한 과제임이 틀림없습니다. 그러기 위해 예를 들어 늪의 세계, 제스처, 망각, 꼽추와 같은 주도적인 생각들이 보다 **더** 분명하게 전개될 필요가 있다고 말하고 싶네요. 독자가 여기서 **무엇을** 기대할 수 있고 또 기대할 수 없는지를 금세 알 수 있도록 말입니다. 이런 의미에서 저는 **제가** 제기할 이의들과 별도로 이 논문의 형식에 문제가 있다고 느낍니다〔벤야민의 메모: 1) 서술형식〕. 형식이 신비주의적이고 거의 비의적입니다. 당신은 현재 우연찮게 브레히트와 이웃하며 지내고 계실 텐데, 그와의 이웃관계를 스스로 달리 추구하지 않으셨다면 — 이 점을 저는 부정할 생각이 전혀 없습니다 — 브레히트야말로 당신에게 그 **이해 가능성**을 새로운 각도에서 보여줘야 할 겁니다. 당신이 파촘킨 등의 비유들을 모두 **빼버리고** 이 논문이 본질적으로 담고 있는 모든 생각들을 냉철한 강연문의 형태로 다시 한 번 쓸 수 있다면 적어도 제게는 무척 매력적으로 보일 것 같습니다. 이 작업을 할 수 없거나 하고 싶지 않으시다면 저로서는 그것도 이해가 가고, 또 저 스스로도 전혀 구현하고 있지 않은 저의 고유한 이상적인 양식을 강요할 생각은 없습니다. — 하지만 당신에게 카프카의 작품은 말하자면 현상적으로 드러나는 겉면과 동일하다는 사실, 당신은 스스로 더 깊은 의미층을 인정하기를 엄격하게 거부함으로써만 당신 자신의 입장을 견지할 수 있다는 사실에 저는 추호의 의심도 들지 않습니다〔벤야민의 메모: 2) 더 깊은 층〕. 논리적으로 그렇습니다. 그러나 제가 당신의 입장을 가능한 한 받아들이려 한다면 당신의 입장 **역시** 작품 속에 내포되어 있다는 점, 그러나 그 입장은 예를 들어 현상학에서 자주 볼 수 있듯이 단지 인위적인 추상화 과정을 통해서만 가시화할 수 있다는 점을 말씀드릴 수 있습니다. 구체적으로 말씀드리자면 제게는 이렇게 보입니다. 당신이 제스처와 극장 등에 관해 말하는 것은 전혀 건드리지 않겠습니다. 당신의 방식 속에서 그것은 설득력 있고 분명합니다. 그러나 당신이 제1장에서 관료와 부친의 세계가 더러움의 측면에서 갖는 연관관계를 강조하고〔벤야민의 메모: 부친의 문제〕, 그에 대한 사례로 「변신」(「선고」가 맞음)에 등장하는 아버지와 그의 더러운 유니폼 등을 끌어들이고자 한다면 그것은 **오로지** 현상적으로만 맞을 뿐이고 구체적으로는 맞지 않습니다. 또한 해석에서 정신분석적 '의미'를 뽑아본다면 예를 들어 〔헬무트〕 카이저〔그의 저작 *Franz Kafkas Inferno*〕는 어떻게 해서 아들이 추락해갈수록 아버지의 더러움이 깨끗함으로 변하는지를 매우 설득력 있게 보여줍니다! 전반적으로 아버지의 문제는, 당신 자신도 보아야 하듯이 당신의 시각에 **한계**가 그어져 있다는 점입니다. 제가 설사 「선고」와 「변신」에 나오는 아버지에 관해 당신과 견해가 일치한다고 하더라도(어쩌면 '오드라데크'에 관한 견해에 가장 먼저 동의할 텐데), 당신이 「열한 명의 아들」에 나오는 아버지를 그 밖의 아버지들과 동일시한다는 것은 믿기 어렵네요〔벤야민의 메모: 열한 명의 아들〕. 그러나 이 문제를 계속 추적하다가는 너무 길어질 것 같네요. 어찌되었든 간에 파춈킨 이야기는 증명력을 보여주기에는 잘못 서사된 것 같다는 인상은 확인되었습니다. 파춈킨의 권위야말로 엉뚱한 서명으로 생겨나지 않습니다. 사람들은 가령 파촘킨의 올바른 서명과 함께 슈발킨이 당돌한 태도로 인해 파면된다는 언급과 같은 것을 보고 싶어 합니다. ― 그다음에 다른 것 좀 이야기해보지요. 당신이 베른하르트 랑 등을 혹평한 구절은 **논리적으로** 완전히 옳지는 않습니다〔벤야민의 메모: 3) 아포리즘〕. 이를테면 당신은 이러한 견해가 유고집〔즉 『중국의 만리장성』〕과 연결되어 있고 그래서 작품 자체를 파고들 필요성을 간과한다고 말합니다. 그러나 이 유고집은 사안 자체를 두고 볼 때 〔카프카의〕 모든 소설들과 똑같이 정당성이 결여된 상태에 있습니다. ― 그런 뒤 당신은 카프카의 의도를 그르치는 두 가지 가능성〔해석방법〕을 언급하면서 그것을 '자연적인' 가능성과 '초자연적인' 가능성이라고 칭합니다. 후자는 명확하지만 전자를 당신은 정신분석적 해석 가능성과 같은 것으로 봅니다〔벤야민의 메모: 4) '자연적' 해석과 '초자연적' 해석〕. 제게는 그것이 불가능해 보입니다. 저는 당신이 여기서 이 낱말들의 안티테제적 매력에 굴복당했다고 믿고 싶네요. (덧붙여 말씀드리자면 **자연적** 해석은 적어도 제게는 진실에 가장 가까이 다가가는 해석인 것처럼 보입니다. 그 점에서 저는 브레히트의 커다란 기회가 감지되는군요. 물론 그에게서 '자연적'인 것과 '초자연적인 것'은 서로 연결되어 있고, 그것도 그 어떤 유한한 존재도 지워버릴 수 없는 '미리 앞서 파악된' 이념을 통해서 연결되어 있을지라도 말입니다!) ― 카프카가 추구한 '가르침'이 빠져 있다는 것과 연관하여 당신이 카프카의 '실패'에 관해 말한 것은 전체의 핵심이라고 봅니다〔벤야민의 메모: 5) 실패〕. 틀림없이 우리는 그렇게 볼 수 있습니다! 그러나 여기서 그렇다와 아니다는 동일한 것이라고 말하고 싶군요. 정신적으로 그처럼 노력을 기울였는데도 '아무런 가르침'도 성취하지 못한 자가 한 개인으로서 성취할 수 있는 것은 얻었으니까요. 즉 '가르침'은 존재하는데, 그것이 그를 넘어선다는 예감 말입니다. ─ 당신이 이 연관에서 [로베르트] 발저의 소설 『조수』에 관해 말한 것은 저를 매료시켰고, 그 독특한 작가에 대한 제 관심을 다시 고취했습니다. 발저의 소설을 다시 읽고 싶네요. 발저와 카프카 사이의 연결고리는 아마도 루트비히 하르트(Ludwig Hardt)겠죠? ─ 당신이 카프카에게서 '동물'에 부여하는 의미는 제게는 문제성이 있어 보입니다 [벤야민의 메모: 6) 동물과 종족]. 제가 보기에 그의 동물이야기들은 대개의 경우 경험적-형이상학적 상황의 비가시적인 부분을 서술하기 위한 기술적 수단에 불과합니다. 이를테면 '요제피네'[「가수 요제피네 또는 쥐들의 종족」] 또는 개가 쓴 수기[「어느 개의 연구」]가 그것입니다. 두 작품 모두에서 '종족'이 서술되고 있습니다. 「거대한 두더지」에는 동물이 전혀 나오지 않습니다. 거기서는 오로지 인간의 상황, 윤리적 상황이 다뤄지고 있으니까요. 「굴」과 「변신」에서는 사정이 이와는 다르고, 당신 견해가 논박할 여지가 없어 보입니다. 그렇지만 여기서 아마 더 섬세하게 정의되어야 할 것입니다. ─ 한 가지만 더 지적하겠습니다! 여성에 대한 당신의 견해입니다! 당신은 여성들을 늪세계의 전형적인 대표자들로 봅니다. 그러나 이 여성들 각각은 **성(城)과 모종의 관계**를 맺고 있고, 그것을 당신은 무시하고 계십니다. 예를 들어 프리다가 자신의 과거에 대해 묻지 않는다고 K.를 비난할 때 그 과거는 '늪'이 아니라 (예전에) 클람과 동거했던 시절입니다. 이것은 가능한 설명방식들 사이의 중심적인 대립으로 이끕니다. 저는 다시 되풀이하지 않겠습니다. ─ 다시 한 번 말씀드립니다만, 당신의 논문을 읽고 무척 많은 것을 배웠습니다. 지금 상황을 보면 그 자체로 불명확한 것을 절대적으로 해명하는 것은 기대하기 어려울 듯합니다. 그러나 당신은 ─ 순수한 방법으로 ─ 시도를 했고, 그 시도는 언젠가는 틀림없이 결실을 맺을 것입니다. ─ 쇼켄 출판사의 새 출판목록에 카프카의 일기가 들어갈 거라고 하네요. 그 밖에 숄렘에 따르면 쉽스가 지금 하선했다고 하네요. 바라건대 설상가상이 되지 않았으면 합니다.

4) 벤야민이 크라프트에게(1934년 11월 12일, 산레모)[59]

지난번에 보내준 당신 편지들을 저는 지금 다시 카프카에 착수하면서 가져온 자료들에 보관해뒀습니다.

이 연구가 '마지막으로' 종결된 순간 연구를 집중적으로 새로이 재개하기로 마음먹었다는 소식을 당신에게 전했는지 모르겠습니다. 그렇게 확신하게 된 데는 여러 상황이 작용했습니다. 첫째로 이 연구는 저를 여러 생각과 숙고들의 교차로로 데려갔고 이 연구에 바친 추가적인 고찰들은 길 없는 지역에서 나침반이 방향을 알려주는 것과 같은 가치를 가져다줄 것으로 기대된다는 경험이 작용했습니다. 그 밖에 이 견해가 어떤 확인을 필요로 했다면 그러한 확인은 이 연구가 친구들 사이에서 불러일으킨 활기차고 다양한 반응들을 통해 제게

---

59) Walter Benjamin, *Briefe*, pp. 627~30.

주어졌을 것입니다. 숄렘이 이 연구에 대해 품고 있는 견해들은 당신도 알고 있을 겁니다. 또한 이 연구에 대해 브레히트 측으로부터 있을 것 같은 반론을 당신이 얼마나 정확하게 알아맞혔는지, 저는 감명을 받았습니다. 물론 이 반론이 한때 매우 격렬하게 펼쳐졌다는 사실을 당신이 알지 못할지라도 말입니다. 이 대상을 두고 올여름에 있었던 매우 중요한 논쟁을 저는 기록해두었습니다. 당신은 그 논쟁의 흔적을 아마 조만간 텍스트 자체에서 보시게 될 겁니다. 그 밖에 당신은 이 이의제기를 어느 정도까지는 자신의 것으로 만드셨군요. 실제로 사람들은 제 논문의 형식을 문제성 있다고 느낄 수 있습니다. 그러나 이 경우에 저는 이 형식 말고 다른 형식을 취할 수 없었습니다. 왜냐하면 저는 제 생각의 흐름을 자유롭게 놓아두고자 했기 때문입니다. 저는 종결짓고 싶지 않았습니다. 역사적으로 볼 때도 아직은 종결할 시간이 아닐 겁니다. 브레히트처럼 카프카를 예언적 작가로 본다면 더더욱 종결할 때가 아니라고 할 수 있지요. 당신도 아시다시피 저는 그 단어〔예언적 작가〕를 직접 사용하지 않았습니다.[60] 그러나 그를 그렇게 볼 여지는 많지요. 어쩌면 저 스스로 앞으로 그런 표현을 쓸지도 모르겠네요.

그러나 제 논문이 강연문의 형태에 가까워진다면 — 나중의 버전에서도 일정한 정도만 그렇게 될 것이라는 생각이 드네요 — 그럴수록 어쩌면 당신이 그 논문의 지금 형태에서보다 훨씬 더 친숙해지기

---

[60] 그러나 벤야민은 「프란츠 카프카: 중국의 만리장성이 축조되었을 때」(이 책 120쪽)에서는 카프카를 예언적 작가로 칭했다.

어려운 모티프들이 그만큼 더 분명하게 드러날 것입니다. 저는 그 가운데 무엇보다 카프카의 실패를 염두에 두고 있습니다. 이 모티프는 카프카를 단호하게 실용주의적〔실제적〕으로 해석하는 제 태도와 긴밀하게 관련됩니다. (더 낮게 표현하자면 이러한 관찰방식은 무비판적인 주해가 지닐 거짓 심오함을 피하려는 대체로 본능적인 시도이자 카프카에게서 역사적인 측면과 초역사적인 측면을 결합하는 해석의 시작입니다. 전자, 즉 역사적 측면이 제가 드린 판에서 아직 부족하게 다뤄졌습니다.) 실제로 저는 — 카프카 자신의 감정, 이 경우 매수할 수 없는 그 순수한 감정과는 반대로 — 그가 실현한 신비주의적 글쓰기를 가정하면서 출발하는 모든 해석은 전 작품의 역사적 매듭을 놓치게 된다고 생각합니다. 카프카에 대한 해석은 그 작가 자신의 그러한 감정, 그것의 올바름, 그리고 필연적으로 실패할 수밖에 없었던 이유들에서 출발해야 합니다. 바로 이 지점에서 정당한 신비주의적 해석 — 하지만 그의 지혜에 대한 해석이 아니라 그의 어리석음에 대한 해석으로 생각될 수 있는 — 의 권리를 인정하는 관찰이 비로소 가능해집니다. 그러한 해석의 권리를 저는 실제로는 부여하지 않았습니다. 그러나 제가 카프카에 덜 호응했기 때문이 아니라 너무 많이 호응했기 때문입니다. 어쨌거나 숄렘은 제 현재의 논문이 넘어서 나아가고자 하지 않는 어떤 한계들을 매우 분명하게 느꼈습니다. 카프카의 '법' 개념을 지나치고 있다고 숄렘이 저를 비난하는 것을 보면 알 수 있습니다. 나중에 기회가 되면 어째서 카프카에게서 '법' 개념은 — '가르침'의 개념과는 반대로 — 대부분 가상적인 성격을 띠고 원래 일종의 모조품인지를 보여주겠습니다.

지금으로서는 이 정도로 해두겠습니다. 당신에게 지금 버전을 한 부 전해드릴 수 없는 것이 안타깝군요. 이 논문이 이런 형태나 그 밖의 다른 형태로 인쇄될 전망이 하나도 보이지 않기 때문에 더더욱 안타깝습니다. 그에 따라 외적인 측면에서도 이 논문은 극한의 장소에 있는 셈이고, 아마도 제가 종결짓고 싶은 이 '에세이'의 관찰방식으로 저를 이따금 되돌아가게 하는 데 적합한 것 같습니다. 마가레테 주스만의 논문(「프란츠 카프카에게서 욥의 문제」[61])에 대한 힌트를 주신 데 대해 감사드립니다. 「낡은 쪽지」[62]에 대한 당신의 주해를 보내준다면 더더욱 감사하겠습니다.

5) 벤야민이 크라프트에게(1934년 11월 12일, 산레모)[63]

당신이 지난 번 편지에서 제 카프카 논문에 대해 제기한 이의들이 제 감정을 상하게 했을지 모른다고 지난 엽서에서 추측하신 것은〔합당치 않습니다.〕당신에게 그에 상응하는 것을 모험하지 않고서 확언하건대 제기된 여타 이의들 외에 당신이 제기한 것들이 마치 탄약차들 가운데 깃털 달린 화살들로 나타난다는 점입니다. (그렇다고 그 화

---

61) Margarete Susman, "Das Hiob-Problem bei Franz Kafka", in: *Der Morgen*, Jg. 5, Berlin, 1929, Heft 1, pp. 31~49.

62) Franz Kafka, "Altes Blatt", in: *Ein Landarzt,* Kleine Erzählungen, München / Leipzig, 1919.

63) Walter Benjamin, *Briefe*, p. 643f.

살들이 독화살들이라고 비방하려는 건 결코 아닙니다.) 다른 논문들과 달리 이 논문을 두고 일어난 논쟁들이야말로 이 영역에서 오늘날 사유의 전략적 지점들 상당수가 놓여 있다는 점, 그리고 그 사유를 계속 강화하고자 하는 제 노력이 전혀 쓸모없는 것이 아니라는 점을 확인해주는군요.

3. 테오도르 W. 아도르노와의 서신교환에서

1) 아도르노가 벤야민에게(1934년 12월 5일, 옥스퍼드)[64]

〔베를린의〕유년시절의 새 단편들과 특히 카프카 논문은 무척 반갑고 흥미롭게 읽을 겁니다. 우리 모두 지금껏 카프카를 해명하는 발언을 해야 할 의무를 져왔지요. 그 의무는 특히 크라카우어가 가장 크게 지고 있고요. 카프카를 실존주의 신학으로부터 해방하고 다른 신학으로 풀어내는 일이 얼마나 시급한지 모르겠습니다. 어쨌거나 저희가 다시 만날 때까지 상당한 시간이 걸릴 테니까 지금 그 논문을

---

64) Walter Benjamin, GS, II/3, 1173.

들여다볼 수 있겠는지요?

2) 아도르노가 벤야민에게(1934년 12월 16일, 베를린)[65]

〔에곤〕비싱(Egon Wissing) 덕택에 당신의 카프카 논문〔즉 카프카 에세이 개정판 한 부〕을 들여다볼 수 있었고, 오늘은 이 논문의 모티프들에서 각별한 인상을 받았다는 것만 말씀드립니다. 크라우스 에세이[66] 이후 당신에게서 받은 가장 방대한 논문이네요. 조만간 좀더 상세하게 언급할 시간을 낼 수 있기를 기대해봅니다. 다만 제3장 말미에 주의력을 기도(祈禱)의 역사적 형상으로 정의한 부분이 제게 엄청 와 닿았다는 점을 강조하는 것으로 제 코멘트의 서막을 올릴까 합니다. 그 밖에 제게는 철학의 핵심적인 부분에서 저희가 일치하고 있다는 사실이 이 논문에서보다 분명하게 드러난 적이 없습니다!

3) 아도르노가 벤야민에게(1934년 12월 17일, 베를린)[67]

벤야민 씨, 급한 차에 번갯불에 콩 볶아먹듯 — 지금 펠리치타스

---

65) 앞의 책, 같은 곳.

66) Walter Benjamin, GS, II/1, 334~67(『벤야민 선집』 제9권 참조).

67) Theodor W. Adorno, *Über Walter Benjamin*, hg. und mit Anmerkungen versehen von Rolf Tiedemann, Frankfurt a. M., 1970, pp. 103~10, 177~79.

〔그레텔 아도르노를 부를 때 벤야민이 쓴 명칭〕가 귀하의 카프카 논문을 나한테서 막 가져가려고 해서요. 여태 고작 두 번밖에 못 읽었는데 말입니다 — 지난번 말씀드린 대로 약속을 지킬 것이며 그리고 몇 마디 덧붙이고자 합니다. 제가 주제넘게도 아직 미완성인 이 어마어마한 토르소의 완성된 형태를 추측해보거나 심지어는 '판단'할 수 있다고 생각해서는 아니고요. 그보다는 그전에 즉각적으로 든 감사의 마음, 진정 엄청난 감사의 뜻을 표명하기 위해서입니다. 우리의 철학적 일치점이 여기에서보다 더 완벽하게 의식되었던 적이 없다는 말을 서두에 꺼낸다고 해서 터무니없다고 생각하진 마십시오. 제가 시도해온 것 중 가장 오래된, 그러니까 9년이나 끌고 있는 카프카 해석[68]을 언급하면서 시작하겠습니다. 이 해석에서 저는 카프카가 구원받은 삶의 관점에서 이승에서의 삶을 찍은 사진 한 장과 같다고 봤습니다. 사진에는 이 이승의 삶에서 검은 천의 뾰족한 모서리 하나만 보입니다. 그런데 이 사진에 보이는 엄청나게 전치된 그 이미지의 시각은 바로 비스듬히 세워진 카메라의 시각 자체라는 것입니다. — 귀하의 분석이 이 구상을 제아무리 멀리 넘어서고 있다고 할지라도 저희의 일치점에 대해 다른 말이 필요치 않습니다. 그러나 이것은 그와 동시에, 그리고 매우 원론적인 의미에서 '신학'에 대한 입장에도 해당

---

68) 십중팔구 인쇄되지 못하고 분실된 것으로 추정된다. — 슈베펜호이저. 나중에 아도르노는 「카프카 소묘」라는 제목으로 카프카 전반에 대한 장문의 논문을 쓴다. Theodor W. Adorno, "Aufzeichnungen zu Kafka", in: *Die Neue Rundschau*, 1953(테오도어 W. 아도르노, 홍승용 옮김, 「카프카 소묘」, 『프리즘: 문화비평과 사회』, 문학동네, 2004. — 옮긴이).

됩니다. 제가 귀하의 파사주로 들어가는 입구 앞에서 신학에 대한 입장을 내놓으라고 촉구했기 때문에 우리가 품었던 생각들이 사라지는 것을 기꺼이 보고 싶은 신학의 상(像)이 바로 귀하의 생각들에 자양을 제공하는 상이라는 사실이 제게는 이중으로 중요하게 느껴집니다. 그것을 '역(逆)'신학(inverse Theologie)이라고 부를 수 있겠습니다. 자연적 해석에 반대하고 그와 동시에 초자연적 해석에도 반대하는 입장을 매우 예리하게 표명하셨는데, 그 입장이 바로 제 자신의 입장으로 여겨지네요. — 제 키르케고르 책[69]에서 관건이었던 문제도 바로 그 것이었습니다. 그리고 귀하가 카프카를 파스칼이나 키르케고르와 연결하는 것을 비웃기 때문에 상기시켜드리는데요, 키르케고르 책에서 저는 키르케고르를 파스칼과 아우구스티누스와 연결하는 데 마찬가지의 조소를 퍼부었답니다. 하지만 그에 반해 저는 키르케고르와 카프카의 연관성은 고수하고자 하는데, 그것은 결국 변증법적 신학의 관계입니다. 이 관계에 대한 변호인으로 카프카 앞에 나서려는 이가 쉽스[70]입니다. 그런데 이 관계는 오히려 귀하가 바로 '문자'와 관련해서 말하는 구절에 들어 있는데, 문자와 관련해서 귀하는 카프카가 그

---

69) Theodor W. Adorno, *Kierkegaard. Konstruktion des Ästhetischen*, Tübingen, 1933.

70) 쉽스는 1931년 막스 브로트와 함께 유고집 『중국의 만리장성이 축조되었을 때』를 편집했다. 아도르노는 두 편집자가 작성한 후기를 거론하는 것인데, 이 후기에서 쉽스는 카프카에 관한 연구서를 발표할 거라고 예고하면서 자신은 "프란츠 카프카의 저작 전체에 대한 상세한 해석"을 시도할 것이며, "카프카의 저작은 궁극적으로는 — 서구 역사의 세속화 과정이 진척됨에 따라 이루어지게 된 — 유대교가 계시에 대해 갖고 있는 이해가 부정적으로 현실화되는 현상을 표현한 것일 수 있다"라고 쓰고 있다(p. 258).

문자가 남긴 유물로 생각했던 것이 사실은 그 문자의 선구들로 더 잘, 즉 사회적으로 이해될 수 있다고 결정적인 언급을 하고 계십니다. 그리고 이것이 실제로 우리의 신학의 암호적 성격입니다. 다른 어떤 것도 아니고, 한치도 덜한 것이 아닙니다. 그런데 그 신학이 여기서 그렇게 엄청난 힘으로 터져 나온다는 사실, 제게는 이것이 제가 『파사주』의 첫 단편들을 접한 이래로 귀하가 이룬 철학적 성취를 보여주는 가장 훌륭한 보증입니다.[71] — 우리의 견해가 일치하고 있는 부분으로 저는 음악에 관해 쓰신 문장들, 그리고 축음기와 사진에 관해 쓰신 문장들도 포함시키고 싶습니다.[72] 제가 1년 전쯤 음반의 형식에 관해 쓴 글이 있습니다.[73] 이 글을 저는 귀하의 『독일 비애극의 원천』의 한 구절[74]에서 힌트를 얻어 쓰기 시작했고 그와 동시에 사물적 소외와 이면성의 범주도 사용했는데, 카프카 논문에서 귀하에 의

---

71) 아도르노는 방해를 받지 않고 작업하기 위해 쾨니히슈타인 임 타우누스(Königstein im Taunus)와 근처의 크론베르크(Kronberg)에 자주 머물렀는데, 벤야민이 1928~30년에 그곳을 종종 방문했다. 특히 1929년 9~10월에 벤야민은 그곳에서 『파사젠베르크』의 '초기의 구상들'을 호르크하이머와 아도르노에게 읽어줬다. Walter Benjamin, GS, V/2, 1082 참조.

72) 카프카 에세이, 이 책 107쪽과 70쪽 참조.

73) 아도르노는 이 논문을 '헥토르 로트바일러'라는 가명으로 발표했다. Hektor Rottweiler, "Die Form der Schallplatte", in: 23. Eine Wiener Musikzeitschrift, 1934년 12월 15일, Nr. 17~19, pp. 35~39. 이 논문은 다음의 전집에 실려 있다. Theodor W. Adorno, Gesammelte Schriften, Bd. 19, pp. 530~34.

74) 벤야민이 "바벨탑 이후 모든 인간의 마지막 언어인 음악"을 규정하는 구절을 가리킨다. Walter Benjamin, GS, I/1, 388. 아도르노는 앞의 음반 형식 관련 논문에서 이 구절을 출전 표시 없이 인용한다(Theodor W. Adorno, Gesammelte Schriften, Bd. 19, p. 533).

해 구성된 것과 거의 똑같은 의미로 사용했습니다. 몇 주 내로 이 논문을 보내드리겠습니다. 그리고 무엇보다 아름다움과 희망 없음에 대해 쓰신 구절도 중요합니다. 그런데 공식적인 신학의 입장에서 시도된 카프카 해석들의 무가치함을 지적하면서도 친화력에서 군돌프[75]의 무가치함을 드러낼 때처럼 충분히 설명하지 않은 점은 아쉽네요. (덧붙여 말씀드리는데, 정신분석적인 카이저의 상투어들은 저런 부르주아적 심오함에 비하면 진리를 덜 위조하는 편입니다.) 프로이트에게서 유니폼과 아버지의 상은 같은 것에 속합니다.

귀하는 이 논문이 '미완' 상태라고 하시는데, 제가 그렇지 않다고 반박해봤자 그냥 관습적으로 해보는 어리석은 소리로 들릴 겁니다. 이 논문에서 의미심장한 것이 단편적인 것과 얼마나 긴밀하게 연결되어 있는지를 귀하는 정확하게 알고 계십니다. 그렇기는 해도 이 논문이 『파사주』의 앞에 놓인다는 이유 때문에 미완성이라는 지위 부여가 전적으로 부당하지만은 않을 수도 있겠다는 생각이 들긴 합니다. 왜냐하면 이것이 바로 그 논문의 미완성 상태이기 때문입니다. 원사(原史, Urgeschichte)와 모던의 관계가 아직 개념으로 부각되지 않았고, 카프카 해석의 성공은 최종적으로 그것에 달려 있을 수밖에 없습니다. 맨 처음 드러나는 빈자리는 초반에 루카치를 인용하면서 역사적 시대와 우주적 시대의 안티테제를 언급하는 부분입니다. 이 안티테제는 단순한 대조가 아니라 변증법적으로도 그 자체가 생산적이 될

---

75) 벤야민은 「괴테의 친화력」에서 프리드리히 군돌프의 괴테 해석 방법론을 철저하게 비판한다. 『벤야민 선집』 제10권, 116쪽 이하 참조.

수 있을 겁니다. **우리**에게 시대라는 개념은 전적으로 비실재적이며 (우리가 공공연한 의미에서의 데카당스[퇴보]나 진보를 알지 못하듯이 말입니다. 귀하 스스로 여기에서 그런 의미를 파기하고 계시지요.) 오로지 우주적 시대만이 석화된 현재의 외삽(Extrapolation, 추론)으로서 존재할 뿐이라고 말하고 싶네요. 저는 귀하만큼 기꺼이 이 문제에서 이론적으로 저를 시인해줄 사람이 없다는 것을 압니다. 그러나 카프카에게 서는 우주적 시대라는 개념이 헤겔적인 의미에서 추상적으로 남아 있습니다. (덧붙이자면 귀하 자신은 의식하지 못하실 테지만, 이 논문이 헤겔과 얼마나 밀접한 관계에 있는지를 보면 놀랍습니다. 예를 들자면 이런 것들입니다. 무Nichts와 어떤 것Etwas에 대해 언급하신 구절[76]은 헤겔에게서 존재-무-생성 개념 운동의 정곡을 찌르고 있습니다. 또한 신화적 법이 이 법에 의한 죄로 전복된다는 코엔의 모티프는 물론 유대교 전통에서 나온 것이지만, 그에 못지않게 분명 헤겔의 법철학에서 따온 것입니다.) 이것은 무엇보다 카프카에게서 원사의 상기(Anamnesis)가 — 또는 원사에서 '망각된 것'이 — 귀하의 논문에서 주로 태곳적[원시적][77] 의미에서 해석되었지 충분히 변증법적인 의미에서 해석된 것이 아니라는 사실을

---

76) 카프카 에세이, 이 책 105쪽 이하 참조.

77) 'archaisch'(영어 : archaic, 프랑스어 : archaïque)는 벤야민의 글들에 대한 아도르노의 논평에서 종종 등장하며 주로 충분히 변증법적으로 사유하지 못한 채 소박하게 상정한다는 비판의 의미를 함축한다. 이 용어를 나는 '태곳적', '원시적', '고풍스러운' 등으로 번역한다. 원래 아르카익(Archaik)은 고대 그리스에서 기원전 8세기 중반부터 기원전 480년 제2차 그리스-페르시아 전쟁까지의 기간을 뜻하며, 이 기간은 그리스 암흑시대 다음이자 고전기 그리스 이전에 해당하는 시기에 해당한다. 시대 구분과 정의는 학자들마다 상이하고 우리말로 흔히 고졸기(古拙期)로 번역한다. 고졸기는 '원시적' '고대의'라는 뜻의 그리스 단어 'ἀρχαῖος'에서 유래한다.

말해줍니다. 즉 이렇게 해서 이 논문은 바로 파사주의 입구로 떠밀려 올라가는 것입니다. 이것이 제가 여기서 끝으로 바로잡아야 할 부분입니다. 왜냐하면 귀하의 경우와 똑같은 퇴행, 즉 신화 개념을 불충분하게 표현한 점이 제 키르케고르 책에서도 발견된다는 점을 잘 알고 있기 때문입니다. 제 키르케고르 책에서 신화 개념은 진정 논리적 구성으로 지양되기는 했지만, 구체적으로 지양되지는 못했습니다. 그러나 바로 그렇기 때문에 제가 이런 지적을 할 수 있는 것입니다. 제시된 일화들 중 하나가, 즉 카프카의 어린 시절의 사진이 해석되지 **않은** 상태로 남은 것은 우연이 아닙니다. 그 사진에 대한 해석은 사진 촬영의 불빛 속에서 일어나는 우주적 시대의 중화현상에 비견될 수 있을 것입니다. 그런데 이것은 있을 수 있는 모든 불일치의 구체적인 모습을 뜻합니다. 여기서도 태곳적에 사로잡혀 있다는 징후, 신화적 변증법이 수행되지 않은 채로 머물러 있다는 징후입니다. 그러한 불일치 가운데 가장 중요한 것은 오드라데크의 경우인 것으로 보입니다. 왜냐하면 오드라데크를 '전세와 죄'로부터 출현하게끔 할 뿐, 귀하가 문자의 문제 앞에서 설득력 있게 포착하는 바로 그 서막으로 다시 읽지 않는다는 것은 태곳적인 상태일 뿐이기 때문입니다. 오드라데크가 머무는 장소가 바로 가장의 집이 아니던가요? 그가 바로 그 가장의 **걱정**과 위험이 아니던가요? 그의 존재를 통해 피조물의 죄 관계가 지양되는 상태가 상징적으로 예시되어 있지 않나요? 그 걱정은 — 참으로 거꾸로 선 하이데거라고 할 수 있는데 — 바로 집이 지양되는 가운데 보이는 **희망**의 암호, 아니 희망의 가장 확실한 약속이 아닐까요? 분명히 오드라데크는 사물세계의 이면으로서 왜곡되어 있

음의 표지입니다. 그러나 그 자체로 바로 초월의 모티프입니다. 즉
유기체적인 것과 비유기체적인 것 사이의 경계 없애기와 그 둘의 화
해 또는 죽음의 지양이라는 모티프입니다. 즉 오드라데크는 '살아남
습니다.' 달리 말해 사물적으로 전도된 삶에 자연의 연관관계로부터
의 탈출이 약속되고 있는 것입니다.[78] 여기에 '구름' 이상의 것, 즉 변
증법이 들어 있고, 구름의 형상은 물론 '해명'할 수는 없지만 철저히
변증법적으로 사유할 수는 있습니다. 말하자면 〔구름을〕 우화
(Parabel)들의 비로 내리게 할 수 있지요. 이것이 카프카 해석의 가장
내밀한 사안으로 남습니다. '변증법적 이미지'를 이론적으로 명확하
게 표현하는 것과 같은 것이지요. 아니, 오드라데크는 너무도 변증법
적이어서 그에 관해서는 정말로 "아무것도 아닌 것처럼 모든 것이 다
잘 되었다"[79]라고도 말할 수 있습니다. — 신화와 동화에 관한 구절
도 이와 똑같은 문제 복합체에 속합니다. 여기에서는 우선 동화가 간
계를 통한 신화의 극복이나 신화의 분쇄로 등장한다는 데 대해 실제
적으로 이의를 제기할 수 있겠네요. 마치 아테네 비극작가들이 동화
작가들인 듯 말입니다. 그들은 궁극적으로 동화작가들인 셈이지요.
그리고 마치 동화의 핵심 인물들이 신화 **이전적**인, 아니 선악과를 먹
기 이전의 세계에 해당하지 않는 것처럼 말입니다. 그 핵심 인물은

---

78) 〔원주〕 제가 다른 맥락에서 '사용가치'와 직접 연결시키는 데 반대하는 가장 내적인
근거가 여기에 있습니다.

79) Theodor W. Adorno, *Der Schatz des Indianer-Joe. Singspiel nach Mark Twain*, hg.
und mit einem Nachwort versehen von Rolf Tiedemann, Frankfurt a. M., 1979,
p. 95 참조.

우리에게 **사물적으로** 암호화되어 나타납니다. 귀하의 논문에서 비난받을 수 있는 사실적인 '오류들'이 바로 여기에서 시작한다는 점이 무척 기이합니다. 왜냐하면 제 기억이 완전히 잘못되지 않았다면 유형지에서 죄수들은 등 위에뿐만 아니라 온몸에 기계로 글씨가 새겨지기 때문입니다. 심지어 기계가 죄수들을 뒤집는 과정에 대한 묘사도 있지 않습니까. (이해하는 순간에도 주어지는 이 뒤집기가 이 이야기의 핵심입니다. 그 밖에도 이 이야기의 중심부는 귀하가 정당하게 거부하는 아포리즘들[80]처럼 모종의 관념론적 추상성을 띠고 있는데. 이 이야기의 엉뚱한 결말, 즉 찻집 탁자 아래 전임 사령관의 무덤에 관한 장면을 잊어서는 안 될 것입니다.) "시골 성당 축성기념일이나 아동축제"라는 표현이 나오는 자연극장에 대한 해석 역시 제게는 원시적으로 보입니다. 1880년대 대도시에서 열린 가수들의 축제라는 이미지라면 틀림없이 더 진실했을 것입니다. 모르겐슈테른의 '마을공기'는 저에게는 늘 의심스러웠습니다. 카프카가 종교의 창시자가 아니라면 — 귀하가 제대로 보신 것입니다! 그는 정말로 그런 사람이 아니지요! — 그는 또한 틀림없이 유대교를 정신적 고향으로 삼는 작가가 결코 아니었습니다. 여기서 저는 독일인과 유대인의 결합을 언급한 문장들[81]이 결정적이라고 느낍니다. 천사들의 어깨에 동여맨 날개들은 결함이 아니라 천사들의 '특징'입니다. 그 날개, 그 진부한 가상이 희망 자체이고, 이러한 희망 외에 다른 희망은 없습니다.

---

80) 「죄, 고통, 희망과 진실한 길에 대한 성찰」을 가리킨다.

81) "그것은 독일 민중의 밑바닥이기도 하고 유대 민중의 밑바닥이기도 하다"라고 언급한 문장.

여기서부터, 즉 태고의 현대로서 이 가상의 변증법으로부터 귀하가 적절하게도 논문의 중간부분에 처음으로 배치하신 극장과 제스처의 기능이 완전히 열리는 것 같습니다. 소송의 어조가 전적으로 이러한 유에 속합니다. 우리가 제스처의 동기를 찾아보려고 한다면 제 생각으로는 그것을 중국연극에서보다는 '현대'에서, 즉 언어의 사멸에서 찾아봐야 할 것입니다. 카프카의 제스처들에서는 사물들에 관한 말들을 탈취당한 피조물이 방출되어 나옵니다. 그리하여 그 제스처는 귀하가 말하는 것처럼 분명 깊은 숙고나 기도로서의 공부를 통해 해명됩니다. 그것을 '실험적 배치'로 이해할 수는 없을 것 같네요. 그리고 이 논문에서 낯설게 생각되는 유일한 것은 서사극의 범주들을 끌어들이고 있는 부분입니다. 왜냐하면 신 앞에서만 연기하는 이 세계극장은 그것을 무대로서 하나로 묶게 될 그 어떤 외부의 입장도 허용하지 않기 때문입니다. 당신이 말씀하시듯이 이 극장 속의 하늘이 그림액자에 갇혀 벽에 걸릴 수 없는 것처럼 장면 자체를 위한 어떤 무대의 틀이라는 것이 존재하지 않습니다. (경주로 위에 펼쳐진 하늘이라면 모르겠지만요.) 그렇기 때문에 구원의 '극장'으로서의 세계라는 구상에는 이 단어를 언어 없이 넘겨받는 가운데 다음과 같은 사실이 본질적으로 포함됩니다. 즉 카프카의 예술형식은 (물론 직접적으로 가르침을 전하는 것을 거부한 뒤에도 예술형식은 도외시될 수 **없습니다**) 연극적 형식과는 극단적인 안티테제의 관계에 있고 바로 소설이라는 사실입니다.

그래서 제가 보기에 브로트는 영화를 진부하게 상기하는 말로 스스로 예감할 수 있었던 것보다 훨씬 정확하게 맞힌 것 같습니다. 카프카의 소설들은 실험극장을 위한 연출교본들이 아닙니다. 왜냐하면 그 소설들에는 실험에 개입할 수 있을 관객이 원칙적으로 배제되어 있기 때문입니다. 오히려 그의 소설들은 무성영화와 연결되는 사라져가는 마지막 텍스트들입니다. (무성영화가 카프카의 죽음과 거의 동시에 사라졌음은 괜한 일이 아니겠지요.) 제스처들의 이중적 의미는 (언어의 파괴와 함께 일어나는) 무언성(無言性) 속으로 침잠하는 것과 음악을 통해 그 무언성으로부터 일어서는 것 사이의 이중적 의미입니다. 그래서 제스처-동물-음악의 짜임관계를 보여주는 가장 중요한 작품으로 어느 개의 기록에 나오는 소리 없이 음악을 하는 일군의 개들에 대한 이야기[82]를 꼽을 수 있으며, 저는 이 작품을 주저하지 않고 산초 판사 곁에 두고자 합니다. 그 작품을 끌어들이면 여기서 많은 점을 해명할 수 있을 겁니다. 단편(斷片)의 성격에 대해서도 한마디 하겠습니다. 망각과 기억의 관계는 분명히 핵심적인 부분이지만 제게는 아직 명백하게 와닿지 않는데, 보다 더 분명하고 강하게 표현될 수 있을 것입니다. 또 호기심 때문에 '성격 없음'(Charakterlosigkeit)에 관한 구절에 대해 말씀드리고자 합니다. 제가 작년에 「획일주의」라는 소논문[83]을 쓴 적이 있는데, 여기에서 개인의 성격이 말소된 현상을 귀하와 똑같이 긍정적으로 받아들였습니다. 또 한 가지 호기심이 일어 말씀드리지만, 봄에 런던에서 각양각색의 런던 시내버스 차표 모

---

82) Franz Kafka, "Forschungen eines Hundes", in: *Gesammelte Schriften*, Bd. V, Prag, 1936.

83) "Gleichmacherei": 1934년 1월 18일에 제목 없이 쓴 메모. *Frankfurter Adorno Blätter III*에 실렸다.

델에 관해 쓴 글[84]이 있는데, 귀하의 『베를린의 유년시절』에 나오는 색채 이야기[85]와 희한하게 공명하더군요. 펠리치타스가 제게 그 부분을 보여주어서 읽어보았습니다. 그러나 무엇보다 기도로서의 주의력을 언급한 부분이 지니는 의미를 강조하고 싶네요. 귀하의 글들 중 이보다 더 중요한 것은 없다고 생각합니다. ― 또한 이 글만큼 귀하의 내밀한 모티프들에 관해 더 정확하게 해명해줄 수 있는 것도 없을 것입니다.

귀하의 카프카를 통해 우리 친구 에른스트 〔블로흐?〕의 악행이 그야말로 속죄되는 것 아닌가 하는 생각이 들 정도입니다.[86]

4) 벤야민이 아도르노에게(1935년 1월 7일, 산레모)

지금쯤 귀하는 〔프랑크푸르트에서 다시 영국으로〕 돌아가 계실 거라 추측하며 12월 17일자 귀하의 긴 편지에 대한 답장을 쓰려고 합니다. 답장 쓰기를 주저한 면도 있네요. 편지가 너무도 중요하고 내용이 곧바로 사안의 정곡을 찌르고 있기 때문에 편지로 답을 할 수 있을지 막막하기 때문입니다. 그럴수록 귀하의 열정적인 관심이 저를 얼마

---

84) 이 수기는 1934년 4월 22일에 쓴 것으로 *Frankfurter Adorno Blätter II*(München, 1993)에 실렸다.

85) Walter Benjamin, GS, IV/1, 263(『벤야민 선집』 제3권).

86) 블로흐가 카프카에 관해 쓴 구절은 Ernst Bloch, *Erbschaft dieser Zeit*, Zürich, 1934, p. 182 참조.

나 기쁘게 했는지 귀하에게 다시 한 번 확인해드리는 일이 더욱더 중요하다고 생각합니다. 저는 귀하의 편지를 읽었다기보다는 연구했다고 해야겠습니다. 한 문장 한 문장 곰곰이 생각해보도록 촉구하는 편지였습니다. 귀하는 저의 의도를 아주 정확하게 꿰뚫어보고 계십니다. 그래서 귀하께서 오류라고 지적하시는 부분이 제게는 매우 중요한 의미를 지닙니다. 우선 고풍스러운 것을 극복하는 데서 결함이 보인다고 한 귀하의 지적이 그에 해당합니다. 그러니까 우주적 시대와 망각의 문제에 대해 귀하가 보이신 의구심이 각별히 중요하게 여겨지네요. 그 밖에도 저는 '실험적 배치'라는 용어에 귀하가 제기한 이의를 아무런 조건 없이 수용합니다. 그리고 귀하께서 무성영화에 관해 주신 매우 중요한 소견들을 깊이 숙고할 것입니다. 귀하가 "어느 개의 기록"을 특별히 강조해서 언급하신 정황이 제게는 하나의 힌트가 되었습니다. 바로 이 작품이 ― 정말 유일하게도 ― 카프카 논문이 진행되는 동안 제게 지속적으로 낯선 채로 남아 있었고 그래서 ― 펠리치타스에게 털어놓기는 했습니다만 ― 이 작품도 제게 본래적 의미를 드러내야 할 거라는 점을 숙지했습니다. 귀하의 지적이 이 기대를 충족해주었습니다.

이제 두 장이 출간되었으므로 ― 첫째 장과 셋째 장이지요 ― 새 판을 쓸 수 있는 길이 열렸습니다. 하지만 그 길이 출판에 이르는 길이 될지, 그래서 쇼켄이 증보판을 단행본으로 내줄지는 아직 알 수 없네요. 다시 손보는 작업은 지금 제가 전망하기로는 특히 넷째 장에 해당될 것 같은데, 이 장에 큰 역점을 두고 있음에도 불구하고 ― 또는 어쩌면 너무 큰 역점을 둬서 그런지 ― 귀하나 숄렘 같은 독자들에게서조차도 입장표명을 이끌어내지 못하고 있는 상태입니다. 그 밖에 지금까지 들을 수 있었던 견해들 가운데는 브레히트의 것도 빠지지 않습니다. 그래서 전체적으로 볼 때 이 넷째 장 주변에 제가 열심히 들어야 할 음향이 형성되었다고 할 수 있습니다. 현재로서는 일련의 성찰들을 모아보았는데, 그 성찰들이 원래의 카프카 텍스트에 어떻게 반영될지는 신경 쓰지 못한 상태입니다. 그 성찰들은 '비유 대 상징'의 관계를 중심으로 배열되고 있습니다. '우화 대(對) 소설'의 대립 구도보다 이 관계를 통해 카프카의 작품들을 규정하는 이율배반을 더 적절하게 파악했다는 생각이 드네요. 카프카에게서 소설형식을 더 상세하게 규정하는 작업이 필요하다는 점에서는 귀하와 같은 생각이고 아직 결여된 부분입니다만, 이 작업은 우회로를 통해서만 해낼 수 있을 것 같습니다.

저는 이 물음들 중 많은 것이 우리가 다음번에 다시 만날 때 아직 열려 있기를 바라는데, 아마 그렇게 될 것 같습니다.

5) 아도르노가 벤야민에게(1935년 8월 2일, 호른베르크)

상품을 변증법적 이미지로 이해한다는 것은 또한 상품을 그것의 몰락의 모티프로서, 그리고 그것의 '지양'의 모티프로서 이해한다는 것을 뜻하지요. 옛것으로의 단순한 퇴행으로 이해하지 않는 것입니다. 상품은 한편으로는 소외된 것으로서 거기서 사용가치는 소멸되지만, 다른 한편으로는 살아남은 것이기도 합니다. 낯설게 되어 직접

성을 넘어선 것이지요. 상품들에서 우리는 불멸성의 약속을 갖게 되며, 인간을 위해서 그 약속을 갖는 게 아닙니다. 그리고 물신은—귀하가 정당하게 설정한 바로크 책과의 관계를 계속 밀고 나가자면—19세기에 대해서 보자면 마치 그냥 해골처럼 어떤 불충한 마지막 이미지입니다. 제가 보기에 이 지점에 카프카의 결정적인 인식적 성격이, 특히 쓸모없이 살아남는 상품으로서 오드라데크의 인식적 성격이 놓여 있는 것 같습니다. 이 동화에서 초현실주의가 종말을 고한다고 할 수 있습니다. 비애극이 햄릿에서 끝나듯이 말입니다. 그러나 사회 내적으로 볼 때 이것이 의미하는 것은, 사용가치라는 단순한 개념은 상품적 성격을 비판하는 데 결코 충분할 수 없고, 단지 분업 이전의 단계로 눈을 돌리게 할 뿐이라는 점입니다. 이것이 제가 베르타〔Berta, 브레히트의 가명〕에 대해 늘 지녀온 유보적 감정의 본래 내용입니다. 그의 '집단'이라든지 직접적인 기능 개념이 그래서 늘 의심스러웠던 겁니다. 그러니까 그 자체가 '퇴행'으로 보였습니다.

6) 벤야민이 아도르노에게(1938년 6월 19일, 파리)

제가 최근에 몰두한 문학 연구에 관해 두 가지만 알려드리지요. 그대들〔아도르노와 그레텔〕은 그 사이 이에 관해 몇 가지를 〔이 무렵 뉴욕에 있었던〕 숄렘을 통해 들으셨을 줄 압니다. 특히 브로트의 카프카 전기를 다루었다는 것을 들으셨겠지요. 카프카에 관해 제 에세이와는 다른 관점에서 출발하는 해석 몇 가지를 메모할 기회를 얻었습니다(벤야민이 숄렘에게 보낸 편지 26번 참조). 그러면서 테디(Teddie, 벤야민이 아도르노를 부를 때 쓴 명칭)가 카프카에 관해서 쓴 1934년 12월 17일자 편지를 다시 꺼내 큰 관심을 갖고 연구했습니다. 그 편지는 설득력이 있는 반면, 그 자료들에서 함께 찾아낸 (페터 폰) 하젤베르크(Peter von Haselberg)의 (출간되지 않은) 카프카 논문은 허접하더군요.

7) 벤야민이 아도르노에게(1939년 2월 23일, 파리)

귀하가 유형(Typus)에 대해 생각해보도록 여러 자극을 주신 데 대해 제가 감사하고 있음을 아실 것입니다.[87] 제가 그것을 넘어섰다면 그것은 『파사젠베르크』 자체의 원초적 의미에서였습니다. 이때 발자크는 말하자면 떨어져 나갔습니다. 발자크는 여기서 유형의 희극적인 측면이나 섬뜩한 측면을 형상화하지 못했기 때문에 단지 일화적인 중요성만 띨 뿐입니다. (이 두 측면을 함께 가지고 가는 일은 제 생각으로는 카프카에 와서야 드디어 실현된다고 생각합니다. 카프카에게서는 발자크적인 유형들이 견실하게 가상 속에 자리 잡고 들어앉았습니다. 그 유형들은 '조수' '관리' '마을주민' '변호사'와 같은 인물이 되었고, K.는 유일한 인간으로서, 그에 따라 어느 면에서나 평균치로 볼 때 전형적이지 않은 존재로 그들에 맞서 있습니다.)

---

87) 이에 대해서는 1939년 2월 1일자 아도르노의 편지 참조. Walter Benjamin, GS, I/3, 1107~13.

8) 벤야민이 아도르노에게(1940년 5월 7일, 파리)

후고 폰 호프만스탈의 경우 제가 중요하게 여기는 한 측면을 주목하지 않으셨더군요.[88] 〔……〕 이 율리안, 최고의 것에 참여하기 위해 눈 깜짝할 동안만큼만 의지를 내려놓는 헌신의 한순간만이 결여된 이 남자〔『탑』Der Turm[89]에 나오는 인물〕는 바로 호프만스탈 자신의 자화상입니다. 율리안은 왕자를 배신하지요. 호프만스탈은 찬도스 경의 편지[90]에 등장하는 과제에서 등을 돌립니다. 그의 '언어상실'은 일종의 형벌이었습니다. 호프만스탈이 잃어버린 언어는 같은 시기에 카프카에게 주어진 바로 그 언어일지 모릅니다. 왜냐하면 카프카는 호프만스탈이 도덕적으로 실패했고 그에 따라 문학적으로도 실패하게 된 그 과제를 떠맡았기 때문입니다.

---

88) 슈테판 게오르게와 호프만스탈에 대해 쓴 에세이를 가리킨다. Theodor W. Adorno, *Gesammelte Schriften*, Bd. 10, hg. von Rolf Tiedemann, Frankfurt a. M., 1977, pp. 195~237.

89) Hugo von Hofmannsthal, *Der Turm*, Ein Trauerspiel in fünf Aufzügen, München, 1925. 벤야민은 이 작품에 대해 두 번 서평을 쓴다. Walter Benjamin, GS, III, 29~33, 98~101 참조.

90) "Chandosbrief", in: Hugo von Hofmannsthal, *Gesammelte Werke*, Bd. 2, Berlin, 1924, pp. 175~88, 여기서는 p. 187.

카프카 관련 수기들

1. 수기들(1928년까지)

a. 카프카의 『소송』에 관한 노트

이 연구는 게르하르트 숄렘에게 바칠 것이다.

사무실이 있는 다락방들에서 빨래를 말린다.

뷔르스트너 양의 빨래탁자를 방 한가운데로 밀려는 시도

자신과 천장 사이로 베개를 밀어넣는 사람들

의미층에서 최상위 층: 신학. 체험층에서 가장 깊은 층: 꿈

머리의 자세: 성당에서, 처형될 때, 또는 그 밖에

문지기의 이야기가 갖는 기능. 주해에 대한 보충설명. 이 이야기가
헤벨의 이야기와 지닌 유사성

'결정': 소송의 한 단계로서의 처형. 목소리가 결론을 내린다.

창녀들의 의미

법원공간들의 공기에 관하여. 죽은 자들에게서 뿜어 나오는 열기

꿈의 층위가 신학적 층위로 전환하는 현상을 거주공간과 법원공간의 의사소통에서 전개할 것

붕괴의 잔재이자 불행에 대한 예감으로서의 '양심'

프롤레타리아 구역과 법조인들 숙소로서의 프롤레타리아들의 숙소들에 대한 해석

『변신』과의 비교. 『소송』에는 동물이 나오지 않는다는 점을 언급할 것.

로베르트 발저의 동화희극들과의 비교

성당에서 실수로 너무 시끄러워짐.

종교재판적이고 생리적인 고문기구로서의 법원. 종교재판정과의 비교.

삽입된 이야기에 대한 주해에서 '문지기'라는 '신비적' 개념을 탈마법화하기.

이 이야기의 명명할 수 없음: 제목이 없음. 이 이야기는 그 자체가 아라비아나 히브리의 트락타트 제목의 차원에서 살아 있음

아그논(Agnon)과의 비교

이 소설에서 모든 공간은 밀어넣은 것들이고, 모든 공간을 소설에 밀어넣을 수 있다. 성당, 법정, 사무실, 유곽, 계단 복도, 아틀리에, 가구가 비치된 방, 회랑

매우 중요한 물음: 어째서 피고들의 '고통'을 묘사하는 데 거의 한

마디도 사용하지 않았을까?

교체 가능한 인물들? 감독 대리인, 뷔르스트너 양, 여주인의 조카: 급히 조달한 남자들.

기다림이라는 신학적 범주를 이 소설로부터 구성할 것. '유예'라는 신학적 범주도 마찬가지임. 법원 질서에서 '유예'. 그 질서의 가장 중요한 요인은 소송절차가 차츰 판결로 넘어간다는 점이다. 기다림: 이를 위해 우선 언제, 어디서, 얼마나 자주 주인공이 '기다리는' 모습으로 묘사되는지를 추적할 것. 기다린 날로서의 형벌의 일요일과 지옥의 일요일.

법원 규약 전체를 모으기.

판사의 초상들이 지니는 의미. 초상들이 문틀 위에 단두대의 칼날로 매달려 있음. 칼데론의『끔찍한 괴물, 질투』와 비교할 것.

뷔르스트너 양이 소설의 다른 인물들 모두와 대조되는 모습을 어떻게 설명할 수 있을까?

〔여기서 손상된 하단에 두 줄이 빠져 있는데, 첫 줄 끝:〕 스트린드베리, 『다마스커스로』

"상(賞) 또는 벌 …… 영원성의 두 형식" 보들레르,『인공낙원』, 파리, 1917, p. 11.

욕지기와 수치심. 이 두 정서의 관계와 그것이 카프카에게서 지니는 의미.

Ms 673, p. 77f.[1]

---

1) 여기 번역한 수기들은 Walter Benjamin, GS, II/3, 1190~1264, '카프카에 관한 부

b. 어느 비의(秘儀, Mysterium)의 이념

역사를 하나의 소송(Prozeß)으로 기술하기. 이 소송에서 인간은 말 없는 자연의 대리인으로서 창조에 대해, 그리고 약속된 메시아가 오지 않은 데 대해 고소(Klage)를 제기한다. 그러나 재판정은 미래에 올 것에 대한 증언을 청취하기로 결정한다. 미래를 느끼는 시인, 미래를 보는 조각가, 미래를 듣는 음악가, 미래를 아는 철학자가 등장한다. 비록 모두가 메시아의 도래를 증언함에도 불구하고 그들의 증언은 서로 일치하지 않는다. 판결을 내리지 못하는 재판정은 감히 자신의 우유부단함을 자인하려 하지 않는다. 그리하여 새로운 고소가 끊이지 않고 새로운 증인들도 끊임없이 등장한다. 고문과 수난도 있다. 배심원들은 살아 있는 사람들로 이루어져 있는데, 이들은 인간인 원고와 증인들 모두를 똑같이 의심하면서 듣는다. 배심원 자리는 그들의 자손들에게 세습된다. 마침내 배심원들은 자신들의 자리에서 쫓겨날지도 모른다는 불안에 휩싸인다. 마지막에 그들은 모두 도망가 버리고, 원고와 증인들만 남게 된다.

Ms 780[2)]

록(Paralipomena zu Kafka)에서 그대로 가져온 것이다. 몇 가지 예외적인 경우는 별도로 표시했다. 'Ms'(=Manuskript)와 숫자는 베를린 소재 '벤야민 아카이브'에 보관된 유고에 들어 있는 각각의 원고를 분류하여 붙인 표시이다.

2) Walter Benjamin, *Gesammelte Briefe*, 6 Bde., Hrsg. von Christoph Goedde und Henri Lonitz, Frankfurt a. M., 1995~2000, Bd. 3, p. 303. 숄렘은 벤야민에 대한 회고록에서 벤야민이 그에게 보낸 1927년 11월 18일자 편지에 별도로 첨부한 이 쪽지 글을 처음으로 소개한다(게르숌 숄렘, 최성만 옮김, 『한 우정의 역사: 발터 벤야민

2. 수기들(1931년까지)

a. 쓰이지 않은 한 에세이와 1931년 강연을 위한 수기들

카프카에 관한 글의 구성 계획

카프카는 인류 전체를 후방으로 향하게 둔다.

그는 현재는 말할 것도 없고 수천 년간의 문화적 발전을 치워버린다.

을 추억하며」, 한길사, 2002, 257쪽 이하 참조). 그는 이 글이 "카프카의 『소송』이 벤야민에게 끼친 영향의 최초의 증거"라고 해석한다.

그에게서 세계는 그 자연의 측면을 두고 볼 때 바흐오펜이 창녀적 단계라고 부른 단계에 있다. 카프카의 소설들은 일종의 늪의 세계에서 펼쳐진다.

이 세계가 — 우리의 세계가 아니라 — 바로 카프카가 자신의 책들에서 유대인들의 율법세계와 대결시키는 세계이다.

카프카는 마치 토라가, 그 토라 안에 들어 있는 인류의 — 비록 실종되었지만 — 전사적 단계에 훨씬 더 어울린다는 것을 실험적으로 입증하려는 듯이 보인다.

그러나 토라 안에서도 이 단계는 완전히 실종되지 않았다. 정화(淨化)나 음식물과 관련된 율법들은 이제는 그러한 방어조치 외에 더는 아무것도 남아 있지 않은 전세와 관련된다.

달리 말해 할라하에만 인류의 이 아득한 존재방식의 흔적들이 아직 남아 있다.

카프카의 책들은 이 할라하에 대한 누락되어 있는 하가다를 담고 있다.

그러나 그의 책들은 이 하가다적인 텍스트와 내밀하게 결합된 형태로 어떤 예언적인 텍스트를 담고 있다.

인류의 창녀적인 자연존재에 유대인들은 형벌을 맞세운다.

예언자는 미래를 형벌의 측면에서 바라본다.

도래하는 것은 그에게 최근에 지나간 어떤 원인에 대한 결과로서가 아니라 어떤 죄, 경우에 따라 오래전에 저지른 죄에 대한 형벌로 귀속된다.

그런데 카프카에 따르면 우리에게 곧 다가올 미래가 형벌로 귀속되는 죄는 인류의 창녀적 존재이다.

바로 다가올 이 미래에 대한 예언은 카프카가 보기에는 사람들이 그의 저작에서 유일하게 찾아내고자 하는 유대교 신학담론들보다 훨씬 더 중요하다. 형벌은 형벌을 내리는 자보다 중요하다. 예언은 신보다 더 중요하다.

그에 따라 우리에게 가장 익숙한 환경인 현재는 카프카에게서 완전히 배제된다. 그의 모든 관심은 실제로는 새로운 것이라 할 그 형벌, 즉 그 빛 속에서 죄가 이미 구원의 첫 단계가 되는 그러한 형벌에 쏠려 있다.

Ms 212

수기 1

변호사가 된 알렉산더의 군마 부세팔루스의 이야기는 알레고리가 아니다. 카프카에게서는 역사의 위대한 인물들, 아니 위대한 권력들에 대해서는 법정 외에 더는 아무런 공간도 존재하지 않는 듯이 보인다. 법체계가 그들에게 모두 의무를 지운 듯이 보인다. 민간신앙에 따르면 사람들은 죽은 뒤 — 영이나 유령으로 — 변하는 것처럼 카프카의 경우에 사람들은 유죄가 된 뒤에 법정 인물들로 변하는 것 같다.

카프카에게서 두 명의 조수, 두 명의 형리, 세 명의 하숙인, 세 명의 젊은이와 같은 숫자의 형상들을 해석할 필요가 있다. 「광산 방문」에서는 여섯 번째와 일곱 번째 사람이 나중에 조수들이 무엇이 될지를 보여주고 있다.

제복이나 상의에 달린 금단추를 상부와의 연관을 나타내는 엠블럼으로 볼 수 있다. 「변신」에서 아버지나, 「광산 방문」에서 하인, 『소송』에서 재판소 직원들이 그들이다.

카프카에게서 어쩌면 이성보다는 옛 신화적 요소들을 토대로 형성되었을 삶의 이미지들이 해체되고, 일시적으로 새로운 삶의 이미지들이 생겨난다. 그러나 신화적 요소들이 형성될 때 나타나는 바로 이 순간적인 것, 신화적 요소들 속에 조성되어 있는 이 해체현상이 여기서 결정적이다. 그것은 좋은 일이고, 보통 여기서 논의되고 있는 '새로운 신화'의 반대이기도 하다.

사람들은 바흐오펜이 세 명의 베 짜는 늙은 여인들에게서 알고 있는, "쳐다보지 않은 채 〔베를〕 짜는 일"을 『소송』과 『성』의 주요 인물들에게서도 엿볼 수 있다. 그에 비해 조수들은 산만하다.

카프카의 작품: 건전한 인간오성이 병들었음. 속담도 병들었음.

Ms 209

수기 2

"그에게는 두 명의 적이 있다. 하나는 그를 뒤에서부터, 즉 원천으로부터 밀어붙인다. 두 번째 적은 그가 앞으로 나아가는 길을 가로막는다. 그는 이 둘과 싸운다"(『중국의 만리장성이 축조되었을 때』, p. 224).[3]

다음의 노트는 매우 중요하다. "그는 예전에 한 유력한 집단의 일원이었다"(『중국의 만리장성』, p. 217). 왜냐하면 첫째로 이 집단은 분명히 의미가 없지 않은 조각상들의 집합에 속하기 때문이다(오클라호마의 천사들 참조). 둘째로 이 노트에 따르면 그는 그 집단에서 탈퇴했다. 이것은 아마도 중국 동화들에서 말하는, 상 안으로 들어가기와 짝을 이룰 것이다.

대중에 의해 인지된 말, 제스처, 사건들은 개인들에 의해 인지된 것들과는 다르다. 그러나 거대한 대중의 고요함 속에서 개인에게도 이미 인지영역(Merkfeld)이 변한다. 예를 들어 슈베이크와 같은 유형은 대중의 사유 앞에서 매우 행복하게 항복한다. 카프카의 경우에는 아마 갈등을 일으킬 것이다. "그는 자기의 개인적인 삶을 위해 살고 있지 않다. 그는 자기의 개인적 사고를 위해 사고하지 않는다. 그는 마치 가족의 강요 아래서 살고 사고하는 것처럼 보인다"(『중국의 만리장성』, pp. 217~18).

"그에게는 자기망각만 빼고 모든 게 허용되어 있다"(『중국의 만리장성』, p. 220). 상 안으로 들어가는 이는 살았던 순간의 어둠으로부터 벗어나기는 한다. 그러나 카프카는 그 어둠에서 달아나는 것이 아니라 그 어둠을 뚫고 들어간다. 그러기 위해 그는 삶의 말라리아 같은 공기를 깊이 들이마셔야 한다.

혁명적 에너지와 약점은 카프카에게서 동일한 상태의 양면이다.

---

3) 이하 이 단편모음집에서 인용할 때 제목을 『중국의 만리장성』으로 축약함. 이 모음집에 실린 단편들 목차는 115쪽 각주 1번 참조.

그의 약점, 그의 딜레탕티슴, 그의 준비되지 않은 상태가 혁명적이다 (『중국의 만리장성』, pp. 212~13).

카프카는 무(無)를 늘 "자신의 요소로 느꼈다"라고 말한다. 무슨 뜻일까? 창조적 무차별성? 열반?(『중국의 만리장성』, p. 216)

"한 마리의 쥐며느리라도 몸을 숨기려면 비교적 커다란 틈새가 필요하지만" 그가 연구하고 관찰하고, "작업하는 데는 전혀 아무런 자리도 필요하지 않다. 심지어 최소한의 틈새가 없는 곳에서도 그러한 연구 · 관찰 · 작업은 서로 침투하면서 수천수만의 수로 불어나 살 수 있다"(『중국의 만리장성』, p. 215).

널빤지 칸막이벽을 원숭이가 머리로 두드려본다(『시골 의사』,[4] p. 159). "그 자신의 앞이마의 뼈가 길을 차단하고 있다"(『중국의 만리장성』, p. 213). 이마로 땅에 돌진하기이다(『중국의 만리장성』, p. 82).

변신의 모티프에서 중요한 것은 그 변신이 카프카에게서 양방향으로 진행된다는 점이다. 즉 원숭이가 사람이 되고, 그레고르 잠자는 동물이 된다.

학술원에 드리는 보고: 여기서 인간이 되는 것이 출구로 나타난다. 아마 인간이 된다는 것이 이보다 더 철저하게 의문시될 수는 없을 것이다.

"상징내용의 완결성 측면에서 동화와 신화를 비교할 수 있다"라고 〔헬무트〕 카이저〔*Franz Kafkas Inferno*, Wien, 1931〕(p. 3)가 카프카의 저작에 대해 지적한 것은 정당하다.

---

4) 단편모음집 『시골 의사』에 실린 단편들 목차는 117쪽 각주 2번 참조.

쥘리앵 그린(Julien Green)에게서 모든 인물들을 지배하는 본래의 악덕이 성급함이라면 카프카의 경우에는 게으름이다. 사람들이 후텁지근한 악취로 가득 찬 습한 공기 속에서 움직인다. 이들에게 정신집약보다 더 멀리 떨어진 것은 없다. 특히 여성 인물들에게서 그들이 성교할 태세가 되어 있는 것과 그들의 게으름 사이에 연관이 존재한다는 점은 분명하다.

Ms 210

다음은 『관찰』과 그 이후 카프카의 작품들 사이의 중요한 상응관계들이다.

"다른 사람들을 동물적 시선으로 바라보다"(p. 34). 이것은 여기서 "무덤 같은 마지막 평온"의 표현으로 나타난다〔결심〕.[5]

{"장식에 잔뜩 붙어 더는 제거할 수 없는 먼지가 묻은" 옷(p. 64).

---

[5] 벤야민이 『관찰』(Franz Kafka, *Betrachtung*, Leipzig: Ernst Rowohlt Verlag, 1912)에서 인용하는 해당 단편의 제목을 괄호〔 〕안에 명기한다. 『관찰』에 실린 단편들과 해당 쪽수는 다음과 같다.
「국도 위의 아이들」(Kinder auf der Landstraße), 1; 「사기꾼의 탈을 벗기다」(Entlarvung eines Bauernfängers), 17; 「갑작스러운 산책」(Der plötzliche Spaziergang), 27; 「결심」(Entschlüsse), 32; 「산으로의 소풍」(Der Ausflug ins Gebirge), 36; 「독신자의 불행」(Das Unglück des Junggesellen), 39; 「상인」(Der Kaufmann), 42; 「멍하니 밖을 내다보다」(Zerstreutes Hinausschauen), 51; 「집으로 가는 길」(Der Nachhauseweg), 53; 「스쳐 지나가는 사람들」(Die Vorüberlaufenden), 56; 「승객」(Der Fahrgast), 59; 「옷」(Kleider), 63; 「거부」(Die Abweisung), 66; 「남자 기수들을 위한 숙고」(Zum Nachdenken für Herrenreiter), 70; 「골목길로 난 창」(Das Gassenfenster), 75; 「인디언이 되고픈 소망」(Wunsch, Indianer zu werden), 77; 「나무들」(Die Bäume), 79; 「불행하다는 것」(Unglücklichsein), 80.

결국에는 얼굴도 "먼지투성이에다 온갖 사람에게 보였으니 더는 들고 다닐 수 없게" 됐다(p. 65)}[6] 〔옷〕.

상인은 "마치 물결 위를 가듯이 걸어가고, 양손의 손가락으로 딱딱 소리를 내며, 마주 오고 있는 아이들의 머리를 쓰다듬어준다"라고 설명한다(p. 46). 아이들의 천사: "날아가렴"(p. 48). 그 밖에도 여기서 『아메리카』의 흔적을 볼 수 있다〔상인〕.

"그대 가족으로부터 완전히 벗어나게 되고"(p. 30). 그런 직후 마치 말하는 자가 한 마리 말로 변신하는 일이 일어나는 것처럼 들린다〔갑작스러운 산책〕.

{「불행하다는 것」: 글을 쓰는 사람은 "마치 경주로(競走路)에서처럼" 좁다란 양탄자 위를 내달린다(p. 80).} 그런 뒤 이 관찰의 중심 인물로 유령 같은 아이가 등장한다. 머리를 "층계의 둥근 천장 아래에서 굽혀야만" 하는 남자(p. 98).

「거부」에서 여자는 옷차림이 구식이다(p. 68). 자동차의 움직임도 구식이다(p. 67). 말들은 소음을 끌고 오면서 그 피곤한 남자의 머리를 아래로 끌어내린다(p. 76).

「남자 기수들을 위한 숙고」는 다시 경주 트랙을 강조하지만, 그 경주 트랙과 말들을 이러한 운영방식 전체에 맞서 보호하려는 듯이 보인다.

"모두가 프록코트〔연미복〕 차림인 것은 당연하다"(p. 37). ― 이 아

---

6) 여기서 쓰인 중괄호 { }는 앞으로도 마찬가지이지만, 벤야민의 원고에서 지워진 구절과 단락을 나타내며, 이것들이 보통은 완결된 텍스트나 더 개선된 텍스트 초안에서 사용되었음을 나타내는 표시이다.

무도 아닌 자들 말이다. 『소송』에서 형리들도 같은 차림이다〔산으로의 소풍〕.

{"나는 문 두드리는 모든 소리에 당연히 책임이 있다"(p. 54)〔집으로 가는 길〕.}

{「사기꾼의 탈을 벗기다」 — 조수들에 대한 예비연구.}

{이웃 나라들은 시야에 들어오는 가까운 거리에 있었을 것이다.}
〔카프카 에세이의 해당 구절 참조. 이 책 84쪽.〕

Ms 211

수기 3

{카프카적 불안의 이중적 얼굴: 〔빌리〕 하스가 그 불안을 어떻게 해석하는지, 그리고 그것이 우리를 통해 어떻게 일어나는지. 불안은 공포와 달리 어떤 반응이 아니라 일종의 기관(器官)이다.}

{"카프카에게 중요한 사실들의 세계는 끝을 내다볼 수 없었다."}

카프카에게서 이름들은 그가 기억하는 내용들을 압축한 것이다. 그것은 연상적 글쓰기 방식과는 반대이다. 민중문학에서의 이름들 — 요제프 K.의 의미.

카프카의 '파우스트 문학'. 목표설정에서의 차이, 구원해주는 자에서의 차이. 그리하여 결국 파우스트적인 것에서 남는 것은 별로 없다. 이 문학도 오히려 모든 카프카 문학이 그렇듯이 일종의 실패에 관한 문학이다. "하는 족족 잘못되었다." 그러나 이처럼 실패하는 가운데 침적물 속에서나 들쥐, 말똥구리, 두더지 등 가장 밑바닥 층의 피조물에게서 인류의 새로운 상태가, 새로운 법을 듣는 새로운 귀가, 새로운 상황을 보는 새로운 시선이 마련되고 있다.

{몇 주 전에 『중국의 만리장성이 축조되었을 때』가 출간되었다. 나는 그로써 카프카의 창작이 — 거의 모두 유고의 형태로 — 살아 있는 사람들에게 전해지는 작품들의 계열이 고갈되었다고 생각하지 않는다. 우리는 적어도 반쯤 완성된 위대한 작품들, 특히 『성』의 변형들과 그에 대한 연구들이 많이 있을 거라고 기대한다. 카프카가 누구였는지는 그 자신도 명확하게 말하고 싶지 않았다. 사람들은 그가 끊임없이 자신에 대한 연구에 몰두했지만 거울 한 번 들여다보지 않았던 사람이었다는 전설을 만들 수 있을 것이다. 자신이 누구였는지를 그 스스로 말하고 싶지도 않았고, 자기 이름의 K., 장편 소설들에서 주인공의 이름이기도 한 그 이름을 웅얼거리며 나지막하게, 수줍어하며 잠깐 언급하는 것 외에 달리 언급하지도 않았으며, 우리 자신도 그를 모른다. 따라서 여러분은 여기서 내게서 그 이야기를 듣지 못할 것이다.} 〔『중국의 만리장성이 축조되었을 때』 강연문, 이 책 117쪽 이하 참조.〕

{일단 형식문제에 머무른다면 우리는 그의 위대한 작품들은 소설이 아니라 단편(短篇, 이야기)들이라는 명제를 증명하는 데서 많은 시사점들을 기대할 수 있을 것이다.}

{나는 그 밖에도 성이 있는 산기슭의 마을에서 『탈무드』의 전설이 펼쳐지는 마을을 다시 알아볼 수 있다고 생각한다.} 〔『중국의 만리장성이 축조되었을 때』 강연문, 이 책 122쪽 참조.〕

{〔카프카〕 사후의 명성, 그리고 그 명성이 카프카 저술들의 비밀적

성격에 대해 갖는 관계}

{『소송』에서 '죄'를 해석하는 일: 망각}

{그러나 다른 한편 인간에게 그의 죄를 증명하는 것이 때때로 상위의 권력들에 부여된 위안 없는 과제이기도 한 것 같다. 그런데 그 권력들이 극한적인 것을 감행할 결심이 서 있다고 하더라도(『성』, p. 498) 그 과제를 안고 있는 그들의 처지는 방어하는 입장에 있는 인간의 처지와 마찬가지로 희망이 없다.}

{어떻게 보면 세 소설 모두 고독이 특징이다. 그러나 이 고독은 낭만적인 종류의 고독이 아니다. 그의 주인공들을 특징짓는 것은 내적인 영혼의 고독이 아니라 외부에서 강제된 고독이다.}

상위의 사람들이 얼마나 깊이 추락했는지, 그래서 그들이 가장 밑바닥에 있는 사람들과 완전히 같은 단계에 있게 됐는지. 사람들은 그들 한가운데에 있다. 카프카적 위계질서의 모든 단계의 존재들 사이에 은밀한 불안의 연대가 지배한다. 그리고 인간이 이러한 난혼의 상태에서 탈출할 길을 텄던 산초 판사를 카프카는 어떤 구원의 징표로 환영했는지. (이에 대해서는 플로베르의 일화인 「그들은 진실 속에 있다」 참조. 〔소설『성』에 대한 막스 브로트의 후기에서 인용.[7]〕)

{단편(斷片)들이 완결되어 있지 않은 것이 이 책들에서 본래 은총이 펼쳐지는 곳이다.}

「일상의 혼란」 — 이것은 아마 오클라호마의 자연극장에서 상연되는 작품일 것이다. 그 밖에 이 단편은 「이웃 마을」과 똑같이 시간의

---

7) Max Brod, "Nachwort", in: *Das Schloß*, München, 1926, p. 485.

왜곡을 보여주는 사례이다.}

많은 공간에서 낮은 천장이 사람들로 하여금 구부린 자세를 취하게 한다. 마치 그들이 짐을 지고 있는 것 같은데, 그 짐은 분명 그들의 죄이다. 다른 한편 그들은 간혹 자신과 천장 사이에 끼워넣는 베개를 갖고 있다. 다시 말해 그들은 자신들의 죄와 함께 안락하게 지낼 줄 안다〔『중국의 만리장성이 축조되었을 때』 강연문, 이 책 119쪽 참조〕. 그들은 법정 장소에 나타날 때면 매우 따뜻하게 느낀다. 틀림없이 너무 따뜻할 것이다. 하지만 무엇보다 그들은 추위에 떨 필요가 없고 여기서도 일종의 안락함을 누린다. 그로써 모든 안락함이 참으로 이중적 의미를 띤 모습으로 등장한다는 것은 카프카의 의미에서 볼 때 맞다. 「변신」에서 해충이 소파 아래에서 머리를 쳐들 수 없는 모습을 참고할 것.

원숭이 우리의 널빤지들에 난 틈새와 티토렐리의 널빤지 문에 난 틈새.

Ms 213

수기 4

〔…… 상단이 찢겨나갔음〕카프카
〔…… 찢겨나갔음〕작성하기 전에 히에로니무스 보스[8]의 그림들을 연

---

8) Hieronymus Bosch, 1450~1516 : 르네상스 시기 네덜란드의 화가.

구하는 것이 유용하다. 보스의 괴물들은 〔…… 찢겨나갔음〕 어쩌면 카프카의 그림들과 친화성이 있을 것이다.

〔…… 찢겨나갔음〕 게오르크 셰러(Georg Scherer)

『관찰』

{카프카의 작품들이 어떻게 성장했는지. 『소송』은 「심판」에서(또는 「법」에서 ─「저택의 문을 두드림」도 여기에 속한다), 『아메리카』는 「화부」에서 자라나왔다.}

{〔한 단어 해독 불가〕 냉철함을 지닌 사람의 이름들은 그가 쓴 것의 요구, 즉 글자 그대로 받아들여줄 것에 대한 요구를 확정한다.}

카프카를 해석하는 데 실제적 열쇠 하나를 채플린이 손에 쥐고 있다. 채플린은 추방당하고 박탈당한 상황, 인간의 영원한 고통이 오늘날 삶의 특수한 상황, 화폐제도, 대도시, 경찰 등과 일회적인 방식으로 결합된 상황들을 연출하는데, 그와 마찬가지로 카프카의 경우에도 모든 사건이 야누스의 얼굴을 보여준다. 다시 말해 까마득하고 초역사적이면서도 최근의 저널리즘적 현재성을 띤다. 어쨌거나 이러한 이중성을 탐구하는 사람만이 신학적인 연관관계에 관해 말할 자격이 있을 것이다. 반면에 이 두 요소 가운데 첫 번째 것에만 주목하는 사람은 그런 자격이 없음이 분명하다. 그 밖에도 이러한 이중성은 작가로서 카프카의 태도에서도 똑같이 관철되고 있다. 즉 그는 민중달력과 같은 문체를 쓰면서 비예술적인 것에 닿아 있는 단순성의 태도로, 당시 표현주의만이 발견할 수 있었던 서사적 인물들을 추적한다.

{카프카의 세계에 접근하려는 시도에서 두 가지 근본적인 오류가 있

는데, 직접적으로 자연적인 해석이 그 중 하나이고, 직접적으로 역사적인 해석이 다른 하나이다. 전자는 정신분석적 해석이 대표하고, 후자는 브로트가 대표한다.}

{도(道)를 "스스로 '무'임으로써 어떤 것을 '유용하게 만드는' 것"으로 묘사하는 것은 카프카의 많은 진술과 말들의 어조에 들어맞는다. (산초 판사는 도인이다.)}[9]

{"그에게는 바로 충만한 세계 전체가 유일하게 현실적인 것으로 여겨진다. 모든 정신은 그 자리와 존재할 권리를 얻기 위해서 사물적이 되어야 하고 또 각각 구별되어야 한다. …… 정신적인 것은 그것이 여전히 어떤 역할을 수행하고 있는 한, 유령들이 된다. 이들 유령들은 전적으로 개성이 있는 개체들이 되며 독자적 이름을 갖고 있고 또 경배자의 이름과 특별하게 결합된다. 이들은 그의 조상의 영들이다. …… 충만한 세계는 의심할 나위 없이 이들 유령들로 가득 차게됨에 따라 더욱더 넘쳐나게 된다. …… 유령의 무리는 이에 아랑곳하지 않고 점점 더 많이 몰려온다. …… 새 유령들이 끊임없이 옛 유령들에 더해지고, 모든 유령이 독자적 이름을 갖고 다른 유령과 구별된다." 그런데 여기서 이야기되고 있는 것은 카프카가 아니라 중국이다. 프란츠 로젠츠바이크가 중국의 조상숭배를 이렇게 묘사하고 있다(『구원의 별』, Frankfurt a. M., 1921, pp. 76~77).[10] 그리고 이 측면에서 카프카의 세계와 중국인들의 세계의 놀라운 유사성은 카프카의

---

9) 카프카 에세이, 이 책 105쪽 참조.
10) 카프카 에세이, 이 책 96쪽 참조.

작품들에서 아버지에 대한 표상 뒤에 오히려 조상들에 대한 표상을 찾아볼 수 있다는 것을 시사한다. 물론 그것의 반대상인 자손들에 대한 표상도 찾아볼 수 있다.}

{오스카 바움(Oskar Baum)은 『문학세계』에 발표한 한 논문에서 카프카의 인간이 자신 속에서 치러내는 모종의 의무들 사이의 갈등에 대해 말한다. 이러한 생각이 상투적이기는 해도 이러한 서술에 바로 이어서 하는 다음의 말은 매우 설득력이 있다. "이러한 의무들이 모순관계에 있다는 비극성은 거의 웃음을 자아내는 섬뜩한 모습으로 언제나 주인공의 죄로 느껴진다. 하지만 이 죄는 뭔가 매우 잘 이해할 수 있는 것, 거의 자명한 것이라는 속성을 지닌다." 실제로 카프카에게서는 뭔가 나쁜 것, 혼란스러운 것, 타락한 것을 마치 귀찮으면서도 오랫동안 친숙한 것처럼 바라보는 삐딱한 시선처럼 특징적인 것도 거의 없다.}

카프카의 주인공들에게서 두드러지게 지각할 수 있는 것으로 여유로움의 상실이라고 지칭할 수 있는 현상이 있다. 여유로움과 외로움은 한 가지에 속한다. 그런데 외로움이 발효 단계로 넘어갔다. 사람들은 그것을 피하지 않으면 안 된다.

Ms 214

수기 5

{"내가 잠들기에 좋은 것으로 알고 있는 자세는 가능하면 무겁게 만

드는 것인데, 그러기 위해 나는 두 팔을 교차시켜 서로 반대편 어깨 위에 얹었고, 그래서 등에 짐을 진 군인처럼 누워 있을 수 있었다"(1911년 10월 3일자 일기).}

"명령할 시간"을 갖기, 아니면 오히려 "명령할 시간을 갖지 못"하기 ―카프카의 일기에 나오는 매우 시사적(示唆的)인 표현이다. 인간이 지니는 최고의 도덕적 과제 중 하나는 시간을 자기편으로 끌어들이는 일이다. 이것은 그라시안[11]적인 개념일 수 있다. 시간이 한 사람을 위해 작동하도록 하는 일인데, 시간이 갑자기 변화하거나 지속하는 데서나 똑같이 많은 것을 얻을 수 있는 가운데 각각의 상황이 올바른지를 시험해보는 것이다. 명령하는 자는 자기의 명령이 목적한 바를 이루도록 어느 정도 시간을 널찍하게 잡아야 한다는 탁월한 생각이다.

{중국에서는 내적인 인간이 "그야말로 아무 성격도 갖고 있지 않다"라고 말할 때의 의미에서이다. "고전적으로 공자가 …… 체현해주는 현자의 개념은 성격이 가질 수 있는 일체의 특성을 지워버린다. 현자란 진정으로 아무런 성격도 없는 사람, 즉 평범한 사람이다. …… 중국인들을 특징짓는 것은 성격과는 전혀 다른 어떤 것, 즉 감정의 지극히 원초적인 순수함이다. 그 어떤 민족의 서정시도 그처럼 가시적 세계의 순수한 거울이자 작가의 자아로부터 방출된, 그야말로 그런 자아의 물기를 빼버린 듯한 비개인적인 감정의 순수한 거울이지 않다"(프란츠 로젠츠바이크, 『구원의 별』, p. 96).}[12]

---

11) 발타자르 그라시안(Baltasar Gracian, 1601~58) : 스페인의 철학자·작가·모럴리스트.

{가상과 본질 — 이 둘이 어떤 관계에 있느냐가 작가들을 가장 깊이 특징짓는다. 카프카의 경우에 이 관계는 매우 특이하다. 그의 경우 가상이 본질을 가리는 게 아니라 오히려 가상은 본질이 가상으로 비쳐 나오는 가운데 본질을 폭로한다. 그런 모습을 오클라호마의 단역들에게서 볼 수 있다. 그 단역들은 분명히 천사들인데, 천사들로 옷을 입음으로써 천사라는 자신들의 본질을 드러낸다.}

{정의도 그와 유사하다. 즉 정의의 뜻을 알 길이 없다. 바로 그 점을 카프카에게서 소송절차가 표현해준다. 그러나 부패의 형상으로 표현해준다.}

{카프카가 묘사하는 왜곡 개념이 이중적 기능을 갖는다는 사실, 그리고 그것이 어떤 기능인지를 한 유대 전설이 보여준다. 그 전설에 따르면 세상은 메시아가 도래함으로써 완전히 변하게 되는 것이 아니라 모든 점에서 현재의 모습에서 '아주 조금만' 달라진다. 우리는 마치 천년왕국에서 살고 있는 것처럼 행동한다.}

{『소송』에 대하여: 여기서 법과 법정이 사회적 삶 구석구석을 파고드는 모습은 우리 사회의 무법한 상황의 이면이다.}

왜곡 — 펠릭스 베르토(Félix Bertaux)는 "축이 흐트러진 상태"라고 말한다.

법과 법을 지키는 문지기에 대하여: "그것을 수호하는 것은 인간 사회이다. 그러나 인간 사회는 자신이 수호하고 있는 법을 이해하지도, 알지도 못한다. 법에 대해서 인간 사회가 뭔가 알고 있는 척하

---

12) 카프카 에세이, 이 책 73쪽 참조.

기는 하지만. 그것은 도달할 수 없는 상위의 증거를 통해서만 알
수 있는 것이다"(펠릭스 베르토, 『오늘날 독일 문학의 파노라마』, 파리,
1928, p. 235).

전체적인 과도한 교활함은 카프카가 「싸구려 관람석에서」라는 단편
에서 이미 묘사했다. 무법성 ─ 이것은 법의 무자비함이 그 법을
지키는 자조차 눈멀게 하는 데서 기인할까?

법-기억-전통, 이 셋의 관계를 밝힐 필요가 있다. 어쩌면 카프카의 작
품은 이 셋 위에 구축되어 있을 것이다.

수기 6

「신임 변호사」: 피카소의 한 그림에 대한 텍스트
{"카프카에게 중요한 사실들의 세계는 끝을 내다볼 수 없었다." ─ 그
것은 행여 그가 보편성을 추구하는 정신이기 때문이 아니라, 오히
려 편집광이기 때문이다.}

피조물의 침적물 속에서, 즉 들쥐, 말똥구리, 두더지에게서 인류의
새로운 상태가, 새로운 법을 듣는 새로운 귀가, 새로운 상황을 보
는 새로운 시선이 마련되고 있다.

{왜곡은 구원에 이르기까지 관철되는 가운데 스스로 지양될 것이다.
이처럼 구원에서 축이 전치되는 현상은 그 구원이 놀이가 되는 데
서 드러난다("오클라호마의 자연극장"). 그것은 한 경주로에서 일어
나는데, 그것은 이 고대의 경기에도 성스러운 의미가 내재해 있기

때문이다.}

{잠시 잊혀 있음을 보여주는 한 사례: 홀트의 병실에 있던 사무국장. 우리는 "그가 마치 짧은 날개처럼 움직인 손"을 〔작가가〕 지적한 대목으로부터 여기서 변신의 과정이 이미 시작했다는 것을 짐작할 수 있다(『소송』, p. 180).

사람들은 마치 피곤에 지친 사람들이 잠에 빠져들 듯이 매순간 그들의 고독 속으로 빠져든다. 촛불을 넓적다리 위에 올려놓고 쓰러지지 않게 잡고 있는 숙부(『소송』, p. 182).

{괴물들의 세계: 레니와 그녀의 물갈퀴(『소송』, p. 190f.). 아마도 그녀가 늪이나 물에서 온 존재임을 암시할 것이다.}

이 세계의 완전함에 대하여: "이 재판소에 변호사로 나오는 사람은 사실은 모두 무면허 변호사일 뿐이다"(『소송』, p. 199). 여기서 내가 〔쥘리앵〕 그린에 대해 쓴 글[13]의 한 모티프를 언급할 수 있는데, 즉 오래된 찌꺼기와 최근의 찌꺼기가 서로 합치한다는 점이다. 이 단계의 자본주의에서는 바흐오펜이 말하는 늪의 시대에서 발원한 모종의 근원적 상황이 다시 활성화된다. {카프카의 논리는 늪의 논리이다. 그의 인물들에 대한 설명은 마치 역청이 습지 위를 퍼져나가듯이 광범위하게 퍼져나간다.}

Ms 215

---

13) Walter Benjamin, GS, II/2, 328~34.

수기 7

오클라호마의 자연극장에 대하여: 「신임 변호사」에서는 "경마 레이스를 즐기는 평범한 사람의 전문가적 안목을 가진 한 단순한 재판소 직원이 변호사를" 관찰한다.

낮은 천장 — 변호사들 방까지도 천장이 낮다 — 이 입주자들을 가능한 한 땅 쪽으로 내리누른다.

{카프카에게서는 사건들에서 말하자면 마개를 뽑아 의미를 따라내려는 경향이 무척 두드러지게 나타난다. 한 시간 동안 변호사들을 계단 밑으로 밀어내는 재판소 관리를 보라. 여기서 모든 감정적인 맥락에서 풀려난 제스처 외에 아무것도 남아 있지 않다.}

{기억하기라는 과제, 변론서를 쓰는 일의 어려움. 왜냐하면 "현재의 고소 내용과 그것이 앞으로 어떻게 전개될 것인지도 모르는 채 이제까지 살아오면서 있었던 아주 사소한 행동과 사건들을 모두 기억해내서 묘사하고, 온갖 측면에서 모두 검토해야 했기 때문이다. 게다가 이런 작업은 참으로 우울한 일이었다. 어쩌면 이런 일은 은퇴한 뒤 언젠가 노망한 정신이 몰두하기에 적합했다"(『소송』, p. 222).}

{K.는 서류를 손바닥 위에 놓고서 자리에서 일어나면서 그것을 어르신들 앞에 서서히 쳐들어 보인다(『소송』, p. 226).}

카프카와 피란델로의 비교. 두 사람에게서 표현주의적 요소. 모든 상황이 영원한 데서 와서 영원한 데로 간다.

{"카프카에게 중요한 사실들의 세계는 끝을 내다볼 수 없었다"고 막

스 브로트가 쓰고 있다. 그리고 우리는 그 사실들 가운데 대부분은 아니더라도 많은 것들이 매우 단순하거나 적어도 간명한 제스처에 있었다고 가정해도 좋을 것이다. 그 제스처의 배경이나 실존공간을 카프카는 자신의 소설들에서 보여주고 있다.}

카프카의 가정문(假定文)들은 점점 더 깊이 내려가는 계단과 같다. 사유는 이 계단을 깊이 내려가다 보면 마침내 그의 인물들이 살고 있는 층위에까지 닿는다.

{법정들은 다락방에 있다. 어쩌면 우리는 다락방이 폐기되고 망각된 가재도구들이 쌓여 있는 장소라는 점을 상기한다면 법정을 이해하는 데 다가갈 수 있을 것이다. 법정에 출두해야 한다는 강압은 어쩌면 수년 간 버려져 있던 다락방 속의 궤나 트렁크에 다가가야 한다는 강압과 비슷한 느낌을 불러일으킬지도 모른다.}

{이 세계에서 가상과 본질의 관계를 이해하는 데 재판관들의 초상이 중요하고 특히 다음의 티토렐리의 문장이 의미심장하다. "내가 이 캔버스에 재판관들을 모두 그려놓고 당신이 그 앞에 서서 자신을 변호하는 편이 실제로 재판소에 가서 하는 것보다 더 효과가 있을 겁니다." "가상적인 무죄 판결"이라는 개념 참조.}

"모두가 다 재판소에 속해 있죠"(『소송』, p. 262).

{"재판소는 잊어버리는 일이 없습니다"(『소송』, p. 277).}

{『소송』에서는 피고가 방어하는 모습을 더 많이 보여주는 반면, 『성』에서는 때때로 사람에게 그의 죄를 입증해주는 것이 상위 권력들의 삭막한 과제인 것처럼 보인다. 그런 뒤 그 권력들의 처지는, 그들이 제아무리 극한적인 것까지 결심하고 있다고 할지라도(『성』,

p. 498) 방어하는 입장에 있는 사람의 처지와 마찬가지로 절망적이다.}

{"두 가지 가능성이 존재한다. 자신을 무한히 작게 만들거나, 또는 무한히 작은 것으로 존재하는 것이다. 두 번째 것은 완성이니, 따라서 무위(無爲)이고, 첫 번째 것은 시작이니, 따라서 행위이다"(『중국의 만리장성』, p. 244)}〔「죄, 고통, 희망과 진실한 길에 대한 성찰」, 90번째 아포리즘〕.

카프카에게서 세계는 위기 속에 있는 것으로 나타난다. 계속 내리는 눈과 비 속에서 세계는 한 상태에서 다른 상태로 넘어간다. 이 두 상태의 관계에 대해 다음 문장이 암시해준다. "오로지 여기서만 괴로움이 괴로움이다. 여기서 괴로워하는 사람들이 다른 곳에서는 이 괴로움 때문에 마땅히 높여져야 한다는 뜻이 아니라, 이 세상에서 괴로움이라고 불리는 것은 다른 세계에서도 변함없이, 오로지 그 반대의 것으로부터 해방되어, 축복이라는 뜻이다"(『중국의 만리장성』, p. 245)〔「죄, 고통, 희망과 진실한 길에 대한 성찰」, 97번째 단편〕.

제반 상황의 변증법적 대립들: 한 인간을 처음에 파괴되고 나서야 황폐화되는 당구와 비교해볼 것(『중국의 만리장성』, p. 248). 또는 "적극 파괴되어야 할 것은 틀림없이 이전에 단단히 붙들려 있어야 한다"(『중국의 만리장성』, p. 244)〔「죄, 고통, 희망과 진실한 길에 대한 성찰」, 91번째 단편〕.

중요한 이미지들 가운데 하나로 「사냥꾼 그라쿠스」와 화가 티토렐리에게서 등장하는 많은 아이들의 이미지가 있다.

황야의 풍경들에 관한 일화를 해석해볼 것. 즉 지옥의 시간에서는 새로운 것(짝, 대응물)은 언제나 영원히 똑같은 것이다.

"법원은 당신에게 아무것도 원하지 않습니다. 법원은 당신이 오면 받아들이고, 가면 내버려둘 뿐입니다"(『소송』, p. 391). K.가 듣는 이 마지막 말로써 법원이 모든 임의의 상황과 전혀 다르지 않다는 점이 언명된 셈이다. 왜냐하면 이것은 모든 상황에 해당하기 때문이다. 하지만 그 상황이 K.를 통해 전개되는 것이 아니라 그에게 외적인 것으로, 마치 그를 기다리는 것으로 파악된다는 전제 아래서 말이다. 바로 이것이 이 인용문이 마지막 문장으로 들어 있는 9장〔대성당에서〕에서 각별하게 펼쳐진다. 꿈에서 우리가 빠져드는 상황들도 어쩌면 이와 똑같이 우리의 존재가 불안이나 죄, 또는 우리가 무엇이라 칭하든 간에 그런 것의 소재 속으로 빚어져 나오는 주형들일 것이다.

{카프카에게서 아름다움은 창녀 같은 여자들 편에 있는 것이 아니라 피고들처럼 예상치 못한 곳들에서 나타난다.}

Ms 216

수기 8

카프카는 인류가 점거하고 있던 엄청난 지역 전체를 비워버리고서 말하자면 전략적인 후퇴를 시도한다. 그는 인류를 늪의 노선 쪽으로 철수시킨다.

그에게 중요한 것은 현재를 깡그리 제거하는 일이다. 그는 과거와 미래만을 알고 있다. 그에게 과거는 인류가 온갖 존재와의 총체적인 난혼관계에 있는 늪 속의 존재이자 죄로 보이고, 미래는 형벌과 속죄로 보인다. 아니 그보다는 이렇게 말할 수 있겠다. 죄의 관점에서 보면 미래는 형벌로 나타나고, 구원의 관점에서 보면 과거는 가르침, 지혜로 나타난다.

예언자는 미래를 형벌의 관점에서 본다.

카프카는 역사를 수정한다. 즉 앎은 형벌을 도발하고, 죄는 구원을 도발한다.

그가 그린 인물의 이름들을 가로질러 비약이 일어난다. 즉 그 이름들 일부는 죄지은 세계에 속하고, 또 일부는 구원된 세계에 속한다. 이 긴장이 아마 그가 하는 언급들에서 과도한 규정성이 나타나는 이유이기도 할 것이다.

Ts 249 (뒷면)[14]

b. 1931년 5~6월 일기 속의 수기

6월 6일. 브레히트는 카프카에게서 한 예언적 작가를 본다. 〔『중국의 만리장성이 축조되었을 때』 강연문, 이 책 120쪽 참조.〕 그는 카프카에 관해 설명하기를 자기는 그 작가를 자기 자신의 호주머니처럼 잘 이

---

14) 여기서 약호 'Ts'는 베를린 소재 벤야민 아카이브에 보관된 유고 가운데 타자로 친 원고(Typoskript)를 가리키며, 숫자는 각각의 원고를 분류하여 매긴 번호이다.

해한다고 한다. 그러나 그가 어떤 뜻으로 그렇게 말하는지는 그리 쉽게 알아낼 수 없다. 어쨌든 분명한 것은 카프카가 단 하나의 주제를 갖고 있다는 점, 작가 카프카의 풍부함은 바로 그 주제의 변형들의 풍부함이라는 점이라는 것이다. 그 주제는 브레히트의 의미로 일반화해서 보자면 놀라움(Staunen, 경악)으로 지칭할 수 있다. 그것은 모든 관계들에서 엄청난 전치(轉置, Verschiebung)가 일어나고 있음을 느끼면서 정작 그 자신은 새로운 질서에 적응할 줄 모르는 어떤 사람이 느끼는 놀라움이다. 그것은 이 새 질서들이 — 나는 그렇게 브레히트를 제대로 이해했다고 생각한다 — 대중의 존재가 대중 자신과 개인들에게 지시하는 변증법적 법칙들에 의해 규정되어 있기 때문이다. 그러나 개인은 이러한 법칙들이 생겨나고 있음을 드러내주는, 거의 이해할 수 없는 삶의 왜곡(Entstellung, 기형)들에 가공할 두려움이 뒤섞인 놀라움을 가지고 대답하는 길밖에 없다. 내가 보기에 카프카를 지배하고 있는 생각은 그 어떤 과정도 우리의 의미에서 왜곡되지 않은 모습으로 재현할 수 없다는 점이다. 달리 말해 그가 묘사하는 모든 것은 그 자체와는 다른 어떤 것에 대해 진술한 것이다. 지속적으로 예견하는 시각에 떠오르는 왜곡된 사물들의 현전에 대해 작가 자신의 시선 속의 위안할 길 없는 진지함이나 절망이 응답한다(『중국의 만리장성이 축조되었을 때』 강연문, 이 책 120쪽 참조). 이러한 태도 때문에 브레히트는 그를 유일하게 진정한 볼셰비키 작가로 인정하고자 한다. 카프카가 한 가지 유일한 주제에 집요하게 매달리는 것이 독자들에게 답답한 인상을 불러일으킬 수 있다. 그러나 근본적으로 이러한 인상은 카프카가 순수하게 서사하는 산문과 단절했다는 것을 나타내주는 한 징표일 따름이다. 아마도 그의 산문은 증명해주는 것이 아무것도 없을 것이다. 그렇지만 어쨌든 그의 산문은 뭔가를 증명하는 맥락 속으로 언제든 집어넣을 수 있는 성질을 띠고 있다. 우리는 하가다의 형식을 상기할 수 있을 것이다. 유대인들은 가르침 — 할라하 — 을 설명하고 확인하는 데 기여하는 『탈무드』의 이야기와 일화들을 그렇게 부른다. 〔『중국의 만리장성이 축조되었을 때』 강연문, 이 책 120쪽 이하 참조.〕 가르침 그 자체는 물론 카프카에게서 어디서도 언명되고 있지 않다. 우리는 그 가르침을 사람들의 놀라운 태도, 공포에서 생겨났거나 공포를 불러일으키는 그들의 태도에서 읽어내려고 시도할 수 있을 뿐이다.

카프카가 자신이 가장 많이 흥미로워하는 행동방식들을 자주 동물들에게 부여하고 있다는 점이 그를 해명해줄 시사점을 던져줄 수 있을 것이다. 우리는 그런 동물이야기들이 사람들의 이야기가 아니라는 점을 전혀 눈치 채지 못한 채 한참 동안 읽어갈 수 있다. 그러고 나서 그 동물들의 이름, 이를테면 생쥐나 두더지와 같은 이름에 맞닥뜨리게 되면 우리는 충격을 받은 듯 갑자기 깨어나게 되고 인간의 대륙에서 이미 멀리 떨어져 있다는 것을 보게 된다. 〔『중국의 만리장성이 축조되었을 때』 강연문, 이 책 123쪽 이하 참조.〕 미래의 사회가 그에게서 멀리 떨어져 있게 되듯이 말이다. 그 밖에 카프카가 그 생각들 속에 자기 자신의 생각들을 감싸는 이 동물들을 선정하는 일은 의미심장하다. 즉 그 동물들은 들쥐나 두더지처럼 늘 땅속에서 살거나, 적어도 「변신」에서의 딱정벌레처럼 땅바닥 위를 기어 다니며 바닥에 난 틈과 균열 속에서 사는 동물들이다. 그렇지만 그처럼 기어 다닌다는 것은 고립된 채 법에 무지한 그의 세대 동시대인들과 환경에 적합한 성격이다. 〔『중국의 만리장성이 축조되었을 때』 강연문, 이 책 124쪽 참조.〕

브레히트는 카프카 — K.라는 인물 — 를 슈베이크와 비교한다. 한 사람은 모든 것에 놀라고 다른 한 사람은 전혀 놀라지 않는다〔카프카 에세이, 이 책 107쪽 참조〕. 슈베이크는 자신에게 아무것도 불가능하게 보이지 않는 가운데 스스로 처하게 된 삶의 엄청난 현상들을 시험해 본다. 그는 그 상황들에 더는 결코 법칙에 대한 기대를 갖고 다가가지 않을 정도로 그 상황들을 무법적인 것으로 경험하게 된다. 그에 반해 카프카는 이미 도처에서 법에 맞닥뜨린다. (두더지를 보라. 『중국의 만리장성이 축조되었을 때』, p. 213도 참조.) 그러나 그것은 더는 그가 살아가는 사물세계의 법칙이 아니다. 그것은 새로운 질서의 법칙으로서, 그 법칙이 각인된 모든 사물들은 그 질서에 뻐딱한 관계에 있으며, 그 법칙이 모습을 드러내는 모든 사물, 모든 인간을 왜곡하는 법칙이다.

슈테판 브레히트의 소유, 뉴욕

3. 수기들(1934년 6월까지)

a. 1934년 에세이 관련 모티프들 및 배치

중심부

{마을의 공기} ―「이웃 마을」― 늙은 부부 및 여관에 있는 클람에게
　서의 방 공기 ― 19세기 ― {노자의 말} ―
{어린 시절의 사진 ―「인디언이 되고픈 소망」― 감정의 원초적 순수
　성} ― 해방으로서의 아메리카
파촘킨 이야기 ― 우리가 상위의 권력자들에 대해 갖는 관계와 그 역
　(逆) ― 『낡은 쪽지』― 적대관계의 본질} ―

{괴물들 ─ 꼽추 난쟁이 ─ 사물들이 망각된 상태에서 갖게 되는 형
태 ─ 등짐을 진 군인 ─}

읽기 책 스타일 ─ 제스처의 우위 ─ 제스처의 이해 불가능성 ─ 유
언: (해결할 수 없는) 과제 ─ 동물들의 제스처 ─ 글 쓰는 이의 조심
성 ─ 도시 문장(紋章) ─ 사과의 맛〔선물?〕─ 〔여백에:〕 {소설가와
이야기꾼 ─}

{탈무드 마을 ─ 우리 내부의 동물의 신체 ─ 늪의 전세 ─ 피곤함
─}

{도(道) ─ 중국 ─ 영들의 동원} ─ 돈키호테, 불안한 정신 ─

일상적인 것의 보증으로서의 괴물 ─ 봉사하는 거인들 ─ 지구 내부
에서 온 동물들 ─ (이들을 위해) 무한히 많은 희망이 존재함 ─

Ms 224

모티프들

「저택의 문을 두드림」(『중국의 만리장성』)

1) "나는 문 두드리는 모든 소리에 정말 책임이 있다"(『관찰』)〔집으로
   가는 길〕.

   글 쓰는 사람은 자기 방의 좁다란 양탄자 위를 "마치 경주로(競走
   路)에서처럼" 내달린다(『관찰』)〔불행하다는 것〕.

   소설 『아메리카』에서의 경주로.

2) 「경마 기수들을 위한 깊은 생각」(『관찰』)

   「불행하다는 것」에서 유령 같은 아이(『관찰』)

3) 티토렐리 장면에서의 아이들(『소송』), 그라쿠스 장면에서의 아이들(『중국의 만리장성』)

"다른 사람들을 동물적 시선으로 바라보다" — "무덤 같은 마지막 평온"의 표현(『관찰』)〔결심〕

4) 원숭이 우리의 널빤지들에 난 틈새〔학술원에 드리는 보고〕

5) 티토렐리의 문에 난 틈새(『소송』)

해충이 소파 아래에서 머리를 쳐들 수 없다(『변신』).

6) 미술관 관람객들이 천장에 머리를 부딪친다(『소송』).

반은 고양이이고 반은 양인 잡종(『중국의 만리장성』)

7) 실패 오드라데크(『시골 의사』)〔가장의 근심〕

물갈퀴가 있는 레니(『소송』)

상인은 "마치 물결 위를 가듯이 걸어가고, 양손의 손가락으로 딱딱 소리를 낸다"라고 말한다(『관찰』)〔상인〕.

8) 병든 훌트에게서 작가는 "마치 짧은 날개처럼 움직인 손"을 지적한다(『소송』).

창문 안을 들여다보는 두 명의 조수(『성』)

9) 창문 안을 들여다보는 두 필의 말(『시골 의사』)

하늘에 대적하는 까마귀(『만리장성』)〔「죄, 고통, 희망과 진실한 길에 대한 성찰」, 32번째 단편〕

10) 성 주변을 나는 까마귀들(『성』)

Ms 225

	모티프들	주도적 모티프들
g	오클라호마의 자연극장	말(馬)의 존재
l	꼽추 난쟁이	유대적인 것
q	늪의 세계	
	시간의 교차	
k	마을의 공기	
z	공부	
f	어린 시절의 사진	
p	망각	
i	키르케고르와 파스칼	어린 시절의 사진
	파촘킨	자연극장
	슐레밀	유쾌한 강도살인범
h	유쾌한 강도살인범	마을의 공기
		키르케고르와 파스칼
		늪의 세계
		망각
		왜곡

Ms 231

예비 모티프들

많은 아이들	한 기념비의 요소
음식, 단식, 깨어 있기	원죄

소굴   도교와 망치질

슐레밀

음악

{해석의 배경}

읽기 책 스타일

{유언}

침묵

가상

Ms 230

에세이의 최종적이면서 가장 완벽한 배치

카프카의 형상들의 왕국과 세계극장

| 파촘킨 이야기 | 전령

　　피로에 지친 자들 / 아버지들 / 형벌을 내리는 자들

　　기생충들

　　불의와 원죄 / 끊임없이 지속되는 소송

　　결정들과 젊은 소녀들 / K.와 슈발킨

　　가족의 품안에서의 괴물들: 해충 / 오드라데크 / 양

　　동물들 / 개들 / 말들 / 두더지들 / 쥐들

　　미숙한 존재들 / 아둔한 사기꾼 / 아이들 / 조수들 / 삶과 무(無) 사이

　　이 형상들 왕국에서의 난혼 상태 / 사자의 영들 / 음악 / 잠들게 만드는

　　무한이 많은 희망 / 다만 우리를 위한 것이 아닌

카프카의 대가(代價)

역설에 대한 승리 / 신학의 파렴치함 / 수치심

{신도 아니고 / 유대인도 아니고 / 사랑도 아님}

의심 / 그네 위에서의 삶 / 경험의 늪 바닥

역사적 상응관계 / 늪의 세계로의 퇴화 / 레니 / 브루넬다 / 올가

가라앉은 자연 / 먼지 쌓인 인간세계 / 전세와 새로운 것

죄로서의 망각

망각과 동물들 / 금발의 에크베르트

동물들의 사유 / 동물들의 불안

영들 세계의 저장고로서의 망각

사물들이 망각된 상태에서 갖게 되는 형태 / **오드라데크** / 왜곡

파묻은 머리 / **꼽추 난쟁이** / 주의력, 자연스러운 기도

나는 아무것도 소홀히 하지 않았다

걸인 이야기

시간 속에서의 왜곡 / **이웃 마을로 말 타고 가기** / 메시아의 전설

짧은 인생 / 아이들 / 피곤할 줄 모르는 자들 / 남쪽 지방 도시

대학생들과 조수들 / 단식 / 잠을 자지 않기 / 침묵

부모 댁에서의 공부

도(道)

공부에서 마법 / 빠름 / 말 타고 가기

홀가분하고, 즐겁게 달리기 / 카를 로스만 / 축복받은 기수

신임 변호사와 그의 공부 / 해석

산초 판사에 관한 진실

Ms 261

b. 에세이와 관련된 여러 수기

카프카가 자신의 이야기들이 펼쳐질 때 눈치 채이지 않게, 뭔가 자명한 것인 양 뿌려 넣는 것을 몇 페이지로 모아보려고 하면 세계에 대한 전대미문의 낯선 견해가 생겨난다. 그 세계에서는,
{사람들이 공포에 질려 허리를 구부리며 걷는다(저택의 문).}
거지들이 커피 찌꺼기를 동냥으로 얻어 마신다(양동이를 탄 사나이).
{청구자가 서류를 손바닥 위에 놓고서 자리에서 일어나면서 그것을 어르신들 앞에 서서히 쳐들어 보인다(『소송』).}
{사람들이 두 팔을 교차시켜 가슴 위에 얹거나} 손가락을 펴서 머리 털 위에 올려놓고 〔다닌다〕.
{한 관리가 수레채 위를 뛰어넘으면 사랑의 지고한 표현이다.}

Ms 219

신학의 영역은 카프카에게 점잖지 못한 것으로 여겨진다(파촘킨).
카프카의 저작: 토라와 도 사이의 역장(力場).
63명의 의인 중 하나가 슐레밀이었다.
조수들은 미숙한 존재들이고, 바로 그렇기 때문에 자연의 자궁에 특히 가까이 있다.

카프카의 남자들: 바보들이거나 노인들 — 미숙한 존재들이거나 과숙한 존재들.

동물들(괴물들)은 가족의 품에서 부화했다.

슐레밀에게는 (조수들에게서와 마찬가지로) 성숙하기에는 부족한 게 있다 — 그게 설사 그림자라 하더라도.

그들의 삶 위에 비치는 도덕적으로 의심스러운 빛은 카프카가 좋아한 작가이자 소설 『조수』의 저자인 로베르트 발저가 쓴 토막극들 — 예컨대 「백설공주」 — 에서 펼쳐 보이곤 했던 것을 상기시킨다.

조수들은 여성의 품에서 완전히 벗어날 만큼 성장하지는 못했다. "그들은 마룻바닥 한쪽 구석에 헌 여자 스커트 두 벌을 깔고 잠자리를 마련했다"(『성』).

〔뒷면:〕

카프카의 인물들 가계도.

아버지. 클람.

신문을 읽으며, 버지니아 여송연을 피우며, 제복을 입고 있고, 허약하고, 거의 정신박약 상태다.

조수들, 아둔한 사기꾼, 바르나바스.

괴물들, 말똥구리, 오드라데크, 잡종, 동물들.

여자들, 브루넬다, 프리다, 올가, 안토니아, 뷔르스트너 양.

Ms 332

알레고리에서 유래하는 '그'(『중국의 만리장성』, p. 217). 〔"그는 예전에 한 유력한 집단의 일원이었다"라는 경구를 보라.〕 이것을 작가와 연관시켜볼 것.

법의 데몬적 성격은 카프카가 늘 마주하고 있고, 또 아마도 그가 신중한 태도를 보이는 이유이기도 한데, 그것과 관련하여 「폭력비판을 위하여」를 참고할 것〔GS, II/1, 179~203〕.

하스의 『시대의 형상들』(*Gestalten der Zeit*)을 참고할 것.

사유가 꿈에 대해 갖는 관계(『중국의 만리장성』, p. 214)〔'그'〕.

카프카에게서 '문학가로서의 면모'와 반대되는 작가로서의 면모.

"그는 자기의 개인적 사고를 위해 사고하지 않는다"(『중국의 만리장성』, p. 217)〔'그'〕.

꼽추 난쟁이에게 위안이 되는 것.

"누구를 위해 위안을 찾는지도 거의 모르고"(『중국의 만리장성』, p. 219)〔'그'〕「프리더와 카터리제」.[15]

"특이한 것은, 그러면서 위안이 되는 것은 그가 그것을 위한 준비가 거의 되어 있지 않다는 점이다"(『중국의 만리장성』, p. 212)〔'그'〕. ― 위안이 되는 이유는 비참함은 불안의 대상이 아니기 때문이다.

"창살은 일 미터 간격으로 끼워져 있었다"(『중국의 만리장성』, p. 213)〔'그'〕. 카프카는 어떤 세계 속으로 들어가는데, 그 세계를 그것이 스스로 보여야 할 모습으로 보기 위해서이다.

"역사적으로 될 능력이 없다"(『중국의 만리장성』, p. 212)〔'그'〕. 대중, 이름 없는 자.

---

15) Frieder und Katherlieschen : 『그림 동화』(원제: 어린이와 가정을 위한 이야기, *Kinder- und Hausmärchen*)에 나오는 이야기이다. 그림 형제, 박은지 그림, 김경연 옮김, 『그림 형제 민담집: 어린이와 가정을 위한 이야기』, 현암사, 2012 참조.

"그대가 내게 친절하게 머물게 하려고 나는 내 영혼에 상처를 입는
　다"(『중국의 만리장성』, p. 220)〔'그'〕. 죽은 자에 대하여: "동시대인들
　이 그에게 상처를 입혔는지, 아니면 그가 동시대인들에게 더 많이
　상처를 입혔는지가 드러난다. 후자의 경우라면 그는 위대한 사람
　이었다"(『중국의 만리장성』, p. 221)〔'그'〕.
"작은 유령처럼 한 아이가 아직까지도 불이 켜 있지 않은 캄캄한 복
　도에서 나와, 알아차릴 수 없게 조용히 흔들리고 있는 바닥 들보
　위에 발끝으로 서 있다"(『관찰』, 82)〔'불행하다는 것'〕.

Ms 232

『성』의 해석에 대한 반박〔카프카 에세이, 이 책 88쪽 참조.〕
우리는 이 구성의 첫 부분을 카프카 해석의 공동재산으로 부를 수 있
　다. ─ 브로트 ─
그의 작품 각각은 수치심이 신학적 문제제기에 대해 거둔 승리이다.
수치심을 모르는 늪의 세계. 이 늪의 세계의 권력은 그것이 잊힌 데
　서 유래한다.
우주적 시대를 움직이는 기억. 그 기억에 의해 포괄된 경험영역. 늪
　의 논리.
망각과 이야기꾼〔서사작가〕의 기법.
유대인들에게서 상기(Eingedenken).
동물들과 그들의 사유. 왜 그 많은 것이 그들의 제스처를 해석하는
　데 달려 있을까.
금발의 에크베르트.

오드라데크와 사물들이 망각된 상태에서 갖게 되는 형태.

무거운 짐. 꼽추 난쟁이.

〔…… 상단의 두 귀퉁이가 잘려나갔음〕: 신화적 형상들과 동물들, 알레
    고리와 상상의 존재들.

{〔……〕 우리가 각각의 모티프를 오랫동안 다루기 전에 카프카에 대
    한 해석을 시도해볼 것.}

{〔……〕 동물, 경주로, 수그린 머리, 문을 두드림, 프록코트, 조수들
    〔……〕 하인들}

〔……〕 카프카 저작과의 토론은 아직까지 거의 이루어진 게 없다. 그
    의 서거 10주년이 이러한 정황을 단번에 바꿀 수 있을 거라고 가정
    하는 것은 적절치 못하게 달력을 믿는 행태를 드러내는 것을 뜻할
    것이다.

{그가 제스처에 관심을 갖고 있었다는 점이 동물들에 대한 서술과 결
    부된다는 점을 지적할 필요가 있다.}

카프카의 글들에서는 '신'이라는 단어가 등장하지 않는다. 그의 글들
    을 줄기차게 신학적으로 해석한다는 것은 클라이스트의 어떤 노벨
    레를 독자들에게 쉽게 이해시키기 위해 운문으로 옮기려고 하는
    시도보다 더 적절하다고 할 수 없다. 〔……〕

오드라데크에 대한 연구

망각된 것은 우리보다 더 "오래 살아남을 것"이다. 망각된 것은 우리
    에게 의존해 있지 않다. 그것의 거주지는 "정해져 있지 않다."
그것은 한 움큼의 시든 잎사귀들이다. 그 잎사귀들에서 바스락거리
    는 소리가 나면 숨는 소리와 찾는 소리가 동시에 울려나온다. 이
    두 가지가 '웃음'소리를 만들어낸다.
망각은 "비상하게 움직이기 때문에 붙잡을 수 없다."

Ms 964

{그 밖에도 이 전세는 목소리를 갖고 있다. 카프카의 문장들 가운데
    어쩌면 이 목소리를 기술하는 문장보다 더 감명 깊은 문장도 없을
    것이다. 오드라데크는 웃는다. "그러나 그것은 마치 허파가 없는
    상태에서 낼 수 있는 웃음소리와 같다. 그것은 마치 낙엽 속에서의
    바스락거림처럼 울린다."}
'가장의 근심'은 그 가장보다 오래 살아남게 될 모성적인 것이다.
오드라데크는 다락방에 거주하고 있다.
시골 의사의 말(馬)들. 조수들의 전신.
실 가닥처럼 미간까지 뻗어 있는, 소르티니의 이마에 난 주름.
그런데 우리가 이 이야기들에서 놀라운 일들이 어떻게 나타나는지를
    묻는다면 우리는 다음과 같은 점을 발견할 것이다. 즉 우리뿐만 아
    니라 주인공도 놀라게 하는 그 놀라움들은 본래 삶이 여러 사건을
    겪으면서 만들어내는 놀라움이 아니라 기억이 그 기억에 떠오르는
    착상들을 갖고 만들어내는 놀라움과 유사하게 보인다는 점이다.

그렇게 떠오르는 착상들 가운데 가장 깊은 것들은 대부분 걸맞지 않은 곳들이 아니라면 눈에 띄지 않는 곳들에서 모습을 드러낸다.

피로감 역시 세계의 소진된 면을 드러내는 징표이다. 또한 세계가 늪 속에 가라앉은 측면을 보여주기도 한다. "그녀가 피로에 지쳤을 때 내가 그녀를 얼마나 사랑했는지 몰라요"라고 올가가 아말리아를 두고 말한다.

관리들은 "생각 속에서" 많은 일을 한다. 아마 그렇게 소르티니도 아 말리아에게 모욕적인 편지를 써 보냈을 것이다.

"관리들의 사랑이 불행한 경우는 없다."

Ms 220

{우리가 카프카에게서 '상위의 세계'에 대해 갖고 있는 그 어떤 진술 도 우리의 세계를 해명해줄 열쇠로 볼 수 없다. 왜냐하면 이 상위 의 세계는 전혀 자신을 의식하지 못하기 때문이다. 그 세계는 자신 이 아무것도 모르고 이해하지도 못하는 이웃의 방을 열쇠 구멍을 통해 응시하면서 삶을 보낸 한 남자처럼 하위의 세계와 연결되어 있다. 이 방이 우리의 세계이다.}

{법은 카프카의 작품에서 일종의 신화적 구성물의 성격을 띤다. 그러 나 법의 무자비한 폭력에 그는 교정수단을 붙여준다. 저 법의 세계 는 깊은 내부까지 부패해 있다. 그리고 어쩌면 부패가 은총의 의미 상징일 것이다.}

{"희망은 충분히 있고 무한히 많이 있다네. — 다만 우리를 위한 희망 이 아닐 뿐이지." 그렇다면 누구를 위한 희망일까? 문지기와 조수

들, 개와 두더지들, 티토렐리와 오드라데크, 양동이를 탄 사나이와 법원서기들의 족속을 위한 희망이다.

{파촘킨에 관한 짤막한 일화가 있는데, 이 일화는 카프카의 저작을 수백 년 앞서 전해주는 {사자} 전령과 같다.} 〔카프카 에세이, 이 책 57쪽 각주 1번 참조.〕

{카프카의 작품에 등장하는 모든 생물들 가운데 본래 동물들만 사색을 한다. 법 속에 부패가 있듯이 사유에는 불안이 있다. 그 불안이 일을 망치지만 그 불안이야말로 그 과정에서 유일한 희망이고 중요한 역할을 한다.}

{플로베르와 카프카: 지하실의 공기와 마을의 공기}

{"누구든 내가 그를 만나는 곳에서 그를 심판하리라"[16] — "최후의 심판은 일종의 즉결재판이다."[17] 카프카에게서 그노시스적인 색채를 띠는 이 구절로부터 역사에 대한 그의 입장을 규정해볼 것.}

카프카의 태도는 희망 없는 것을 말해야 하는 사람의 태도이다. 이것은 서사하기가 카프카를 통해 빠져든 특수한 상황이다.

Ms 221

---

16) 한 복음서의 외경(外經)에 나오는 말이다.

17) 카프카가 1917~18년에 쓴, 제목이 없는 일련의 아포리즘 모음인 「죄, 고통, 희망과 진실한 길에 대한 성찰」의 40번째 단편에 나오는 구절: "최후의 심판이란 단지 우리의 시간 개념이 그렇게 부르게 만든 말이다. 원래 그것은 일종의 즉결재판이다"(Franz Kafka, *Nachgelassene Schriften und Fragmente*, Bd. 2, Frankfurt a. M.: Fischer Verlag, 1992). 벤야민은 이 구절을 「역사의 개념에 대하여」 관련 노트에서 다시 인용한다. 『벤야민 선집』 제5권, 378쪽 참조.

{오토 슈퇴슬(Otto Stoessl)은 카프카를 피란델로와 비교했다. (시대의 전환 II, 7)

마지막 모음집〔『중국의 만리장성』〕에 실린 단편들을 구성하는 요소들의 분류: 동물들, 알레고리적 대상들(중국의 만리장성, 도시 문장, 법), 신화적 형상들.

〔베르너〕 크라프트가 『중국의 만리장성』에 대해 내린 결론을 상세하게 참고할 것.

카프카의 저작은 되돌리기(Umkehr)였다. 카프카는 청자(聽者)가 이야기꾼에게 제기하는 커다란 요구, 즉 조언을 듣고 싶다는 요구를 다시 느낀다〔GS, II/2, 442〕. 그는 기껏해야 오늘날 조언이 어떤 모습인지를 알았을 뿐이다. 그리고 우리가 그 조언을 주기 위해서는 예술, 발전, 심리학에 등을 돌려야 한다는 점을.

「낡은 쪽지」. 여기서는 단 한 번도 "적들"이라는 말을 하지 않는다. "다른 무엇도 아닌데도, …… 우리의 군사가 아닌데도" 말이다. "유목민들"이라고 한다. 적들이 아니라 차라리 "까마귀들"이라고 부르는 게 더 정확할 것이다. 그리고 그〔이 단편의 화자〕는 그 유목민들이 적개심을 품고 있다고 말하지 않는다. 그는 그들로부터 "채찍을 맞을" 위험은 들어보지 못했다. 그는 그 채찍이 우리를 겨냥하고 있다고 말하지 않는다. 그들이 폭행을 저지른다는 말은 더더욱 하지 않는다. "그들은 필요한 것이 있으면 가져간다. 그들이 폭력을 사용한다고 할 수는 없다. 그들이 손을 내뻗기 전에 사람들은 옆으로 물러서서 모든 것을 그들에게 맡긴다." 그의 보고는 비행(非行)을 막아내는 거울과 같다. 그 비행의 상은 좌우가 뒤바뀌어 있다. 사람들은 그것을 평화의 상 자체로 여길 수 있을 것이다. 또한 유목민들은 강탈하지도 않는다. 사람들은 이 상황에 굴복하면서 푸줏간 주인의 불안을 이해하고 그를 "지원하기" 위해 돈을 모으는 것이다. 그런데 어떤 정황이 이 모든 일이 벌어진 데 대해 책임이 있을까? 유목민들의 탐욕은 아니다. 뭔가 전혀 다른 것이다. 정황이라고도 말할 게 못 된다. 하나의 사태가 이것을 촉발했다. "황제의 궁궐은 유목민들을 유혹했지만, 그들을 다시 몰아내는 방법은 알지 못한다."}

Ms 222

「산초 판사에 관한 진실」 — 이 이야기와 걸인에 관한 하시디즘 이야기의 유사성. 일상적인 것을 보증해주는 것으로서의 괴물. 이 세계관은 들쥐들의 공동체적 삶이 인간들의 공동체적 삶보다 더 쉽게 이해되고, 보는 행위가 미래를 투시하는 행위보다 더 불가사의하며, 인간의 한 세대가 한 우주적 시대보다 조망하기가 더 어려운 세계관이다. 그러나 일상적인 것을 보증해주는 것이 괴물이라는 점은, 지하의 초라하고 무미건조한 사건들과 생물들의 거대한 세계에 익숙해 있는 유머가 보여주는 본래의 통찰이다. 이러한 사건과 생물들을 우리는 카를이 아메리카에 하선하려던 참에 화부를 만난 것처럼 나중에야 — 어쩌면 죽음의 순간에 이르러서야 — 발견하게 된다.

{그러나 하시디즘의 걸인동화는 카프카의 도덕적 가계(家計)로만 이끄는 것이 아니라 그것과 내밀하게 연관되는 시간적 가계로도 이

끈다. 『시골 의사』의 〔단편 「이웃 마을」 속〕 할아버지는 "어떻게 한 젊은이가 이웃 마을로 말을 타고 떠날 결심을 할 수 있는지, 즉 — 불행한 우연들은 차치하고라도 — 행복하게 흘러가는 평범한 인생의 시간만으로도 그처럼 말을 타고 가는 데 전혀 충분치 않은데도 그런 결심을 할 수 있는지" 도무지 이해할 수 없다. 이 할아버지와 똑같이 걸인은 행복하게 흘러가는 평범한 인생에서 뭔가를 소망할 — 내의 한 벌을 소망할 — 곳을 한 번도 갖지 못하다가 그가 이야기를 하면서 빠져 들어가는 불행하고 비상한 도주의 시간에는 그러한 소망을 실제로 하지 않아도 되며 — 그 소망을 실현된 상태와 맞바꾸고 있다. 프란츠 카프카에게는 이 하시디즘의 걸인이 취한 우회 전략보다 더 관심을 끄는 것도 없다. 그는 실제의 삶에 대한 소망들을 말하지 않는다. 그러나 그 소망들 중 매우 하찮은 소망이 이루어지도록 하기 위해 그는 자신이 창작한 것〔das Gedichtete, 시화(詩化)된 것〕의 엄청난 세계를 동원한다. 마치 산초 판사가 조용히 쉬기 위해 돈키호테의 영웅적 행위들을 동원하듯이.}

Ms 223

"그 밖에도 나는 카프카의 가치〔작품?〕 전체가 굳게 닫혀 있고, 모든 설명이 카프카의 의도를 그르칠 수밖에 없다고 생각합니다. 그가 열쇠를 가져가버렸고, 어쩌면 그게 아닐지도 모릅니다. 우리는 알 수 없습니다"(크라프트).

「산초 판사에 관한 진실」은 "관례적인 것에 머무는 것"으로 귀결되는데, 이것의 성격을 카프카는 이중적으로 규정한다. 우선 사람들이

지상의 삶에서 선을 추구하는 일조차 하지 않는 가운데 그렇다. 다른 한편 사람들은 악을 ─ 이 경우에 적어도 외견상 ─ 속이지 않는 가운데 그렇다(『중국의 만리장성』, p. 235f.).

{크라프트는 카프카가 시간의 흐름과 대결하는 모습을 특징적으로 담고 있는 단편들을 모아놓는다. 작은 우화, 이웃 마을로 말을 타고 가기, 즉결재판으로서의 최후의 심판.}

카프카의 「낡은 쪽지」를 괴테의 시 「에페소스인들의 다이애나 여신은 위대하다」(Groß ist die Diana der Epheser)와 비교해볼 것.

{"나는 경험을 갖고 있다. 그리고 그 경험이 내가 단단한 땅 위에서 느끼는 뱃멀미라고 말한다면 그것은 농담으로 하는 말이 아니다"(Franz Kafka, in: *Hyperion* 1909(Jg. 2, Heft 1).}

{"나는 오늘날의 유럽과 인류의 몰락에 대한 것부터 이야기를 하기 시작한 카프카와의 대화가 생각난다. 그는 말했다. '우리는 신의 머리에 떠오른 허무주의적 생각들이, 자살적 생각들이라네.' 이 말은 처음에 내게 그노시스의 세계상, 즉 신을 사악한 조물주로 보고 세계를 그 신의 타락으로 보는 세계상을 연상시켰다. '아니, 그게 아니네'라고 그가 말했다. '우리가 사는 세상은 단지 신의 언짢은 기분, 언짢은 날일 따름이라네.' ─ '그렇다면 우리가 알고 있는 현상계인 이 세상의 외부에는 희망이 존재한단 말인가?' ─ 그는 미소를 지었다. '물론이지. 희망은 충분히 있고 무한히 많이 있다네. ─ 다만 우리를 위한 희망이 아닐 뿐이지.'" Max Brod, Der Dichter Franz Kafka (*Die Neue Rundschau*, 1921)}

인식의 나무에 열린 사과의 맛은 카프카의 언어처럼 싱거웠음이 틀림없다.

Ms 227

두 번째 유고집에 대한 기대〔= Franz Kafka, *Vor dem Gesetz*, Berlin, 1934.〕

{『중국의 만리장성』의 〔편집자〕 후기에서 발췌한 표현들. 다음과 같은 불편한 주장: "이러한 유형〔의 인간〕이 지니는 삶의 의도는 한계체험을 통해 사람을 뒤흔들 수 있는 능력이 있기 때문에 비극적 의도라 할 수 있는데, 이런 유형은 그것이 맞닥뜨리는 역사적 상황이 어떤 상황이냐에 따라 자신의 삶의 비극적 근본상황에 대해서도 아직 구원의 가능성이 있다는 점을 강하게 또는 약하게 예감한다"(p. 254f.). — "그 밖에 카프카도 역사적 연관관계의 운명적 성격을 그의 특유의 신화적 예감의 형식으로 알고 있었다"(p. 255). 때때로 이 편집자들의 언어는 의심스럽게도 실존철학의 언어에 접근하는 경향을 보인다.}

카프카에게서 '마을의 공기'에 대해 — 그에게 가장 가까이 있는 전승(傳承)에 대해 — 산초 판사에 대해: "'그런 후에 그는 마치 아무 일도 일어나지 않았다는 듯이 자기 일로 되돌아갔다.' 불분명한 수많은 옛날이야기들에 나오는 이 말은 우리에게 익숙하다. 이 말은 어떤 이야기에도 나오지 않는데도 말이다"(『중국의 만리장성』, p. 248) 〔108번째 아포리즘〕.

{죽은 자를 깨우는 일이 벌어지는 늙은 부부의 방, 석탄 장사의 지하실, 클람이 앉아 있는 여관방 — 밖에는 마을의 공기, 안에는 진하

고 후텁지근한 공기. 이 둘이 합쳐져 이 지역의 고유한 색깔을 빚
어낸다.}

{「인디언이 되고픈 소망」 — 어린 시절의 사진에 대한 절에서 인용
할 것.}

{망각의 변증법. 망각한 것이 우리일까? 아니면 우리가 오히려 망각
된 것일까? 카프카는 그에 대해 전혀 결정을 내리지 않는다. 상위
에 있는 자들은 우리가 그들을 돌보지 않았기 때문에 그렇게 영락
한 것일까? 그러나 어쩌면 그들은 아직 한 번도 우리에게 오지 않
았기 때문에 영락했을 것이다.}

{산초 판사는 자기 주인을 먼저 떠나보냈다. 부세팔루스는 그의 주인
보다 더 오래 살았다. 이제 그 둘은 행복하다. 사람이든 말이든 더
는 중요하지 않다. 기수(騎手)만 사라진다면.}

Ms 228

{카프카의 저작 전체에 '신'이라는 이름이 나오지 않는다는 점은 지적
되었다. 그의 저작을 해설할 때 '신'을 도입하는 것보다 더 쓸데없
는 일도 없다. 무엇이 카프카가 신이라는 이름을 사용하는 것을 금
하게 하는지를 이해하지 못하는 사람은 그가 쓴 텍스트를 한 줄도
이해하지 못한다.}

베르너 크라프트는 「산초 판사에 관한 진실」을 두고 지드가 「몽테뉴
에 의하면」(『신프랑스평론』NRF, 1929년 6월호)에서 한 말을 인용한
다. "몽테뉴는 돈키호테(1605년)를 읽기 전에 죽었다(1592년). 애석
한 일이다! 이 책은 딱 그를 위한 책이었는데 말이다. …… 이 책의

특징은 우리를 가지고 논다는 것인데, 이 점은 그 누구보다도 몽테
뉴에게 효력을 발휘한다. 몽테뉴 내부에서 산초 판사가 조금씩 자
라났는데, 그것은 돈키호테를 희생한 결과였다."

카프카가 브로트에게 유언하면서 불가능한 것을 의도적으로 요구했
다는 크라프트의 지적은 틀리지 않았다.

{카프카에게서 그 어떤 인간의 기술도 건축술처럼 깊이 폭로된 모습
으로 나타나지 않는다. 그 어떤 기술도 건축술보다 더 삶에 중요하
지 않으며, 그 어떤 기술 앞에서도 당혹감이 그보다 더 확연하게 드
러나지 않는다(「중국의 만리장성이 축조되었을 때」「도시 문장」「굴」).}

크라프트는 「양동이를 탄 사나이」를 해석하면서 카프카의 세계에서
신적인 것이 위치한 장소를 힘주어 확정해주는 이미지를 발견했
다. 양동이 기수가 양동이를 타고 가는 장면에 대해 그는 이렇게
말한다. "그처럼 타고 올라가는 장면은 저울의 한쪽 판에 엄청나게
무거운 것을 올릴 경우 다른 쪽 판이 올라가는 것처럼 띄워지는 장
면이다." 모든 신적인 것을 그처럼 내리누르는 것은 정의라는 엄청
난 무게이다.

{카프카는 이러한 과정을 수많은 예를 통해 보여준다. 예컨대 한 사
람이 온갖 시험을 물리치면서 어떤 확신, 어떤 상황 속에서 제자리
를 찾고자 한다. 그때 그것〔확신, 상황〕이 와해되고 만다. 이 수많
은 예 가운데 하나: "여름이었다. 무더운 날이었다. 나는 내 누이
동생과 함께 귀가하는 길에 어느 저택의 문 앞을 지나게 되었다.
누이동생이 장난삼아 문을 두드렸는지 아니면 방심해서 그랬는지
아니면 단지 주먹으로 한번 치는 시늉만 했을 뿐이고 전혀 두드리

지 않았는지 나는 모른다"〔「저택의 문을 두드림」〕.}

Ms 229

카프카와 브로트 — 하디를 찾으러 다닌 로럴,[18] 파타혼을 찾으러 다닌 팟.[19] 카프카는 신에게 이런 여흥거리를 제공함으로써 자신의 작품을 위한 시간을 마련했다. 그의 작품은 이제 신이 더는 걱정할 필요가 없었던 것이다. 그러나 카프카는 이러한 친우관계에서 아마도 바로 자신의 악마에게 유희공간을 마련해주었을 것이다. 어쩌면 그는 마치 산초 판사가 돈키호테와 그의 기사도라는 심오한 키메라를 대하듯이 브로트와 그의 심오한 유대 철학적 명제들을 대했을 것이다. 카프카는 꽤 많은 악마들이 자기 몸속에 기거하게 했고, 그는 그 악마들이 무례함, 실수, 거북한 상황과 같은 형태로 자기 앞에 출몰하는 것을 흔쾌히 지켜볼 수 있었다. 그는 아마도 브로트에 대해 적어도 자기 자신에 대해서만큼 책임감을 느꼈을 것이다. 아니 그 이상일 것이다.

모든 희극성은 끔찍함, 즉 신화로부터 탈취해낸 것일까? — 그리스 희극은 그 웃음의 최초 대상을 끔찍함에서 찾아냈을까? — 모든 끔찍함이 희극적 측면을 지닐 수 있다는 점, 하지만 그렇다고 해서

---

18) 로럴과 하디(Laurel & Hardy): 20세기 초 무성영화 시대의 코미디언 콤비인 스탠 로럴과 올리버 하디를 가리킨다.

19) 팟과 파타혼(Pat & Patachon)은 무성영화 시대 덴마크의 코미디 듀오로서 독일에서 알려진 이름이다. 원래 덴마크어로 'Fyrtaarnet'와 'Bivognen'(줄여서 'Fy og Bi')이며, 영어권에서는 'Ole & Axel' 또는 'Long & Short'로 불렸다. 두 사람은 1921~40년에 55편의 영화를 만들었다.

모든 희극성이 **반드시** 끔찍한 것은 **아니다**. 첫 번째 것〔희극적 측면〕을 발견하는 것은 끔찍함을 평가절하한다. 그렇지만 두 번째 것〔끔찍함〕을 발견하는 것은 희극성을 평가절하하지는 않는다. 따라서 희극성이 우위에 있다. 최고로 이용 가능한 것은 두 측면을 파악할 수 있는 경지이다.

역사에서는 집에서처럼 살지 않기.

Ms 963

카프카의 언어가 소설에서는 민중적인 이야기와 혼동될 정도로 비슷하게 펼쳐짐으로써 소설을 단편〔이야기〕들로부터 갈라놓는 간극이 그만큼 더 건너갈 수 없이 크게 나타나기만 한다. "스스로 아무 조언도 받지 못하고 조언을 줄 수도 없는 개인"은 카프카에게서 그 이전 어느 때보다도 평범한 사람의 무미건조함, 진부함, 유리 같은 투명함을 지니게 된다. 카프카를 제외하면 우리는 소설 주인공의 당혹감이란 그의 특수한 내적인 성질, 그의 미묘함, 또는 그의 복합적인 성질에서 연유한다고 믿었는지 모른다. 비로소 카프카가 바로 민중의 지혜가 지향하는 인간, 단순하면서 선의를 지닌 사람, 속담이 조언을 해주고, 나이 든 사람들의 말이 위로가 되는 인간을 소설의 중심에 두게 된다. 그런데 한 곤경에서 다른 곤경으로 빠져드는 사람이 이처럼 나무랄 데 없는 사람이라면 그 책임은 그의 천성에 있을 수 없다. 그 책임은 그가 보내어졌고 그처럼 서투르게 처신하게 된 세상에 있을 수밖에 없다.

Ms 250

프루스트와 카프카

카프카와 마르셀 프루스트(Marcel Proust)에 공통된 무엇인가가 있다. 그리고 누가 알랴, 이 무엇이 그 밖에도 다른 어디엔가 있을지. 그 공통점은 그들이 '자아'를 사용하는 방식이다. 프루스트가 그의 『잃어버린 시간을 찾아서』에서, 그리고 카프카가 그의 일기에서 '나'라고 말할 때 그것은 똑같이 투명하고 유리 같은 자아이다. 그 자아의 방들은 고유한 색깔이 없다. 독자는 누구나 그 방들을 오늘 들어가 살다가 내일 떠날 수 있다. 그 방들에서 밖을 전망할 수 있고 그 방들을 조금도 거기에 묶여 있을 필요 없이 구석구석 살펴볼 수 있다. 이 작가들 속에서 주체는 다가오는 재난들 속에서 백발이 되어버릴 행성의 보호색을 띠고 있다.

Ms 251

4. 수기들(1934년 8월까지)

a. 브레히트와의 대화 [20]

7월 6일

어제 대화에서 브레히트는 이렇게 말했다. "나는 종종 내가 심문을 받게 될 법정을 상상해봅니다." "무슨 뜻입니까? 진지하게 생각하시는 겁니까?" "전적으로 진지한 것은 아니라고 해야겠지요. 그런 생각을 진지하게 하기에는 나는 기교와 관련된 것, 연극에 도움이 되는 것에 대한 생각을 너무 많이 합니다. 하지만 당신의 중요한 질문에

---

20) 이 '브레히트와의 대화' 부분은 『벤야민 선집』 제8권 참조.

내가 아니라고 대답한 이상 더 중요한 주장을 하겠습니다. 나의 이러한 태도는 말자하면 허락된 것입니다." 이 주장은 대화가 진행되면서 나중에 나왔다. 브레히트는 자신의 방식이 지니는 합법성이 아니라 그 방식의 호소력에 대해 의혹을 제기하면서 시작했다. 내가 게르하르트 하우프트만에 대해 몇 가지 언급을 하자 그는 이렇게 말했다. "이따금 나는 그들이 무언가를 실지로 이룬 유일한 작가들이 아닐까 자문하곤 합니다. 실체적인 작가(Substanz-Dichter)들 말입니다." 브레히트는 이러한 작가들을 전혀 진지하지 않은 작가들이라고 이해했다. 이 생각을 설명하기 위해 그는 공자가 비극을, 혹은 레닌이 소설을 쓴다는 허구에서 출발한다. 사람들은 그것이 부적당한 일이고, 그들에게 어울리지 않는 태도라고 느낄지 모른다고 브레히트는 해명한다. "당신이 어떤 훌륭한 정치소설을 읽었는데 나중에 그 소설을 레닌이 쓴 것임을 알았다고 가정해봅시다. 당신은 소설과 레닌 양자에 대한 당신의 의견을 바꿀지 모릅니다. 그것도 양자 모두에게 불리하게요. 공자 또한 에우리피데스가 쓴 것과 같은 작품을 써서는 안 되겠지요. 사람들은 그것이 어울리지 않는 일이라고 보았을 겁니다. 공자의 비유들은 그 반대이지만요." 요컨대 이 모든 말은 문학가 유형을 두 가지로 나누는 데로 귀착한다. 한편에서는 진지한 예언가 유형, 다른 한편에서는 그다지 진지하지 않지만 신중한 유형이 그것이다. 여기서 나는 카프카에 대한 질문을 던졌다. 카프카는 두 유형 중 어디에 속합니까? 이 질문에 대해 대답을 결정할 수 없음을 나는 안다. 그런데 바로 이처럼 결정할 수 없다는 점이 브레히트에게는 자기가 위대한 작가라고 여기는 카프카가 클라이스트나 그라베나 뷔히너와 마찬가지로 실패한 작가라는 징후이다. 사실 카프카의 출발점은 우화이다. 우화는 이성 앞에서 해명되는 것이기 때문에 우화에서는 텍스트에 관한 한 그다지 진지할 필요는 없다. 그런데 우화는 형상화에 지배된다. 우화가 확대되면 한 편의 소설이 된다. 자세히 보면 우화는 처음부터 소설로 성장할 싹을 자체 속에 지니고 있다. 완전하게 해명된 우화는 한 번도 없었다. 한편 브레히트의 확신에 따르면 『카라마조프가의 형제들』에 나오는 도스토옙스키의 종교재판장, 성자 스타레츠의 시신이 썩기 시작하는 우화적 장면 등이 없었다면 카프카는 자신만의 고유한 형식을 발견하지 못했을 것이다. 카프카에서 우화적 요소는 예언적 요소와 반목한다. 브레히트가 말하듯 예언가로서 카프카는 존재하는 것은 보지 못하고 다가오는 것을 보았다. 브레히트는 카프카의 작품에는 예언적인 측면이 있다고 강조했다.[21] 이것은 예전에도 르 라방두에서 말한 사항인데 이번에 내게 더 분명하게 말했다. 카프카는 하나의 문제, 어쩌면 단 하나의 문제만을 갖고 있는데, 바로 조직의 문제가 그것이다. 그를 사로잡은 것은 개미왕국에 대한 불안이었다는 것이다. 그것은 인간이 어떻게 공존의 형식들을 통해 자신으로부터 소외되는가라는 문제이다. 카프카는 이러한 소외의 특정 형식들, 예컨대 소련의 국가비밀경찰(GPU)의 방식에서 볼 수 있는 형식을 예견했다. 하지만 그는 해결책을 찾지 못했고 자신의 악몽으로부터 깨어나지 못했다. 브레히트는 카프카의 꼼꼼함

---

21) Bertolt Brecht, *Gesammelte Werke in acht Bänden*, Bd. 4, Frankfurt a. M., 1967, pp. 432~34 참조.

에 대해 언급했는데, 그것은 부정확한 자, 꿈꾸는 자의 꼼꼼함이라는 것이다.

8월 5일

3주 전에 브레히트에게 카프카에 대해 쓴 내 논문을 주었다. 아마 그는 그것을 읽긴 했을 텐데 먼저 말을 꺼내지는 않았다. 내가 두 번이나 화제로 삼아도 회피하는 대답을 했다. 결국 나는 아무 말도 하지 않고 원고를 그냥 다시 가져왔다. 그런데 어제 저녁 그가 갑자기 그 논문 이야기를 꺼냈다. 약간 급작스럽고 위험한 발언으로 말문을 돌린 것이다. 나 또한 니체식의 일기체 글을 쓴다는 비난에서 자유롭지 못하다는 것이다. 예를 들어 내 카프카 논문은 단지 현상적 측면에서 카프카를 다루면서 작품도 사람도 마치 저절로 성숙해진 것처럼 취급하고, 그러면서 그것을 모든 연관관계로부터, 심지어 저자 자신과의 연관관계로부터도 떼어놓는다는 것이다. 나는 언제나 **본질**에 대한 질문으로 돌아간다는 것이다. 그렇다면 이와는 달리 사태를 어떻게 파악해야 할 것인가? 카프카의 경우 사람들은 다음과 같은 물음을 던지며 접근해야 한다는 것이다. 그는 무엇을 하는가? 그는 어떻게 처신하는가? 일단 특수한 것보다는 일반적인 것에 접근해야 한다. 그러면 다음과 같은 사실이 드러난다. 즉 카프카는 프라하에서 저널리스트들과 잘난 체하는 문인들이 있는 나쁜 환경에서 살았다. 이러한 세계에서 문학은 유일한 현실이 아니나 주된 현실이었다. 카프카의 강점과 약점, 즉 그의 예술적 가치, 심지어 여러 모로 쓸데없는 측면까지 이러한 현실관과 관계가 있다. 그는 유대인 출신 청년이고 — 우리가 아리안 청년이라는 개념을 사용할 수 있는 것처럼 — 궁색하고 불쾌한 인간이며 프라하 문화의 늪에 떠오른 거품일 뿐 그 이상도 그 이하도 아니다. 하지만 아주 흥미 있는 특정한 측면들도 있다. 우리는 그 측면들을 드러낼 수 있다. 이를테면 노자가 제자 카프카와 나누는 대화를 상상해볼 수 있다. 노자가 말한다. "이보게, 카프카 학생. 자네가 살고 있는 조직, 법과 경제의 형태가 자네한테는 으스스하게 느껴지지? — 그렇습니다 — 그 안에서 어떻게 해야 할지를 더 이상 모르겠지? — 그렇습니다 — 한 장의 주식도 으스스하지? — 네 — 그렇다면 자네는 자네가 따를 수 있는 한 사람의 지도자를 요구하는 것이네, 카프카 학생." 이것은 물론 비난받을 만한 일인데, 그래서 자신은 카프카를 거부한다고 브레히트는 말한다. 그는 '쓰임새의 고통'에 대한 중국 철학자의 비유를 들었다. "숲속에는 여러 종류의 나무줄기가 있습니다. 제일 굵은 나무에서는 배의 대들보 감을 베어내고, 그보다 덜 굵지만 그런대로 쓸 만한 나무로는 상자 뚜껑이나 관을 만듭니다. 아주 가는 나무로는 회초리를 만듭니다. 그러나 구부러진 나무로는 아무 것도 만들지 않습니다. 이 나무는 쓰임새의 고통을 벗어난 것입니다. 이러한 숲속에서처럼 카프카가 쓴 것도 둘러보아야 합니다. 그러면 거기서 제법 쓸 만한 것들을 찾아내게 될 것입니다. 이미지들은 훌륭합니다. 나머지는 비밀주의를 표방할 뿐입니다. 이 나머지가 난센스입니다. 그것은 무시해야 합니다. 깊이로는 앞으로 나아가지 못합니다. 깊이는 그 자체가 하나의 차원이지만, 깊이에서는 어떠한 것도 모습을 드러내지 못합니다." 브레히트의 이 말에 이어 나는 다음과 같이 마무리 발언을 했다. "깊이로 파고들어가는 것은 대척점에 도달하기 위한 내 나름의 방식입니다. 크라우스에 대한 논문에서는 실제로 대척점에 도달했습니다. 카프카에 대한 논문에서 그렇게까지 성공하지 못한 것은 인정합니다. 그래서 일기식 기록이 되었다는 비난을 반박할 수는 없습니다. 사실 내 관심은 크라우스가 설정한 한계공간, 카프카가 다른 방식으로 설정한 이 공간 내에서의 논쟁에 있습니다. 카프카의 경우 나는 이 공간을 아직 다 살펴보지 못했습니다. 카프카 작품에 상당한 잔해와 쓰레기, 진짜 비밀주의가 들어 있음은 내게도 분명합니다. 하지만 결정적인 것은 그러한 것들과는 다른 것이고, 내 논문은 이 중 몇 가지를 다룬 것입니다." 나는 브레히트의 문제제기는 개별적인 것에 대한 해석에서 실증되어야 할 거라고 했다. 나는 「이웃 마을」[22]을 예로 들었다. 그러자 이 제안으로 인해 브레히트가 갈등에 빠지는 것을 볼 수 있었다. 이 이야기에 대해 "무가치하다"고 한 (한스) 아이슬러의 단언을 그는 단호하게 거부했다. 그러나 다른 한편 그는 이 이야기의 가치를 드러내는 데는 성공하지 못했다. 브레히트는 "면밀하게 검토해 보아야 할 사항"이라는 의견이었다. 그리고는 대화가 끊겼다. 10시가 되었고 빈에서 보내는 라디오 뉴스가 들렸다.

8월 31일

그저께 내 카프카 논문에 대한 길고 열띤 논쟁이 있었다. 이 논쟁

---

22) Franz Kafka, *Erzählungen*(*Gesammelte Werke*, hg. von Max Brod), Frankfurt a. M., 1946, p. 168f.

의 근본은 내 논문이 유대 파시즘을 부추긴다는 비난이었다. 내 논문이 카프카라는 인물을 둘러싼 어둠을 분산시키는 대신 오히려 더 증가시키고 확산시켰다는 것이다. 이와는 달리 카프카로부터 쓸모없는 것을 쳐내는 것, 즉 그의 이야기에서 *끄집어낼* 수 있는 실질적인 제안들을 제시하는 것이 중요하다는 것이다. 카프카의 이야기로부터 제안을 *끄집어낼* 수 있다고 충분히 추측해 볼 수 있는데, 그것은 이 이야기들의 태도를 이루는 뛰어난 평정심 덕분이라는 것이다. 그렇지만 오늘날의 인류가 일반적으로 처한 커다란 곤경과 관련된 방향에서 이러한 제안들을 찾아야 한다는 것이다. 이러한 발언에 이어 브레히트는 그러한 곤경이 카프카의 작품에 남긴 자국을 드러내보고자 했다. 그는 주로『소송』을 예로 들었다. 무엇보다 거기에는 끝날 것 같지 않은, 또 부단히 진행되는 대도시의 성장에 대한 불안이 숨어 있다고 한다. 그는 이러한 생각이 인간에게 일으키는 악몽을 자신의 고유한 체험을 통해 알고 있다고 주장한다. 사람들이 오늘날의 삶의 형식들을 통해 휩쓸려 들어가는 무수한 매개, 의존, 교착이 이들 도시에서 표현된다. 다른 한편으로 그러한 상황은 '지도자'〔총통〕에 대한 열망에서 표현된다. 누군가 다른 사람을 탓하면서 그 사람을 외면해버리는 그런 세상에서 지도자는 소시민들에게 모든 불행에 대한 책임을 전가할 수 있는 사람을 나타낸다. 브레히트는『소송』을 예언적인 책이라고 부른다. "소련 국가비밀경찰의 미래는 게슈타포를 보면 알 수 있지요." 카프카의 전망, 그것은 바퀴에 깔린 인간의 전망이다. 그러한 전망을 특징적으로 보여주는 것이 오드라데크이다. 브레히트는 이 가장의 근심을 집 관리인으로 해석한다. 소시민인 이 사람에게 일은 실패할 수밖에 없다. 그의 상황이 곧 카프카의 상황이다. 그러나 오늘날 전형적인 소시민 유형 — 파시스트가 바로 그러한 유형이다 — 은 이러한 상황에 직면하여 자신의 강철 같고 억제할 수 없는 의지를 발동하기로 결심한 반면, 카프카는 그러한 상황에 거의 저항하지 않는다. 그는 현명하기 때문이다. 파시스트가 영웅주의로 대처하고 있는 반면, 카프카는 질문들로 대처한다. 그는 자신의 상황을 무엇이 보증해줄지를 묻는다. 하지만 그러한 보증은 일체의 이성적인 척도를 넘어설 수밖에 없다는 점이 이 상황의 특징이다. 어떠한 보증도 취약하다[쓸모없다]고 확신하는 그 사람이 바로 보험회사 직원이라는 사실은 일종의 카프카식 아이러니이다. 더구나 그의 끝없는 비관주의에는 운명이라는 일체의 비극적 감정이 배제되어 있다. 왜냐하면 카프카에게 불행에 대한 예상은 오직 경험으로만 — 물론 완성된 형태로 — 뒷받침되며, 그 최종 결과를 가늠하는 기준을 그는 고집스럽게 순진한 태도로 아주 하찮고 아주 일상적인 업무, 예를 들면 출장 중인 사람의 방문 혹은 관청에 문의하는 등의 업무에 두기 때문이다.

대화는 한동안 「이웃 마을」이라는 이야기에 집중되었다. 브레히트는 다음과 같이 설명한다. 이 이야기는 아킬레스와 거북이 이야기[23]와는 정반대이다. 말 타기의 행위가 아주 작은 부분들로 — 우발적 사건들은 차치하고라도 — 이루어진 것으로 본다면 어느 누구도 이웃

___
23) 그리스 신화, 트로이 전쟁의 영웅 아킬레스는 발이 빠른 영웅으로 알려져 있는데 이런 아킬레스가 거북이와 달리기 시합을 하더라도 앞서 출발한 거북이를 따라잡을 수 없다고 주장한 기원전 5세기 그리스 철학자 제논의 역설.

마을에 도달하지 못한다. 이러한 말 타기를 하기에는 인생이 너무 짧다. 하지만 여기서 잘못은 '어느 누구도'에 있다. 말 타기가 세분화되듯이 말 탄 사람도 세분화되기 때문이다. 인생의 통일성이 사라지듯이 인생의 짧음 또한 사라진다. 인생이 짧으면 짧은 대로 두어도 된다. 그래도 상관없다. 왜냐하면 길을 떠난 사람은 아니지만 다른 사람이 마을에 도착하기 때문이다. 나는 내 나름대로 다음과 같은 해석을 제시했다. 인생의 진정한 척도는 기억이다. 기억은 뒤돌아보면서 인생을 섬광처럼 죽 훑고 지나간다. 책장 몇 장을 넘기듯 순식간에 기억은 말 탄 자가 길을 떠날 결심을 한 그 자리에 도달한다. 노인들에게 그렇듯이 인생이 문자로 변한 자들은 이 문자를 거꾸로밖에는 읽을 수 없을 것이다. 그렇게 해서만 그들은 자기 자신과 만나고, 그렇게 해서만 — 현재로부터 도피하면서 — 이러한 만남을 이해할 수 있다.

b. 숄렘에게 보낸 1934년 8월 11일자 편지 관련 노트

1) "계시가 그것의 무(無)로 환원되는 시각에서 봤을 때 계시의 세계"란 무엇일까?

2) 나는 카프카의 세계에 계시의 측면이 없다고 부정하지 않는다. 오히려 나는 그 계시가 "왜곡되어" 있다고 선언함으로써 그 측면을 인정한다.

3) 카프카는 법에 관해 결코 뭔가가 명시적으로 언급하지도 않으면

서 법에 집착하는데, 이러한 집착을 나는 그의 저작의 사점(死點), 비밀주의자의 서랍이라고 여긴다. 이 법 개념이야말로 나는 다루지 않고자 한다. 그럼에도 그 법 개념이 카프카의 작품에서 어떤 기능을 갖는다면 ― 나는 이 문제를 열어두고자 하는데 ― 내 해석처럼 이미지들에서 출발하는 해석도 그 기능 쪽으로 이끌 수 있다.

4) 숍스에게 보낸 공개서한을 보내주기 바람. 그 서한에서 올바르게 이해된 신학의 개념을 추출할 수 있을 것임.

5) 학생들 ― "성서를 잃어버린" 학생들 ― 이야말로 창녀적인 세계에 속하지 않는다는 점을 나는 처음부터 강조했다. 나는 학생들을, 카프카의 말에 따르면 "무한히 많은 희망"이 존재하는 피조물들의 맨 꼭대기에 뒀다.

6) 학생들이 성서를 잃어버렸든, 아니면 성서를 해독하지 못하든 똑같은 결과를 낳는다. 왜냐하면 성서는 그것에 속한 열쇠 없이는 성서가 아니라 삶이기 때문이다. 삶을 글자로 직접 변형하려는 시도 속에서 나는 수많은 카프카의 비유들이 갈구하는 '회귀'가 갖는 의미를 보는데, 그것을 나는 「이웃 마을」과 「양동이를 탄 사나이」에서 보여줬다. 산초 판사의 삶이 모범적인 이유는 그 삶이 본래 돈키호테적인 삶을 다시 읽는 데 본질이 있기 때문이다. 이때 말이 사람보다 더 잘 "읽는다".

7) 나는 재판관들의 태도에 근거를 둔 논증을 철회했다. 그 밖에 그 논증 역시 신학적 해석의 가능성 일반을 부정하기 위한 것은 아니었고, 그러한 해석을 뻔뻔스럽게 이용하는 프라하의 무리를 겨

냥한 것일 뿐이었다.

8) {비알릭의 논문 「하가다와 할라하」를 요청할 것.}

9) 내 논문과 자네의 시[24]의 관계를 나는 다음과 같이 파악하고 싶네. 자네는 '계시의 무'로부터, 즉 정해진 소송절차의 구원사적 시각으로부터 출발하고 있네. 나는 작은 부조리한 희망, 그리고 카프카의 작품에서 이 부조리함에 상응하는 인물들 — 그와 더불어 그 부조리함을 탄핵하는 인물들 — 로부터 출발하네.

10) 내가 카프카의 가장 강력한 반응을 수치심이라고 칭한다면 그것은 그 밖의 내 해석과 전혀 모순되지 않는다. 오히려 카프카의 은밀한 현재라고 할 수 있는 전세가 바로 이 반응을 개인적 상태의 영역으로부터 들어내는 역사철학적 지표이다. 즉 토라는 우리가 카프카의 서술을 따른다면 실패한 셈이다. 그리고 한때 모세에 의해 성취되었던 모든 것은 우리의 우주적 시대에 만회해야 할 것이다.

Ms 249

정관적 삶에 대하여
"저를 귀하의 꿈으로 봐주세요."
돈키호테는 산초 판사가 꿈꾼 사람이다.
카프카도 꿈에 등장한 사람이다. 그를 꿈꾼 이들은 대중이다.
카프카의 수기들이 역사적 경험에 대해 갖는 관계는 비유클리드

---

24) 숄렘이 보낸 편지 15a 참조(이 책 162쪽 이하).

기하학이 경험적 기하학에 대해 갖는 관계와 같다.

숄렘에게 보낸 카프카 편지에 관해

Ms 252

5. 수기들(1934년 9월부터)

a. 다른 사람들의 견해와 나 자신의 성찰을 기록한 노트묶음

카프카 논문 수정에 관해

〔첫째 쪽〕

1) 첫 번째 장에서 아버지의 상에 대해 분석할 때 「열한 명의 아들」
   을 고려해야 한다. 여기에 이 작품 자체, 이 작품에 대한 크라프
   트의 주해, 카이저의 저서를 끌어들일 필요가 있다〔크라프트에게
   보낸 편지 2번 참조〕.

2) 크라프트는 내가 유고로 전해진 카프카의 아포리즘을 끌어들이

는 태도를 정당성이 결여된 것으로 서술한 구절에 이의를 제기하는데, 이를 물리칠 필요가 있다. "이 유고집은 …… 사안 자체를 두고 볼 때 모든 소설들과 똑같이 정당성이 결여된 상태에 있습니다." 하지만 유고집의 출판과 관련해서 정당성이 결여된 것이지 유고집의 실체와 관련해서 정당성이 결여된 것은 아니다. 이 실체를 카프카는 보고와 비유들을 통해 제시하고자 했고, 이 보고와 비유들에 비해볼 때 성찰들은 부록과 보유(補遺)일 뿐이고, 그것도 매우 독특한 종류의 것이다.

3) 크라프트는 카프카에 대한 정신분석적인 해석을 내가 '자연적' 해석으로 칭한 데 대해 항의한다. 그는 자연적 해석을 카프카 작품의 사회적 전제에 대한 서술에 근접하는 어떤 해석에 해당하는 것으로 보고자 한다. 이것은 숙고해볼 여지가 있다.

4) 동물 이야기들에 대한 크라프트의 중요한 지적: "제가 보기에 그의 동물 이야기들은 대개의 경우 경험적-형이상학적 상황의 비가시적인 부분을 서술하기 위한 기술적 수단에 불과합니다. 이를테면 '요제피네'(「가수 요제피네 또는 쥐들의 종족」) 또는 개가 쓴 수기(「어느 개의 연구」)가 그것입니다. 두 작품 모두에서 '종족'이 서술되고 있습니다." 옳은 지적이다. 이것이 카프카에게서 동물세계에 대한 내 해석과 어떻게 연관되는지를 보여줄 필요가 있다. ―「어느 개의 연구」와 관련해서는 오히려 브레히트의 「군인 퓨쿰베이의 꿈」(서푼짜리 소설(암스테르담, 1934)의 에필로그)을 끌어올 필요가 있다. 퓨쿰베이는 생애 마지막 반년을 개들 속에서 보냈다.

5) 크라프트의 지적: "이 여성들 각각은 성(城)과 모종의 관계를 갖고 있고, 그것을 당신은 무시하고 계십니다. 예를 들어 프리다가 자신의 과거에 대해 묻지 않는다고 K.를 비난할 때 그 과거는 '늪'이 아니라 (예전에) 클람과 동거했던 시절입니다."

6) 크라프트에게서 「낡은 쪽지」에 대한 주해를 보내달라고 할 것.

7) 슈베이크와 비교하는 것은 크라프트가 주장한 대로 어쩌면 정말 받아들일 수 없는지 모른다. 그러니까 이렇게 축약한 형태로는 말이다. 슈베이크를 차라리 카프카의 출신 배경인 프라하를 서술하는 데 투입하는 것은 어떨지?

Ms 234

〔둘째 쪽〕

8) 크라프트는 카프카와 신지학의 관계는 ─ 슈타이너에 대해 쓴 일기가 알려주듯이〔카프카 에세이, 이 책 81쪽 참조〕 ─ 내 견해가 맞지 않음을 보여주는 심급이라고 말한다. 나는 단지 그 맥락은 카프카가 실패할 수밖에 없었던 이유를 들여다볼 수 있게 한다고 생각한다.

9) 〔마가레테〕 주스만의 논문 「프란츠 카프카에게서 욥의 문제」를 인용할 것.[25] 이 논문에 나오는 다음 문장: "카프카는 ─ 그 자신의 말에 따르면 ─ 지금까지 적어도 늘 예감은 할 수 있었던 세계의 음악을 모든 심층에 이르기까지 중단시킨 최초의 인물이다."

---

25) 벤야민이 크라프트에게 보낸 편지 5번 참조.

10) 크라프트가 「형제 살해」에 대한 주해에서 '얇은 푸른색 옷'에 관해
언급한 부분. "푸른색은 표현주의 회화의 색이자 문학의 색이다.
프란츠 마르크의 회화나 게오르크 트라클의 시만 보아도 알 수
있다."

11) 프라하와 우주 사이에 불꽃이 튀게 할 것. 에딩턴 인용을 그렇게
투입할 것〔「물리적 세계의 본성」(브라운슈바이크, 1931), pp. 334~35,
숄렘에게 보낸 편지 26번 참조〕.

12) "이러한 상징적 현세 …… 아주 가까이에 카프카라는 조용하고
위대한 현상이 있다. 여기서 잠겨버린 세계 또는 지금껏 피안이
었던 세계가 이 세계 속의 삶에 섬뜩하게 귀환하고 있다. 그 세계
는 옛 금기, 법, 질서의 데몬들을 선사시대 이스라엘의 죄와 꿈의
지하수, 붕괴될 때 밀려드는 그 지하수 속에 비추고 있다." 에른
스트 블로흐, 『이 시대의 유산』(취리히, 1935), p. 182.

13) 내가 크라프트에게 보낸 편지에 카프카에게서 지혜와 어리석음
에 대해 언급한 것을 조사할 것〔크라프트에게 보낸 편지 4번 참조〕.

14) 카프카가 「법에 대한 의문」(Zur Frage der Gesetze)에서 언급하는
구절들을 비교할 필요가 있다. 여기서도 크라프트가 주장하듯이
'법'과 '법들'을 구별하는 것이 허용되는지 살펴봐야 한다. 법들은
카프카에게서 사점을 나타내는지?

15) "예언적 작가로서의 카프카"에 관한 장을 만들 필요가 있다.[26]

16) 브로트의 50회 생신 기념논문집에 실린, 카프카가 브로트에게 보

---

26) 이 책 120쪽 참조.

낸 편지 두 통(프라하).

17) 우화적인 글을 창시하는 데 실패한 카프카를 상세하게 다룰 것.
그는 어떤 정황 때문에 실패했을까?

18) 문헌: 브로트의 50회 생신기념논문집 / 〔Edmond〕 Jaloux, Über
den 'Prozeß' in den Nouvelles Littéraires〔1934〕 / 〔Werner〕
Kraft, Ein altes Blatt / Zweifel und Glauben / 브로트에 반대하는
논문 / 〔Chajim Nachman〕 Bialik, Hagadah und Halacha (*Der Jude*
〔IV (1919), pp. 62~77.〕)

Ms 235

〔셋째 쪽〕

19) 비젠그룬트〔아도르노〕의 예전의 해석 시도. "구원받은 삶의 관점
에서 이승에서의 삶을 찍은 사진 한 장"으로서의 카프카. "사진에
는 이 이승의 삶에서 검은 천의 뾰족한 모서리 하나만 보입니다.
그런데 이 사진에 보이는 엄청나게 전치된 그 이미지의 시각은
바로 비스듬히 세워진 카메라의 시각 자체라는 것입니다"〔아도르
노가 벤야민에게 보낸 편지 3번 참조〕.

20) "원사와 모던의 관계가 아직 개념으로 부각되지 않았습니다.
…… 맨 처음 드러나는 빈자리는 …… 루카치를 인용하면서 역사
적 시대와 우주적 시대의 안티테제를 언급하는 부분입니다. 이
안티테제는 단순한 대조가 아니라 변증법적으로도 그 자체가 생
산적이 될 수 있을 겁니다. **우리**에게 시대라는 개념은 전적으로
비실재적이며 …… 오로지 우주적 시대만이 석화된 현재의 외삽

으로서 존재할 뿐이라고 말하고 싶네요. …… 카프카에게서는 우주적 시대라는 개념이 헤겔적인 의미에서 추상적으로 남아 있습니다. …… 이것은 무엇보다 카프카에게서 원사의 상기(Anamnesis)가 — 또는 원사에서 '망각된 것'이 — 귀하의 논문에서 주로 태곳적〔원시적〕의미에서 해석되었지 충분히 변증법적인 의미에서 해석된 것이 아니라는 사실을 말해줍니다. …… 제시된 일화들 중 하나가, 즉 카프카의 어린 시절의 사진이 해석되지 **않은** 상태로 남은 것은 우연이 아닙니다. 그 사진에 대한 해석은 사진 촬영의 불빛 속에서 일어나는 우주적 시대의 중화현상에 비견될 수 있을 것입니다. 그런데 이것은 있을 수 있는 모든 불일치 …… 태곳적에 사로잡혀 있다는 …… 징후입니다. 그러한 불일치 가운데 가장 중요한 것은 오드라데크의 경우인 것으로 보입니다. 왜냐하면 오드라데크를 '전세와 죄'로부터 출현하게끔 한다는 것은 …… 태곳적인 상태일 뿐이기 때문입니다. …… 그의 존재를 통해 피조물의 죄 관계가 지양되는 상태가 상징적으로 예시되어 있지 않나요? 그 걱정은 …… 바로 집이 지양되는 가운데 보이는 **희망**의 암호, 아니 희망의 가장 확실한 약속이 아닐까요? …… 오드라데크는 너무도 변증법적이어서 그에 관해서는 정말로 "아무것도 아닌 것처럼 모든 것이 다 잘 되었다"라고도 말할 수 있습니다. / 신화와 동화에 관한 구절도 이와 똑같은 문제복합체에 속합니다. 여기에서는 우선 동화가 간계를 통한 신화의 극복이나 신화의 분쇄로 등장한다는 데 대해 실제적으로 이의를 제기할 수 있겠네요. 마치 아테네 비극작가들이 동화작가들인 듯 말입니다.

······ 그리고 마치 동화의 핵심 인물들이 신화 **이전적**인, 아니 선악과를 먹기 이전의 세계에 해당하지 않는 것처럼 말입니다. ······ / "시골 성당 축성기념일이나 아동축제"라는 표현이 나오는 자연극장에 대한 해석 역시 제게는 원시적으로 보입니다. 1880년대 대도시에서 열린 가수들의 축제라는 이미지라면 틀림없이 더 진실했을 것입니다. 모르겐슈테른의 "마을공기"는 저에게는 늘 의심스러웠습니다. 카프카가 종교의 창시자가 아니라면 ······ 그는 또한 틀림없이 유대교를 정신적 고향으로 삼는 작가가 결코 아니었습니다. 여기서 저는 독일인과 유대인의 결합을 언급한 문장들이 결정적이라고 느낍니다〔앞의 편지〕.

21) "유형지에서 죄수들은 등 위에뿐만 아니라 온몸에 기계로 글씨가 새겨집니다. ······ 심지어 기계가 죄수들을 뒤집는 과정에 대한 묘사도 있지 않습니까. (이해하는 순간에도 주어지는 이 뒤집기가 이 이야기의 핵심입니다. 그 밖에도 이 이야기는 ······ 귀하가 정당하게 거부하는 아포리즘들처럼 모종의 관념론적 추상성을 띠고 있는데. 이 이야기의 엉뚱한 결말, 즉 찻집 탁자 아래 전임 사령관의 무덤에 관한 장면을 잊어서는 안 될 것입니다)"(비젠그룬트의 편지〔앞의 편지〕).

Ms 236

〔넷째 쪽〕

22) "천사들의 어깨에 동여맨 날개들은 결함이 아니라 천사들의 '특징'입니다. 그 날개, 그 진부한 가상이 희망 자체 ······ 입니다. 여기서부터, 즉 태고의 현대로서 이 가상의 변증법으로부터 ······

극장과 제스처의 기능이 완전히 열리는 것 같습니다. …… 우리가 제스처의 동기를 찾아보려고 한다면 …… 그것을 …… '현대'에서, 즉 언어의 사멸에서 찾아봐야 할 것입니다. …… 그리하여 그 제스처는 …… 분명 …… 기도로서의 공부를 통해 해명됩니다. 그것을 '실험적 배치'로 이해할 수는 없을 것 같네요. 그리고 이 논문에서 낯설게 생각되는 유일한 것은 서사극의 범주들을 끌어들이고 있는 부분입니다. …… 카프카의 소설들은 실험극장을 위한 연출교본들이 아닙니다. …… 오히려 그의 소설들은 무성영화와 연결되는 사라져가는 마지막 텍스트들입니다. (무성영화가 카프카의 죽음과 거의 동시에 사라졌음은 괜한 일이 아니겠지요.) 제스처들의 이중적 의미는 …… 무언성(無言性) 속으로 침잠하는 것과 음악을 통해 그 무언성으로부터 일어서는 것 사이의 이중적 의미입니다. 그래서 제스처-동물-음악의 짜임관계를 보여주는 가장 중요한 작품으로 어느 개의 기록에 나오는 소리 없이 음악을 하는 일군의 개들에 대한 이야기를 꼽을 수 있으며, 저는 이 작품을 주저하지 않고 산초 판사 곁에 두고자 합니다. 그 작품을 끌어들이면 여기서 많은 점을 해명할 수 있을 겁니다"(비젠그룬트의 편지〔앞의 편지〕).

23) "그렇기 때문에 구원의 '극장'으로서의 세계라는 구상에는 이 단어를 언어 없이 넘겨받는 가운데 다음과 같은 사실이 본질적으로 포함됩니다. 즉 카프카의 예술형식은 …… 연극적 형식과는 극단적인 안티테제의 관계에 있고 바로 소설이라는 사실입니다"(비젠그룬트의 편지〔앞의 편지〕).

24) 브레히트는 『소송』에는 끝날 것 같지 않은, 또 부단히 진행되는 대도시의 성장에 대한 불안이 숨어 있다고 말한다. 그는 이러한 생각이 인간에게 일으키는 악몽을 자신의 고유한 체험을 통해 알고 있다고 주장한다. 사람들이 휩쓸려 들어가는 무수한 매개, 의존, 교착이 이들 도시에서 표현된다. 그리하여 다른 한편 그러한 상황에 대한 반응도 표현되고 있는데, 즉 '지도자'〔총통〕에 대한 열망이 그것이다. 각자가 다른 사람을 탓하면서 책임을 회피하는 그런 세상에서 지도자는 소시민들에게 모든 불행에 대한 책임을 전가할 수 있는 사람을 나타낸다. 카프카는 하나의 문제, 어쩌면 단 하나의 문제만을 갖고 있는데, 바로 조직의 문제가 그것이라고 브레히트는 말한다. 그를 사로잡은 것은 개미왕국에 대한 불안이었다는 것이다. 그것은 인간이 어떻게 공존의 형식들을 통해 자신으로부터 소외되는가라는 문제이다. 카프카는 이러한 소외의 특정 형식들, 예컨대 소련 국가비밀경찰의 방식에서 볼 수 있는 형식을 예견했다. 그렇기 때문에 『소송』은 예언적인 책이라는 것이다〔브레히트와의 대화, 7월 6일과 8월 31일〕.

25) 「이웃 마을」. 브레히트는 다음과 같이 설명한다. 이 이야기는 아킬레스와 거북이 이야기와는 정반대이다. 말 타기의 행위가 아주 작은 부분들로 — 우발적 사건들은 차치하고라도 — 이루어진 것으로 본다면 어느 누구도 이웃 마을에 도달하지 못한다. 이러한 말 타기를 하기에는 인생이 너무 짧다. 하지만 여기서 잘못은 '어느 누구도'에 있다. 말 타기가 세분화되듯이 말 탄 사람도 세분화되기 때문이다. 인생의 통일성이 사라지듯이 인생의 짧음 또한

사라진다. 인생이 짧으면 짧은 대로 두어도 된다. 그래도 상관없
다. 왜냐하면 길을 떠난 사람은 아니지만 다른 사람이 마을에 도
착하기 때문이다〔브레히트와의 대화, 8월 31일〕.

Ms 237

〔다섯째 쪽〕

26) 브레히트는 공자가 비극을, 혹은 레닌이 소설을 쓴다는 허구에서
　　출발한다. 사람들은 그것이 부적당한 일이고 그들에게 어울리지
　　않는 태도라고 느낄지 모른다고 브레히트는 해명한다. "당신이
　　어떤 훌륭한 정치 소설을 읽었는데 나중에 그 소설이 레닌이 쓴
　　것을 알았다고 가정해봅시다. 당신은 소설과 레닌 양자에 대한
　　당신의 의견을 바꿀지 모릅니다. 그것도 양자 모두에게 불리하게
　　요. 공자 또한 에우리피데스가 쓴 것과 같은 작품을 써서는 안 되
　　겠지요. 사람들은 그것이 어울리지 않는 일이라고 보았을 겁니
　　다. 공자의 비유들은 그 반대이지만요." 요컨대 이 모든 말은 문
　　학가 유형을 두 가지로 나누는 데로 귀착한다. 한편에서는 진지
　　한〔벤야민은 이 단어 위에 '품위가 중요한'(?)이라고 썼다〕 예언가
　　유형〔벤야민은 이 단어 위에 '열광하는 자'라고 썼다〕, 다른 한편
　　에서는 그다지 진지하지 않지만 신중한 유형이 그것이다. 카프카
　　는 두 유형 중 어디에 속할까? 이 질문에 대해 대답을 결정할 수
　　없다. 그런데 이처럼 결정할 수 없다는 점이 카프카가 클라이스
　　트나 그라베나 뷔히너와 마찬가지로 실패한 작가라는 징후이다.
　　카프카의 출발점은 우화이다. 우화는 이성 앞에서 해명되는 것이

기 때문에 우화에서는 그 이야기가 그다지 진지할 필요는 없다. 그런데 우화는 형상화에 지배된다. 우화가 확대되면 한 편의 소설이 된다. 자세히 보면 우화는 처음부터 소설로 성장할 싹을 자체 속에 지니고 있다. 완전하게 해명된 우화는 한 번도 없었다. 한편 브레히트의 확신에 따르면 『카라마조프가의 형제들』에 나오는 (도스토옙스키의) 종교재판장, (성자) 스타레츠의 시신이 썩기 시작하는 우화적 장면 등이 없었다면 카프카는 자신만의 고유한 형식을 발견하지 못했을 것이다. 카프카에서 우화적 요소는 예언적 요소와 반목한다. 브레히트가 말하듯 예언가로서 카프카는 존재하는 것은 보지 못하고 다가오는 것을 보았다(브레히트와의 대화, 7월 6일).

27) 브레히트: 카프카의 경우 사람들은 다음과 같은 물음을 던지며 접근해야 한다는 것이다. 그는 무엇을 하는가? 그는 어떻게 처신하는가? 일단 특수한 것보다는 일반적인 것에 접근해야 한다. 그러면 다음과 같은 사실이 드러난다. 즉 카프카는 프라하에서 저널리스트들과 잘난 체하는 문인들이 있는 나쁜 환경에서 살았다. 이러한 세계에서 문학은 유일한 현실이 아니나 주된 현실이었다. 카프카의 강점과 약점, 즉 그의 예술적 가치, 심지어 여러 모로 쓸데없는 측면까지 이러한 현실관과 관계가 있다. 그는 유대인 출신 청년이고 — 우리가 아리안 청년이라는 개념을 사용할 수 있는 것처럼 — 궁색하고 불쾌한 인간이며 프라하 문화의 늪에 떠오른 거품이다. 하지만 아주 흥미 있는 특정한 측면들도 있다. 중요한 것은 카프카로부터 쓸모없는 것을 쳐내는 것, 즉 그의 이

야기에서 끄집어낼 수 있는 실질적인 제안들을 제시하는 일이라고 한다. 카프카의 이야기로부터 제안을 끄집어낼 수 있다고 충분히 추측해 볼 수 있는데, 그 이야기들의 태도를 이루는 뛰어난 평정심 때문에라도 그럴 만하다는 것이다. 우리는 이러한 제안들을 오늘날의 인류가 일반적으로 처한 커다란 곤경과 관련된 방향에서 찾아야 한다는 것이다〔브레히트와의 대화, 8월 5일과 8월 31일〕.

Ms 238

〔여섯째 쪽〕

28) 브레히트는 노자가 제자 카프카와 나누는 대화를 상상해볼 수 있다고 말한다. 노자가 말한다. "이보게, 카프카 학생. 자네가 살고 있는 조직, 법과 경제의 형태가 자네한테는 으스스하게 느껴지지? ─그렇습니다─ 그 안에서 어떻게 해야 할지를 더 이상 모르겠지? ─그렇습니다─ 한 장의 주식도 으스스하지? ─네─ 그렇다면 자네는 자네가 따를 수 있는 한 사람의 지도자를 요구하는 것이네, 카프카 학생." 브레히트는 이어서 말한다. "이것은 물론 비난받을 만한 일인데, 그래서 나는 카프카를 거부합니다. 이미지들은 훌륭합니다. 나머지는 비밀주의를 표방할 뿐입니다. 이 나머지가 난센스입니다. 그것은 무시해야 합니다"〔브레히트와의 대화, 8월 5일〕.

29) 「이웃 마을」에 대한 내 해석은 이렇다. 인생의 진정한 척도는 기억이다. 기억은 뒤돌아보면서 인생을 섬광처럼 죽 훑고 지나간

다. 책장 몇 장을 넘기듯 순식간에 기억은 말 탄 자가 길을 떠날 결심을 한 그 자리에 도달한다. 노인들에게 그렇듯이 인생이 문자로 변한 자들은 이 문자를 거꾸로밖에는 읽을 수 없을 것이다. 그렇게 해서만 그들은 자기 자신과 만나고, 그렇게 해서만 — 현재로부터 도피하면서 — 이러한 만남을 이해할 수 있다[브레히트와의 대화, 8월 31일].

30) 프로이트는 어느 구절에서 말 타고 가는 것과 아버지 상의 연관관계를 다루는가?

31) 브레히트는 카프카의 꼼꼼함에 대해 언급했는데, 그것은 부정확한 자, 꿈꾸는 자의 꼼꼼함이라는 것이다[브레히트와의 대화, 7월 6일].

32)「가장의 근심」인 오드라데크를 브레히트는 집 관리인으로 해석한다[브레히트와의 대화, 8월 31일].

33) 카프카의 상황은 소시민이 처한 희망 없는 상황이다. 그러나 오늘날 전형적인 소시민 유형 — 파시스트가 바로 그러한 유형이다 — 은 이러한 상황에 직면하여 자신의 강철 같고 억제할 수 없는 의지를 발동시키기로 결심한 반면, 카프카는 그러한 상황에 거의 저항하지 않는다. 그는 현명하기 때문이다. 파시스트가 영웅주의로 대처하고 있는 반면, 카프카는 질문들로 대처한다. 그는 자신의 삶을 무엇이 보증해줄지를 묻는다. 하지만 그러한 보증은 일체의 이성적인 척도를 넘어설 수밖에 없다는 점이 그 삶이 처한 상황의 특징이다. 어떠한 보증도 취약하다[쓸모없다]고 확신하는 그 사람이 바로 보험회사 직원이라는 사실은 일종의 카프카식 아

이러니이다. ─ 자신이 처한 상황이 취약하다는 것은 카프카에게 인간이라는 사실을 포함해 그의 모든 속성의 취약함의 원인이 된다. 그 서기를 어떻게 도울 수 있을까? 이것이 카프카가 던지는 물음의 출발점이다. 그러나 그에 대한 답은 존재 일반의 애매모호함을 경유하는 우회로를 거친 뒤 이렇게 표명된다. 즉 그 서기는 인간이기 때문에 도울 수 없다〔브레히트와의 대화, 8월 31일〕.

34) 카프카 작품들이 주는 가르침은 우화의 형태로 모습을 드러내는 반면, 그 작품들의 상징적 내용은 제스처에서 드러난다. 카프카 작품의 본래적인 이율배반은 비유와 상징의 관계에 놓여 있다.

35) 망각과 기억의 관계는 비젠그룬트가 말하듯이〔아도르노가 벤야민에게 보낸 편지 3번〕 실제로 핵심적이며, 다룰 필요가 있다. 그 관계를 다룰 때 『쾌락원칙을 넘어서』를 각별하게 참조할 필요가 있고, 어쩌면 〔베르그송의〕 『물질과 기억』도 참조할 필요가 있다. 카프카를 변증법적으로 해명하는 작업은 이 관계를 다루는 작업에 토대를 둬야 할 것이다(하스에 대한 언급을 이렇게 해서 피할 수 있을 것이다〔?〕).

Ms 239

〔일곱째 쪽〕

36) 세 가지 기본 도식을 도입할 수 있다. 태고와 현대 ─ 상징과 비유 ─ 기억과 망각.

37) 프리드리히 헤벨(Friedrich Hebbel)은 영문도 모르고 거듭해서 재난들이 발생하는 현장의 증인이 되는 어떤 남자를 상상한 것을

어느 일기에 적어둔다. 그러나 그 남자는 그 재난을 직접 목도하는 것이 아니라 그 결과에만 맞닥뜨린다. 어질러진 회식자리, 흐트러진 침대, 층계에서 불어오는 바람 등. 그는 이러한 사건을 마주칠 때마다 늘 그 원인을 전혀 예감하지 못한 채 심한 낭패감에 휩싸인다. 그런데 카프카는 이러한 사건들 자체가 재난이 되는 사람과 같다. 전도자 솔로몬[27]에 비견할 만한 열패감이 꼼꼼한 성격의 그에게 덮쳐온다.

38) 카프카의 세계와 채플린의 세계의 경계로서의 유성영화.

39) 카프카가 문자의 '유물'로 보았을 법한 것을 나는 그 문자의 '선구'라고 칭한다. 또한 카프카가 '전세적 힘들'로 바라보았을 것을 나는 '우리 시대의 세속적 힘들'로 칭한다.[28]

40) 카프카에게서 단편[이야기]들이 붕괴하며 나온 산물로서의 소설 형식.

41) 『소송』은 당연히 실패한 작품이다. 『소송』은 신비적인 책과 풍자적인 책의 엄청난 혼합을 나타낸다. 그런데 이 두 요소의 상응관계가 제아무리 깊다고 해도 — 중세를 풍미한 신성모독의 강력한 흐름이 이를 증명한다 — 실패한 작품이라는 낙인이 버젓이 드러나 있지 않은 어떤 작품에서 그 두 요소가 통합된 적은 결코 없었

---

27) 전도서(傳道書, 원래는 '코헬렛'Kohelet)는 기독교와 유대교에서 쓰이는 구약성서의 한 책이다. 전도서의 저자는 자신을 다윗의 아들이며 이스라엘의 왕인 전도자(코헬렛)라 밝히고 있으며, 그래서 사람들은 이 책의 저자를 솔로몬 왕으로 여겼다. 전도서는 삶의 허무함과 삶의 최선의 방법들을 이야기하고 있다.

28) 카프카 에세이, 이 책 78, 90쪽 참조.

을 것이다.

42) 도식적으로 말해 카프카의 작품은 표현주의와 초현실주의 사이의 매우 보기 드문 연결고리를 보여주는 작품들 중 하나이다.

43) '오드라데크'에서 집은 감옥으로 나타난다.

44) 우화에서 소재는 그 우화가 관찰을 하기 위해 높이 올라가려면 버리게 되는 바닥짐일 뿐이다.

Ms 240

b. 에세이 개정판을 위한 구상, 첨가할 부분, 메모

개정판을 위한 시험적 배치

{종교재판장의 말을 인용한 부분[29]에 이어서 제2장 마지막 단락[30]을 넣을 것.}

{오클라호마의 자연극장을 서술한 두 번째 부분[31]을 첫 번째 부분[32] 바로 뒤에 넣을 것.}

『소송』을 '전개된 우화'로 가정한 부분에 이어서 다음을 쓸 것. "그런데 『소송』은 실제로 우화적인 것에 연결되는 측면이 있는데, 풍자

---

29) 카프카 에세이, 이 책 81쪽 첫째 줄까지의 인용문.

30) 카프카 에세이, 이 책 84쪽 열셋째 줄~86쪽 열째 줄.

31) 카프카 에세이, 이 책 82쪽 첫째 줄~83쪽 다섯째 줄.

32) 카프카 에세이, 이 책 72쪽 넷째 줄~73쪽 여덟째 줄.

적인 측면이 바로 그것이다."

"사법체계에 대한 고전적인 풍자의 모티프들"에 관한 구절〔아래의 Ms 243〕에 이어서 다음을 쓸 것. "하지만 카프카에게서 이 모티프들에 더하여 다른 모티프들, 우리가 다분히 정당하게 말할 수 있듯이 농담 — 가장 신랄한 농담까지도 — 의 여지가 없는 모티프들이 들어선다." 그것은 대도시의 악몽, 오늘날의 사회에서 개인이 내던져진 상태, 요컨대 "인간 사회에서 삶과 노동을 조직"[33]하는 문제이다. 〔메치니코프에서 인용한 다음 문장, 즉 "그러한 노동의 계획은 평범한 사람에게는 전혀 이해되지 않은 채 그대로 수행되는 경우가 허다했다"[34]에 이어서 쓸 것: "그 계획은 카프카에게 분명 그러했고, 그는 자신의 저작에서 이 이해 불가능성을 엄청 강조하며 표현했다. 그것이 현존하고 있음을 이런 식으로만 설명할 수 있는 — 비록 충분히 해석되지는 않지만 — 어떤 광대한 영역이 그의 저작 속에 자리 잡고 있다. 제스처가 바로 그 영역이다." "즉 카프카의 전 작품이 제스처들의 암호를 나타낸다."〕〔여백에 벤야민의 수기〕: 그는 수수께끼 같은 것과 이해 불가능한 것을 강조했고, 때때로 종교 재판장처럼 말하는 것처럼 보인다.[35]

Ms 241

---

33) 카프카 에세이, 이 책 78쪽 열다섯째 줄.

34) 카프카 에세이, 이 책 80쪽 열둘째 줄.

35) 카프카 에세이, 이 책 81쪽 첫째 줄까지의 인용문.

무성영화는 이 과정에서 매우 짧은 휴식시간이었다. 무성영화는 인간의 언어로 하여금 그것이 지닌 친숙한 차원을 포기하도록 강제하는 가운데, 표현의 차원에서 엄청난 압축을 시도할 수 있었다. 이 가능성을 채플린만큼 많이 이용한 사람도 없다. 무성영화가 일종의 유예기간으로 나타날 정도로 이 시대 인간의 자기소외를 깊이 느끼지 않은 사람이라면 어느 누구도 채플린을 따라갈 수 없었다. 물론 사람들은 그 무성영화에 연결될 텍스트를 스스로 고안해 낼 수 있었다. 이 유예기간을 카프카도 나름대로 이용했는데, 그는 무성영화가 무대에서 물러난 시간에 물러났으며, 그의 산문을 우리는 실제로 무성영화와 연결되는 마지막 텍스트라고 칭할 수 있다〔노트묶음, 22번과 38번, 이 책 302, 309쪽 참조〕.

> 우화
> 변증가를 위한 동화
> 오드라데크에서 해방의 모티프
> 동화와 구원
> 구원과 우주적 시대
> 부유하는 동화와 구원

우화

동화   풍자

Ms 242

이 우화적인 것에 인접해 있는 것 중에 우리가 카프카에서 풍자적 요소로 칭할 수 있는 것이 있다. 왜냐하면 카프카에게서 풍자작가는 사라져버렸기 때문이다. 그리고 카프카처럼 관료체제를 깊이 다루면서 자신의 대상에서 풍자를 도발하는 측면들에 빠져들지 않는다는 것도 상상하기 힘들 것이다. 『아메리카』에서 우리는 풍자적인 작업과 동떨어지지 않은 전혀 다른 모티프들을 찾아볼 수 있다. 물론 그 모티프들 자체는 풍자적 작업을 암시하지는 않지만 말이다. 예를 들어 브루넬다의 집에서 …… (들라마르슈)가 처해 있는 예속 상태를 그로테스크하게 묘사하는 장면을 떠올려볼 수 있겠다. 카프카를 풍자작가로 묘사하는 것은 엄청난 오해임이 틀림없지만 (……), 형이상학적으로 허세를 부리면서『소송』에서처럼 빈번히 등장하는 풍자적 모티프들을 지나쳐버리는 것은 적절치 못하다.『소송』에서는 풍자가 말하자면 질식해버렸다. 한없이 질질 끄는 재판과정, 쉽게 매수되는 재판소 관리들의 부패함, 그들이 던지는 질문들의 낯선 방식, 그들이 내리는 판결의 이해하기 어려운 측면, 집행하는 자들의 불안함, 이것들이『소송』의 모티프들이며, ……부터 디킨스에 이르기까지 사법체계에 대한 고전적 풍자의 모티프들이기도 하다. {카프카에게서 이러한 풍자는 관철되지 못했다. 왜냐하면 문지기에 관한 우화가 명확히 보여주듯이 우화 속에는, 마치 비유를 상징으로 고양시키기 위해 그 비유로부터 비유적 성격을 탈취해내는 구름 같은 구절이 숨어 있는 것처럼 풍자 속에는 신비주의가 숨어 있기 때문이다.『소송』은 실제로 풍자와 신비주의 사이에서 나온 잡종이다. 이 두 요소의 상응관계가 제아무리 깊다고 해도 그 둘이 완전하게 통합된 형식은 하나밖에 없는데, 바로 신성모독이 그것이다. 이 소설의 마지막 장은 실제로 그러한 통합의 냄새를 풍기기도 한다. 그러나 그러한 통합이야말로 실패가 명백하게 드러나 있는 이 소설의 토대를 이룰 수도 없고 이루어서도 안 된다.}

다음이 아마도『소송』의 신성모독적 요소의 핵심일 것이다. 즉 신이 인간에게 지정한 삶을 통해 인간의 건망증을 벌하는 신 자신이 그러한 형벌과정을 통해 인간이 스스로 기억하는 것을 방해한다는 점이다.

| 이 실패의 의미심장한 증거는 『소송』이다. 즉 풍자와 신비주의 사이의 잡종이다. | 그러나 그로써 이 책은 종결되지 못한 채 한계에 다다른다. |

〔뒷면:〕자신의 새끼손가락을 움직이려고 하고, 움직이는 데 성공하면 실제로 깨어나게 될 어느 꿈꾸는 자의 노력.

Ms 243

삽입할 것들

〔카프카 에세이에서 '우화작가'를 언급한 부분[36]에 이어서 쓸 것.〕
그러나 카프카는 우화작가였던 것만은 아니었다. / 노자가 비극작품을 썼다고 가정해보자. 사람들은 그것이 어울리지 않는 일이라고 느낄 것이다. 전도자 솔로몬도 소설을 써서는 안 될 것이다. 이것은 문학가 유형을 두 가지로 나누는 데로 귀착한다. 한편에는 자

---

36) 카프카 에세이, 이 책 84쪽 열한째 줄.

기가 하는 이야기를 진지하게 여기는 열광하는 자의 유형이 있고, 다른 한편에는 자기가 쓴 비유들을 진지하게 여기지 않는 신중한 자의 유형이 있다. 카프카는 두 유형 중 어디에 속할까? 이 물음은 확실하게 결정할 수 없다. 그런데 이처럼 결정할 수 없다는 점이 카프카가 클라이스트나 그라베나 뷔히너와 마찬가지로 미완의 작가로 남아야만 했다는 것을 암시한다. 카프카의 출발점은 우화였고, 이성 앞에서 스스로를 책임지는 비유였다. 그것은 그의 이야기〔플롯〕가 전적으로 진지할 필요가 없기 때문이다. 하지만 이 우화에서 무엇이 일어나는가?〔앞의 Ms 238, 304쪽 밑에서 둘째 줄〕「법 앞에서」라는 유명한 우화를 떠올려보라. 『시골 의사』에서 그런 우화를 마주친 독자는 ……〔카프카 에세이, 이 책 77쪽 여덟째 줄에서 계속됨〕.

〔카프카 에세이, 이 책 98쪽 열일곱째 줄 "머문다"에 이어서 쓸 것.〕
  사람들은 오드라데크에게서 집 관리인을 보려고 했다. 이것은 참으로 엉뚱한 해석이긴 하지만 어떻게 보면 『소송』에 풍자적 요인들이 들어 있다는 지적처럼 맞는 해석이기도 하다. 집에 거주하는 사람에게 어쩌면 이 오드라데크는 실제로 "의미가 없어 보이지만, 그 나름대로는 완성된 것으로" 보일 수 있다. 어쩌면 그 거주자는 "문 밖으로 나올 때 그가 저 아래 난간에 기대어 있으면 ……, 그에게 말을 걸고 싶은" 마음도 실제로 생길 수도 있다. 그러나 오드라데크는 잘 알려져 있다시피 죄를 추적할 때면 다락방에서 회의를 여는 법정과 같은 장소들을 선호한다는 사실도 감안할 필요가 있다.

다락방은 폐기되고 망각된 가재도구들이 쌓여 있는 장소이다〔카프카 에세이, 이 책 98쪽 열여덟째 줄에서 계속됨〕.

〔뒷면: 전전 삽입구의 변형.〕
　{그러나 카프카는 우화작가였던 것만은 아니었다. 노자가 소설을 쓰거나 공자가 비극작품을 썼다고 가정해보자. 사람들은 그것이 어울리지 않는 일이고 그들에게 합당한 태도가 아니라고 느낄 것이다. 시저도 소설을 써서는 안 될 것이다.}

Ms 244

〔카프카 에세이, 이 책 92쪽 다섯째 줄 "그의 웅대한 시도이다"에 이어서 쓸 것.〕
　이 실패의 의미심장한 증거는 풍자와 신비주의 사이의 잡종인 『소송』이다. 이 두 요소의 상응관계가 제아무리 깊다고 해도 그 둘이 완전하게 통합된 형식은 하나밖에 없는데, 바로 신성모독이 그것이다. 이 소설의 마지막 장은 실제로 그러한 신성모독의 냄새를 풍기기도 한다. 그러나 이 소설은 그로써 종결되지 못한 채 한계에 다다랐다. / "수치심은 그가 죽은 뒤에도 계속 ……"〔카프카 에세이, 이 책 92쪽 여덟째 줄에서 이어짐〕.

〔카프카 에세이, 이 책 83쪽 넷째 줄 "짐작할 수 있다"에 이어서 쓸 것.〕
　짐작할 수 있다. / 우리는 『소송』을 전개된 우화라고 불렀다. 하지만 "전개된"이라는 말에는 〔카프카 에세이, 이 책 77쪽 열다섯째 줄~ 78쪽 둘째 줄〕 …… 시문학과 유사하다. 그것들〔카프카의 우화들〕은 비유들이면서 그 이상이기도 하다. 그것들은 마치 하가다가 할라하에 헌정되듯이 단순히 가르침에 헌정되지 않는다. 그것들은 저항하며, 부지불식간에 그 가르침에 맞서 육중한 앞발을 들어올린다. 카프카는 "때때로 그는 마치 도스토옙스키의 종교재판장처럼 말하는 듯한 느낌을 주기도 한다 …… (카프카 에세이, 이 책 80쪽 열여섯째 줄~81쪽 첫째 줄). …… 가르칠 권리가 있었다." 그리하여 카프카의 작품 전체는 신비주의자와 우화작가 사이, 제스처 언어와 가르침의 언어 사이, 예언가와 현자 사이의 대립의 표지 속에 있다. 이 대립은 일종의 얽혀 있음(착종)이다. 카프카는 그러한 얽힘 관계를 느꼈고 자신의 독특하면서도 까다로운 단편들 중 하나에서 표현하고자 했다. 「비유에 대하여」가 바로 그것이다. 이 단편은 "일상생활에서는 적용될 수 없는 비유"일 뿐인 "현자의 말"에 대한 비난으로 시작한다. "만약 현자가 '저쪽으로 가라'라고 말한다면 그는 우리가 저 다른 쪽으로 건너가야 한다는 것을 뜻하는 것이 아니라 ― 사람들은 어떻게 해서든지 그것을 실행할 수 있을 것이다 ― 그 어떤 전설적인 저편을 뜻하고 있는 것이다. 그것은 우리가 알지 못하는 그 무엇이고, 그것조차도 더 이상 자세하게 표현할 수 없는, 그래서 우리에게 전혀 도움을 줄 수 없는 그 어떤 것이다." 어떤 한 사람이 이 현자의 사안에 개입하며 묻는다. "너희들은 왜 거부하는가? 만약 너희들이 비유를 따른다면 너희들 자신이 비유가 될 것이고, 그렇게 되면 너희들은 일상의 노고에서 벗어나게 될 것이다." 이로써 이 짧막한 연구는 근본적으로 종결된 셈이다. 이어지는 논쟁은 우선 독자가 이렇게 인용된 주요 명제에 깊이 파고드는 것을 막을 뿐이다. 물론 그 주요 명제가 없다면 독자는 그 논쟁을 이해할 수 없다. 이 주요 명제는 중국인들의 세계관으로부터 가장 적확하게 설명될 수 있을 것이다. 중국인들은 회화의 마법에 대한 여타 많은 이야기들 외에 어느 위대한 화가에 관한 다음의 이야기를 전하고 있다. 이 화가는 자기 친구들을 어떤 방으로 초대한다. 그 방의 벽에는 그가 최근에 그린 마지막 그림, 오랜 노력과 회화 작업 전체의 완성작이 걸려 있었다. 그림을 보고 감탄한 친구들은 화가를 축하해주려고 뒤를 돌아본다. 그런데 화가는 보이지 않았고, 그들이 다시 그림 쪽으로 몸을 돌리자 그 그림에서 화가가 손짓하고 있었다. 화가는 그림에 그려진 어느 정자로 들어가는 문 속으로 사라지려던 참이었다. 화가는 카프카의 위 이야기에 비추어보자면 스스로 비유가 된 것이다. 그러나 바로 그로써 그의 그림은 마법적 성격을 얻게 되고 더 이상 그림이 아니었다. 카프카의 세계는 이 화가와 같은 운명이다. / 산기슭 마을을 고찰해보기로 하자〔카프카 에세이, 이 책 84쪽 열다섯째 줄로 이어짐〕.

Ms 245

〔카프카 에세이, 이 책 75쪽 열셋째 줄 "…… 뒤로 젖히지 않으면 안 되었다"에 이어서 쓸 것.〕

꿈에서는 악몽이 시작하는 특정한 영역이 있다. 이 영역의 문턱에서 꿈꾸는 자는 악몽에서 벗어나려고 자신이 모든 신체적 신경감응(Innervation)을 싸움에 쏟아 붓는다. 그러나 이 신경감응이 그를 해방하는 결과로 끝날지 아니면 그와는 반대로 그가 악몽에 더 가

위눌리게 될지는 싸움에서 결정된다. 후자의 경우 그 신경감응들은 해방의 반응이 아니라 예속의 반응이 된다. 카프카에게서 결정이 이루어지기 전의 이 이의성이 작용하지 않는 동작〔몸짓, 제스처〕은 없다〔카프카 에세이, 이 책 75쪽 열넷째 줄 "브로트가 ……"로 이어짐〕.

〔카프카 에세이, 이 책 77쪽 넷째 줄 "끝 모를 성찰들을 전개한다"에 이어서 쓸 것.〕

그러한 제스처들은 모방을 통해 이 세상사 흐름의 불가해함을 불필요한 것으로 만들거나 그 흐름의 불필요함을 이해 가능하게 만들고자 하는 시도이다. 이 점에서 동물들은 카프카에게 모범적이었다. 우리는 카프카의 동물 이야기들을 그것들이 인간의 이야기라는 것을 전혀 지각하지 못한 채 한참 동안 읽어나갈 수 있다. 아마도 카프카에게서 동물이 등장하는 것은 일종의 수치심에서 인간이기를 포기했음을 뜻할 것이다. 그것은 마치 우연히 어떤 술집에 들어갔다가 수치심 때문에 자기의 유리잔을 닦아내기를 단념하는 어떤 점잖은 신사와 같은 것이다. / 「학술원에 드리는 보고」에서 원숭이는 "저는 바로 출구를 찾고 있었기 때문에 모방을 했습니다. 다른 이유는 없습니다"라고 말한다. 그러나 이 문장은 자연극장에서의 배우들의 상태에 대한 열쇠를 담고 있다. '바로 여기에서' 그 배우들은 축하를 받는다. 왜냐하면 그들에게는 **자기 자신을** 연기하는 것이 허용되기 때문이다. 그 배우들은 모방으로부터 해방된 것이다. 카프카에서 저주와 축복 사이의 대립과 같은 것이 있다면,

우리는 그 대립을 여러 작품들의 상응관계에서 — 사람들이 『소송』
이나 『성』에서 찾으려 했듯이 — 찾을 것이 아니라 바로 세계극장
과 자연극장 사이의 대립에서 찾을 수 있을 것이다. K.에게는 그
의 소송 막바지에 이러한 것들에 대한 예감이 떠오르고 있는 듯이
보인다 …… 〔카프카 에세이, 이 책 82쪽 열아홉째 줄로 이어짐〕.

〔카프카 에세이, 이 책 86쪽 둘째 줄 "카프카에게서 감돌고 있고"에 이어서
쓸 것.〕

이러한 마을의 공기가 카프카에게서 감돌고 있다. 그 공기를 그가
그린 인물들이 마셨다. 이들의 몸동작은 사멸해버린 이 지역 방언
을 하는데, 이 방언은 카프카에게서 표현주의 작가들이 그 당시 에
르츠게비르게와 그 주변에서 별견한, 그 방언과 매우 유사한 바이
에른 유리공예 그림들과 똑같은 시점에 등장했다. 시골 의사가 타
고 갈 말 ……〔카프카 에세이, 이 책 86쪽 넷째 줄로 이어짐〕.

Ms 246

〔카프카 에세이, 이 책 73쪽 열아홉째 줄 "원초적인 순수함이다"에 이어서
쓸 것.〕

오클라호마는 바로 이 감정의 순수함에 호소한다. 즉 '자연극장'이
라는 이름은 이중적 의미를 담고 있다. 그것의 내밀한 의미는 이
극장에서 사람들이 자신들의 천성에 따라 등장한다는 것이다. 다
시 말해 사람들이 가장 먼저 생각할 배우로서의 적성은 아무런 역
할도 하지 않는다. 이를 달리 표현하면 ……〔카프카 에세이, 이 책

82쪽 다섯~여덟째 줄에 이어짐〕 …… 가능성은 아예 배제되어 있다. 그리고 여기서 우리는 부르주아 사회에서 그 어떤 심각한 것도 상상하고 싶지 않으려 하는 인물들, 그러면서 무한히 많은 희망이 존재하는 매우 경쾌한 인물들을 떠올리게 된다. 조수들이 바로 이들이다. 자연극장에서 우리 모두 이와 같은 사람들이 되고 그 이상의 존재도 아니다. 즉 독특한 방식으로, 그리고 카프카가 단지 전혀 종잡을 수 없이 다룬 방식으로 어떤 결정이 이루어지는 과정에 연결되어 있는 연극의 조수들이다. 그 과정은 경주로에서 펼쳐지고 있지 않은가. 많은 것이 이 연극이 구원을 다루고 있음을 시사하는 듯이 보인다. / 〔카프카 에세이, 이 책 83쪽 여섯째 줄 "흰 천이 덮인 긴 벤치에서 ……"로 이어짐〕.

〔카프카 에세이, 이 책 79쪽 열일곱째 줄 "이러한 조직은 운명과 닮았다"에 이어서 쓸 것.〕
이것은 그의 세계상 속의 구름 같은 구절, 더 이상 투명하지 않은 구절이다〔그다음 문장 "이러한 조직의 도식을"로 이어짐〕.

〔카프카 에세이, 이 책 80쪽 열넷째 줄 "이해의 한계가 그에게 밀려들어왔다"에 이어서 쓸 것.〕
그는 이 이해의 한계를 자신의 작품에서 엄청나게 강조하면서 관철시켰다. 그는 작품에서 수수께끼 같은 것과 이해할 수 없는 것을 강화했고, 마치 도스토옙스키의 종교재판장처럼 말하는 듯한 느낌을 주기도 한다. "따라서 우리는 …… 〔카프카 에세이, 이 책 81쪽 첫째 줄까지 이어짐〕 …… 권리가 있었다." 카프카의 작품을 바라보는 모종의 매우 중요한 시각이 이 관점으로부터 열린다. 그 관점이 위의 시각을 규명하는 데 전혀 충분치 않더라도 말이다. 그것은 제스처의 시각이다. 수많은 이야기들과 소설 속 일화들이 그 시각 속에서 비로소 제대로 해명될 빛을 받는다. 물론 여기서 제스처는 매우 특수한 사정이 있다. 즉 여기서 제스처는 꿈에서 생겨난다. 꿈에서는 …… 〔Ms 246의 첫째 단락을 삽입할 것〕 …… 결정이 이루어지기 전의 이 이의성이 작용하지 않는 동작은 없다. 그로써 이 결정은 엄청나게 극적인 효과를 얻는다. 「형제 살해」에 대한 미발표 주해에서 베르너 크라프트는 이 드라마적 성격을 명확하게 드러냈다 …… 〔카프카 에세이, 이 책 74쪽 열여덟째 줄 "연극은 바야흐로 ……"로 이어짐〕.

〔뒷면:〕

우리는 형식적으로 이렇게 설명할 수 있다. 오디세이아의 방식은 카프카가 신화를 다루는 작업의 원상이다. 견문이 넓고 노회하며 결코 조언을 필요로 하지 않는 오디세우스라는 인물을 통해 신화에 직면하여 순진하고 죄 없는 피조물이 현실에 대한 그들의 권리를 다시 내세운다. 이 권리는 비록 그 문학적 전거들이 더 나중에 만들어졌다고 하더라도 동화에서 보증되어 있고 신화적 '법질서'보다 더 원초적인 권리이다.

서양에서 그리스인들의 역할을 유일무이하게 만드는 것은 그들이 스스로 받아들인 신화와의 대결이다. 그러나 이 대결은 이중적으로 수행되었다. 비극작가들의 영웅들에게는 그들의 수난이 끝날 때 구원이 이루어진 데 반해, 서사시에 등장하는 인내하는 신적인 인물 ― 오디세우스 ― 은 고난을 견디기보다는 비극적인 것을 좌절시키는 데서 모범을 보인 것이다. 이 오디세우스가 사이렌의 이야기가 보여주듯이 바로 이 마지막 역할에서 카프카의 스승이었다.

Ms 247

〔카프카 에세이, 이 책 74쪽 열째 줄 "분명하게 인식할 수 있을 것이다"에 이어서 쓸 것.〕

이 제스처들은 그것의 상징적 내용을 어떤 특정한 구절에 넘기지 않은 채 저자에 의해 거듭해서 새로이 연출되고 제목이 붙여졌다(이 제목 붙이기의 개념을 나중에 무성영화를 언급할 때 다시 가져올 것).

〔카프카 에세이, 이 책 73쪽 열여덟째 줄 "감정의 지극히 원초적인 순수함이 다"에 이어서 쓸 것.〕

아마도 이 감정의 순수함은 동작〔제스처〕에서 명명백백히 표현되고 있을 것이다.

〔카프카 에세이, 이 책 74쪽 열넷째 줄 "그러한 실험적 배치들이 ……"를 다음과 같이 고칠 것.〕

"그러한 조치〔작업〕들이 ……"〔아도르노가 벤야민에게 보낸 편지 3번 참조〕.

〔카프카 에세이, 이 책 83쪽 열넷째 줄 "진짜 천사들인지도 모른다"에 이어서 쓸 것.〕

우리는 카프카가 이러한 기법을 씀으로써 그것을 막는 데 성공했다고 말하고 싶다. 그의 구원 이미지에 있는 진짜 천사들이 그 이미지를 가짜 이미지로 만들었을 것이다(비젠그룬트의 다음 말 참조. "천사들의 어깨에 동여맨 날개들은 결함이 아니라 천사들의 '특징'입니다. 그 날개, 그 진부한 가상이 희망 자체이고, 이러한 희망 외에 다른 희망은 없습니다"〔아도르노가 벤야민에게 보낸 편지 3번〕).

Ms 248

카프카의 독특한 인간성을 분석할 때 가스통 바슐라르가 Gaston Bachelard, *Lautéamont*, Paris, 1939, pp. 14~22에서 로트레아몽과 카프카를 비교한 구절을 끌어올 필요가 있다. "로트레아몽을 카프카 같은 작가와 비교하는 것이 최선이다. 카프카는 죽어가는 시대를 살았다. 이 독일 작가의 작품에서 변신은 언제나 불행이거나 추해짐인 듯하다. 우리 생각에 카프카는 부정적인 로트레아몽, 밤과 암흑의 로트레아몽의 콤플렉스로 인해 고통을 겪고 있다. 그리고 시적 스피드에 대한 우리 연구의 타당성을 입증해주는 것은 아마도 …… 카프카의 변신이 확연하게 삶과 행동을 이상하리만큼 늦추는 것처럼 보인다는 점일 것이다."

〔바슐라르의〕 전체 서술을 참조할 필요가 있다.

Ms 254